O MENINO QUE SOBREVIVEU

O MENINO QUE SOBREVIVEU

Rhiannon Navin

Tradução
Izabel Aleixo

Título original: *Only Child*

Editora executiva: Izabel Aleixo
Gerência de produção: Maria Cristina Antonio Jeronimo
Produtora editorial: Mariana Bard
Projeto gráfico: Leandro Liporage
Diagramação: Filigrana
Revisão: Ana Kronemberger
Capa: Sérgio Campante
Foto de capa: © Monica Murphy / Getty Images
Foto de quarta capa: © Aaron Burden

Dados Internacionais de Catalogação na Publicação (CIP)
Angélica Ilacqua CRB-8/7057

Navin, Rhiannon
O menino que sobreviveu / Rhiannon Navin; tradução Izabel Aleixo – Rio de Janeiro: Leya, 2019.
352 p.

ISBN: 978-85-441-0790-4
Título original: *Only child*

1. Ficção norte-americana 2. Família – Crianças – Ficção 3. Perda (Psicologia) – Ficção 4. Luto – Ficção 5. Crime – Ambiente escolar – Ficção I. Título

19-0739 CDD 813.6

Todos os direitos reservados à
Editora Casa da Palavra
Avenida Eng. Armando de Arruda Pereira, 2.937
Bloco B - Cj 302/303 B - Jabaquara
04309-011 - São Paulo - SP
www.leya.com.br

Para Brad, Samuel, Garrett e Frankie.
E para minha mãe.

"Tenho que continuar encarando a escuridão. Se eu ficar firme e encarar a coisa que me dá medo, tenho uma chance de dominá-la. Se eu apenas continuar me esquivando e me escondendo, ela vai me dominar."

Mary Pope Osborne, *Minha guerra secreta: o diário da Segunda Guerra Mundial de Madeleine Beck, Long Island, New York, 1941.*

Sumário

1

O dia em que o homem com uma arma apareceu

Depois, a coisa de que mais me lembrei sobre aquele dia em que o homem com uma arma apareceu foi da respiração da minha professora, a srta. Russell. Era quente e cheirava a café. O armário era escuro, tirando uma luzinha que entrava por uma rachadura na porta, que a srta. Russell mantinha fechada por dentro. Não havia maçaneta do lado de dentro, apenas uma peça de metal solta, que minha professora ficava segurando com o dedão e o indicador.

– Não se mexa, Zach – sussurrou ela. – Não se mexa.

Não me mexi. Mesmo que eu estivesse sentado no meu pé esquerdo e ele estivesse formigando, pinicando e doendo.

Eu sentia a respiração da srta. Russell na minha bochecha quando ela falava, e isso me incomodava um pouco. Seus dedos tremiam na peça de metal. Ela teve que falar muito com a Evangeline e o David, e a Emma, atrás de mim, porque eles estavam chorando e ficavam se mexendo.

– Estou aqui com vocês, crianças – disse a srta. Russell. – Eu vou proteger vocês. Psiu, por favor, fiquem quietos.

Nós continuamos ouvindo o som de TÁ TÁ TÁ do lado de fora. E gritos.

TÁ TÁ TÁ

Parecia muito com o som do jogo *Star Wars* que eu jogava no Xbox.

TÁ TÁ TÁ

Sempre três TÁs e depois silêncio de novo. Silêncio ou gritos. A srta. Russell dava uns pulinhos quando ouvíamos os TÁs e o sussurro dela ficava mais rápido.

– Não façam barulho!

A Evangeline estava com soluço.

TÁ Ic! TÁ Ic! TÁ Ic!

Acho que alguém fez xixi na calça, porque estava cheirando a xixi dentro do armário. Cheirava à respiração da srta. Russell e a xixi, e a casacos molhados, porque tinha chovido no recreio.

– Não brinquem lá fora hoje! – tinha dito a sra. Colaris.

Por acaso a gente era de açúcar?! A chuva não nos incomodou nem um pouco. Jogamos futebol, brincamos de polícia e ladrão, e nossos cabelos e casacos ficaram molhados. Tentei me virar e pôr a mão num deles para ver se ainda estava úmido.

– Não se mexa! – sussurrou a srta. Russell.

Ela trocou de mão para manter a porta fechada e suas pulseiras fizeram um barulhinho. A srta. Russell sempre usava um monte de pulseiras no braço direito. Algumas tinham pequenas medalhinhas penduradas que faziam ela se lembrar de coisas especiais, e quando ela saía de férias sempre voltava com novas medalhinhas nas pulseiras. Quando começamos o primeiro ano, a srta. Russell nos mostrou as medalhinhas novas e nos contou de onde eram. Havia uma, que ela trouxe das férias de verão, que era um barco. Era um barco bem pequenininho parecido com o barco de verdade em que ela andou para chegar perto de uma cachoeira imensa chamada Niagara Falls, que fica no Canadá.

Meu pé esquerdo começou a doer muito. Tentei me mexer só um pouquinho para que a srta. Russell não notasse.

Tínhamos acabado de chegar do recreio, colocado nossos casacos no armário e tirado o livro de matemática das mochilas quando o som de TÁ TÁ TÁ começou. Primeiro não foi muito alto – parecia que vinha lá do início do corredor, onde fica a mesa do Charlie. Quando nossos pais vêm nos pegar antes de acabar a aula, ou quando ficamos doentes e vamos para a enfermaria, os pais sempre param na mesa do Charlie e escrevem seus nomes num livro, e mostram a carteira de identidade, e pegam um crachá de visitante com uma fita vermelha que eles têm que pendurar no pescoço.

O Charlie é o inspetor de segurança da nossa escola, e ele trabalha aqui há trinta anos. Quando eu estava no jardim de infância, no ano passado, fizemos uma festa bem grande no auditório da escola para comemorar os trinta anos de trabalho dele. Um monte de pais veio também porque o Charlie já era o inspetor de segurança quando esses pais eram crianças e estudavam na nossa escola. A mamãe, por exemplo. O Charlie disse que não precisava de festa. "Eu sei que todo mundo me ama", falou, e deu uma risada engraçada. Mas fizemos uma festa assim mesmo, e achei que ele ficou muito feliz. Ele colocou alguns dos cartazes que fizemos para a festa em volta da mesa dele no corredor e levou o resto para casa, para pendurar lá. O retrato que eu fiz dele estava bem no centro da parede na frente da mesa, porque eu desenho muito bem mesmo.

TÁ TÁ TÁ

Os sons de TÁ começaram bem longe. A srta. Russell estava dizendo quais exercícios do nosso livro de matemática eram para a gente fazer na sala e quais eram para a gente fazer em casa. O som de

TÁ fez ela parar de falar e depois franzir a testa. A srta. Russell andou até a porta da sala e olhou pela janelinha de vidro.

– O que... – disse ela.

TÁ TÁ TÁ

Então ela deu um passo bem grande para trás, se afastando da porta, e disse "Merda!". Disse mesmo. Essa palavra aí. E nós começamos a rir. "Merda." Logo depois que ela disse isso, ouvimos uma voz pelo interfone que fica na parede, e a voz disse:

– *Emergência, trancar as portas! Emergência, trancar as portas!*

Aquela não era a voz da sra. Colaris. Quando a gente fazia treinamento de emergência, ela só repetia isso uma vez, bem devagar, mas aquela voz disse isso várias vezes e muito rápido.

De repente, o rosto da srta. Russell ficou branco, e a gente parou de rir porque ela estava muito esquisita e não estava sorrindo. O jeito do rosto dela me deixou assustado, e o ar não passava direito pela minha garganta.

A srta. Russell ficou andando de um lado para outro como se não soubesse aonde ir. Depois trancou a porta da sala e desligou as luzes. Não havia sol naquele dia, estava chovendo, mas a srta. Russell foi até a janela e desceu as cortinas. Ela começou a falar muito rápido e sua voz parecia meio cortada e mais fina.

– Lembrem-se do que fizemos no treinamento de emergência quando trancamos as portas – disse ela.

Eu me lembrei que o treinamento de emergência "trancar as portas" era diferente do treinamento de emergência para incêndio. A gente não devia sair da sala. Tínhamos que ficar do lado de dentro, sem sermos vistos.

TÁ TÁ TÁ

Alguém do lado de fora, no corredor, gritou muito alto. Minhas pernas começaram a tremer.

– Vamos, crianças, todo mundo para o armário – mandou a srta. Russell.

Antes, quando a gente fez o treinamento de emergência "trancar as portas", foi bem divertido. Fingimos que havia caras maus no corredor e ficamos dentro do armário por apenas alguns minutos até o Charlie abrir a porta da sala pelo lado de fora e a gente ouvir ele dizer "Sou eu, o Charlie!", que era o sinal de que o treinamento tinha acabado. Agora eu não queria ir para o armário, porque quase todo mundo da sala já estava lá dentro e parecia muito apertado. Mas a srta. Russell colocou a mão nas minhas costas e me empurrou.

– Depressa, crianças, depressa – disse ela.

A Evangeline e principalmente o David começaram a chorar e a dizer que queriam ir para casa. Senti vontade de chorar também, mas não ia chorar ali, na frente de todos os meus amigos. Fiz o truque que a vovó tinha me ensinado: apertar muito o nariz, na parte macia, com a ponta dos dedos, assim você não consegue chorar. A vovó me ensinou esse truque um dia, no parquinho, quando eu estava quase chorando porque alguém tinha me empurrado do balanço. A vovó me disse: "Não deixe que eles vejam você chorando."

A srta. Russell colocou todo mundo dentro do armário, puxou a porta e ficou segurando daquele jeito. O tempo todo a gente conseguia ouvir o som do TÁ. Tentei contar na minha cabeça.

TÁ, 1, TÁ, 2, TÁ, 3

Minha garganta estava seca e coçando. Eu queria muito beber água.

TÁ, 4, TÁ, 5, TÁ, 6

– Por favor, por favor, por favor... – sussurrava a srta. Russell.

E depois falava com Deus e chamava ele de "Meu Deus", e eu não conseguia entender o resto porque ela estava sussurrando tão baixo e rápido que achei que queria que só o "Deus dela" escutasse.

TÁ, 7, TÁ, 8, TÁ, 9

Sempre três TÁs e depois uma pausa.

A srta. Russell de repente olhou para cima e disse "Merda!", de novo.

– Meu celular!

Ela abriu a porta só um pouquinho e, quando não havia nenhum som de TÁ, abriu a porta toda e correu pela nossa sala com a cabeça baixa. Depois voltou, correndo também, para o armário. Fechou a porta de novo e me mandou segurar a peça de metal dessa vez. Eu fiz isso, apesar dos meus dedos doerem e de ser difícil manter aquela porta pesada fechada. Tive que usar as duas mãos.

As mãos da srta. Russell tremiam tanto que o celular pulava enquanto ela tentava colocar a senha para desbloquear. Mas ela sempre colocava a senha errada, e quando você coloca a senha errada no celular os números na tela tremem e você tem que começar de novo.

– Vamos lá, vamos lá, vamos lá... – disse ela, e finalmente conseguiu colocar a senha certa.

Eu vi qual era: 1989.

TÁ, 10, TÁ, 11, TÁ, 12

Vi a srta. Russell digitar 911. Quando ouvi uma voz atender a ligação, ela falou:

– Oi, sim, estou ligando da Escola Fundamental McKinley. Em Wake Gardens, Rogers Lane.

Ela falava muito rápido, e com a luz que vinha do celular pude ver que ela tinha cuspido na minha perna um pouquinho. Tive que deixar o cuspe lá porque as minhas mãos estavam mantendo a porta fechada. Não podia limpar, mas fiquei olhando para o cuspe que estava na minha calça, uma bolha de cuspe, bem grande.

– Tem um homem com uma arma atirando aqui na escola, ele é... Tá bom, vou ficar no telefone com você.

Para nós, ela sussurrou:

– Alguém já tinha avisado.

Um homem com uma arma. Foi o que ela disse. E depois disso, tudo o que eu pensava na minha cabeça era "um homem com uma arma".

TÁ, 13, um homem com uma arma
TÁ, 14, um homem com uma arma
TÁ, 15, um homem com uma arma

Estava muito quente no armário e eu sentia dificuldade para respirar, como se o ar lá dentro tivesse acabado. Eu queria abrir a porta um pouquinho para deixar ar novo entrar, mas estava com medo. Podia sentir o meu coração batendo numa supervelocidade dentro do meu peito, como se ele quisesse sair correndo pela minha boca. O Nicholas, que estava perto de mim, estava com os olhos fechados muito apertados e fazia barulho, respirando bem rápido. Ele estava usando muito ar.

A srta. Russell estava com os olhos fechados também, mas respirava mais lentamente. Senti o cheiro de café quando ela fez um "Aaaaaaahh!" para soltar o ar bem devagar. Então ela abriu os olhos e sussurrou para a gente de novo. Ela disse o nome de todo mundo.

– Nicholas, Jack, Evangeline... – falou. E foi muito bom quando ela disse: – ...Zach, vai ficar tudo bem.

Depois disso ela falou para todos nós:

– A polícia já chegou. Eles vieram nos ajudar. E eu estou aqui com vocês.

Eu estava contente por ela estar ali com a gente, e a voz dela fez com que eu não ficasse tão assustado. O cheiro de café não me incomodava mais tanto assim. Fiquei fingindo que era o cheiro da respiração do papai de manhã, quando ele estava em casa para tomar café com a gente. Provei café uma vez e não gostei. Tinha um gosto muito quente e muito velho, ou coisa parecida. O papai riu e disse:

– Que bom, porque atrapalha o seu crescimento.

Não sei o que isso quer dizer, mas queria muito que o papai estivesse aqui agora. Mas ele não está. Só estão a srta. Russell, a minha turma e os sons de TÁ lá fora...

TÁ, 16, TÁ, 17, TÁ, 18

...cada vez mais altos, e os gritos no corredor, e o choro aqui dentro do armário. A srta. Russell parou de falar com a gente e voltou a falar com a pessoa no celular.

– Meu Deus, ele está se aproximando. Vocês estão vindo?? Vocês estão vindo??

Duas vezes. O Nicholas abriu os olhos e disse "Ai!" e vomitou. Na camisa dele, e um pouco do vômito foi parar no cabelo da Emma e na parte de trás do meu tênis. A Emma deu um gritinho agudo bem alto, e a srta. Russell tapou a boca da Emma com a mão. Ela deixou o celular cair, e ele caiu bem no meio do vômito no chão. Pela porta pude ouvir as sirenes. Sou muito bom em dizer que sirene que é, a dos bombeiros, a da polícia, a da ambulância... Mas agora ouvi tantas do lado de fora que não pude diferenciar... Estavam todas misturadas.

TÁ, 19, TÁ, 20, TÁ, 21

Estava muito quente e úmido lá dentro e cheirava mal, aí comecei a me sentir meio tonto e enjoado. E aí de repente ficou tudo em silêncio. Não ouvi mais nenhum TÁ. Apenas o choro e o soluço dentro do armário.

Mas AÍ vieram TONELADAS de TÁs, que pareciam estar bem do nosso lado, um monte deles de uma só vez, e barulhos muito altos, de alguma coisa quebrando e caindo. A srta. Russell gritou e cobriu as orelhas, a gente gritou e cobriu as orelhas. A porta do armário abriu, porque larguei a peça de metal, e a luz entrou no armário e meus olhos doeram. Tentei continuar a contar os TÁs, mas eram muitos. E depois pararam.

Tudo ficou completamente quieto, até a gente, ninguém mexeu um músculo. Era como se nem estivéssemos mais respirando. Ficamos assim por muito tempo – quietos e em silêncio.

E aí alguém apareceu na porta da nossa sala. Nós ouvimos a maçaneta girando, e a srta. Russell soltou o ar em pequenos sopros, tipo "puf, puf, puf". Alguém bateu na porta e a voz de um homem perguntou bem alto:

– Tem alguém aí?

2
Cicatrizes de batalha

– Está tudo bem! É a polícia, já acabou – disse bem alto uma voz de homem.

A srta. Russell se levantou e segurou a porta do armário por um minuto, e depois deu alguns passos na direção da porta da nossa sala de aula, bem devagar, como se ela tivesse esquecido como andar. Talvez estivesse sentindo fisgadas e formigamento nas pernas como eu, de ficar sentada nelas dentro do armário. Levantei também, e atrás de mim todo mundo saiu do armário bem devagar, como se todos nós tivéssemos que aprender a andar de novo.

A srta. Russell destrancou a porta da sala, e um monte de policiais entrou. Vi que tinham mais deles no corredor. Uma policial abraçou a srta. Russell, que chorava e soluçava bem alto. Eu queria ficar perto da srta. Russell, e comecei a sentir frio porque agora estávamos todos espalhados, e não mais perto um dos outros, nos aquecendo. Todos aqueles policiais me faziam ficar tímido e assustado, então segurei a blusa da srta. Russell.

– Certo, crianças, por favor, venham aqui para a frente da sala – disse um dos policiais. – Vocês podem formar uma fila aqui para mim?

Do lado de fora da janela, eu podia ouvir mais sirenes se aproximando. Não dava para ver nada porque as janelas eram altas e a gente só conseguia ver o lado de fora quando subia numa cadeira, e isso não era permitido. Além disso, a srta. Russell tinha fechado as cortinas quando os sons de TÁ começaram.

Um dos policias colocou a mão no meu ombro e me empurrou para a fila. Ele e o outro policial usavam uma proteção contra balas de revólver no peito e também usavam capacetes como num filme, e tinham armas grandes, não aquelas comuns que ficam penduradas no cinto. Eles eram um pouco assustadores com aquelas armas e capacetes, mas falavam com a gente de um jeito legal.

– Ei, campeão, não se preocupe, está tudo acabado. Você está seguro agora.

Coisas desse tipo.

Eu não sabia o que tinha acabado, mas não queria sair da nossa sala, e, além disso, a srta. Russell não estava na frente da fila, ao lado do primeiro aluno. Ela ainda estava com a policial e fazia aqueles barulhos altos, soluçando.

Normalmente, quando a gente fazia fila para sair da sala, todo mundo ficava empurrando o outro e a gente se metia em confusão porque não tinha feito a fila direito. Dessa vez ficamos todos bem quietos. A Evangeline e a Emma e outras crianças ainda estavam chorando e tremendo também, e a gente olhava para a srta. Russell, querendo ver se ela ia parar de chorar.

Um monte de sons e gritos vinha do lado de fora da sala, do corredor. Alguém gritava "NÃO, NÃO, NÃO" sem parar, e parecia ser a voz do Charlie. Fiquei me perguntando por que o Charlie estava gritando "NÃO" assim. Será que o homem com uma arma tinha ferido o Charlie? Ser o inspetor de segurança da escola quando um homem com uma arma aparece é um trabalho muito perigoso.

Havia outros gritos e choros também, todos diferentes – "Ah, meu Deus!...", "Ferimento na cabeça, óbito no local", "Sangramento de artéria femoral, preciso de gaze e torniquete, rápido!". Os walkie-talkies no cinto dos policiais ficavam apitando sem parar e depois a gente ouvia vozes que falavam muito rápido saindo deles, e era muito difícil de entender o que elas diziam.

O walkie-talkie do policial que estava na frente da fila apitou e logo depois a gente ouviu "Podem sair!", e o policial virou para nós e disse:

– Andando agora, crianças!

Um outro policial empurrava a fila na parte de trás. Nós começamos a caminhar, mas bem lentamente. Ninguém queria sair para o corredor de onde aqueles gritos e choros vinham. O policial na frente da fila começou a cumprimentar as crianças que passavam por ele daquele jeito, quando a gente bate com a palma da mão na palma da mão de outra pessoa, e aquilo parecia uma brincadeira. Eu não quis bater na mão dele e, em vez disso, ele me deu um tapinha na cabeça.

Tivemos que andar pelo corredor até a porta dos fundos que ficava perto da lanchonete. Vimos as outras turmas do primeiro ano e também as do segundo e do terceiro ano andando em fila como nós, com policias na frente da fila. Todo mundo parecia muito assustado.

– Não olhem para os lados – diziam os policiais. – Não olhem para trás.

Mas eu queria ver se eu estava certo, se era mesmo o Charlie que tinha gritado "NÃO, NÃO, NÃO" um pouco antes e se ele estava bem. Eu queria ver quem estava gritando.

Não pude ver muita coisa porque o Ryder estava atrás de mim e ele era mais alto, e outras crianças estavam atrás dele também. Mas, entre as crianças e os policiais que ficavam ao lado da nossa fila, pude ver algumas coisas: pessoas deitadas no chão com policiais e o pessoal da ambulância ao redor, se debruçando sobre elas. E sangue. Bom, pelo menos achei que era sangue. Era um sangue vermelho que formava poças escuras, e parecia também que um monte de tinta tinha espirrado por todos os lados, pelo chão do corredor e em algumas das paredes. Vi as crianças do quarto e do quinto anos atrás do Ryder, com os rostos muito brancos como se fossem fantasmas. Algumas delas choravam e tinham sangue nas roupas e no rosto.

– Virem para a frente – disse o policial atrás de mim, e dessa vez não foi de um jeito legal.

Eu me virei bem rápido e meu coração batia acelerado por causa de todo aquele sangue. Já tinha visto sangue de verdade antes quando a gente caía e ralava o joelho ou coisa parecida, mas nunca tinha visto tanto sangue assim.

Outras crianças também viravam a cabeça para olhar e o policial começou a gritar:

– Olhem para a frente! Não olhem para os lados!

Mas quanto mais ele gritava isso, mais as crianças olhavam para os lados, porque todo mundo estava fazendo isso. E algumas crianças começaram a gritar e a andar mais rápido e a empurrar umas às outras. Quando chegamos à porta dos fundos, alguém me deu um encontrão e bati com o ombro na porta que é de ferro, e doeu à beça.

Lá fora ainda chovia, bastante agora, e estávamos sem os nossos casacos. Tudo tinha ficado na escola – nossos casacos e mochilas, e livros, e tudo mais –, mas continuamos andando sem nada pelo pátio e atravessamos o portão dos fundos que fica sempre fechado durante o recreio para que ninguém saia da escola e nenhum estranho entre.

Comecei a me sentir melhor do lado de fora. Meu coração não estava mais batendo tão rápido, e era até bom sentir a chuva no meu rosto. Todo mundo diminuiu o passo, e não havia mais tantos gritos e choros e empurrões. Era como se a chuva tivesse acalmado todos nós.

Atravessamos o cruzamento que estava cheio de ambulâncias e carros de bombeiros e de polícia, com todas as luzes acesas. Tentei pisar no reflexo das luzes nas poças, que fazia círculos azuis, vermelhos e brancos na água, e um pouco de água entrou pelos furinhos na parte de cima do meu tênis, molhando minhas meias. A mamãe ia ficar brava porque o meu tênis estava encharcado, mas continuei pisando nas luzes que faziam círculos e espirrando água para todos os lados. As luzes azuis, vermelhas e brancas nas poças de água pareciam a bandeira dos Estados Unidos.

As ruas estavam bloqueadas por caminhões e carros. Outros carros chegavam logo atrás dos que já estavam parados e vi pais saírem deles correndo. Procurei pela mamãe, mas ela não estava ali. A polícia fez uma barreira dos dois lados do cruzamento para que a gente continuasse andando, e os pais tinham que ficar atrás deles. Os pais gritavam os nomes dos filhos como se fossem perguntas – "Eva?", "Jonas?", "Jimmy?" – e algumas crianças gritavam de volta – "Mamãe?", "Papai?".

Fingi que estava num filme com todas aquelas luzes e policiais com suas armas grandes e seus capacetes. Fiquei animado. Fingi que era um soldado que voltava da guerra e era um herói, e que aquelas pessoas estavam ali para me ver. Meu ombro doía, mas isso acontece quando você vai para a guerra. Cicatrizes de batalha. Era o que o papai dizia toda vez que eu me machucava jogando futebol ou brincando:

– Cicatrizes de batalha. Todo homem tem que ter algumas. Elas mostram que você não é covarde.

3
Jesus e gente morta de verdade

Os policiais que estavam na frente das filas de alunos nos levaram para uma pequena igreja na rua atrás da nossa escola. Quando entramos, eu não estava mais me sentindo um herói valente. Toda aquela animação tinha ficado do lado de fora, junto com os carros de bombeiros e da polícia. Dentro da igreja era escuro, quieto e frio, principalmente porque estávamos todos molhados da chuva.

Na minha família, a gente não ia muito a igrejas, só quando teve um casamento uma vez, e no ano passado fomos também, quando o tio Chip morreu. Não foi nessa igreja que fomos. Foi numa maior em Nova Jersey, onde o tio Chip vivia. Foi muito triste quando o tio Chip morreu porque ele nem era tão velho assim. Ele era irmão do papai, e só um pouco mais velho do que ele, mas morreu porque teve câncer. Essa é uma doença que muitas pessoas têm, e você pode ter câncer em vários lugares do corpo. Chega uma hora em que o câncer está em todos os lugares ao mesmo tempo, e foi isso que aconteceu com o tio Chip, aí o médico não pôde mais ajudar e ele foi para um hospital aonde as pessoas vão quando estão doentes e não vão ficar boas nunca mais, e aí elas morrem lá.

Nós fomos visitar o tio Chip nesse hospital. Eu achava que ele devia estar com muito medo porque provavelmente sabia que ia morrer e não ia mais ficar com a família dele. Mas quando nós fomos lá, ele não parecia estar com medo, só dormia o tempo todo. Ele nunca mais acordou depois desse dia. Ele estava dormindo e morreu, e acho que nem percebeu que tinha morrido. Às vezes, quando vou dormir, penso sobre isso e fico com medo, porque vai que eu morro também enquanto estou dormindo e não percebo que morri!

Chorei muito quando o tio Chip morreu porque ele tinha ido embora para sempre e nunca mais a gente ia ver o tio Chip de novo. Outras pessoas choraram também: a mamãe, a vovó e a tia Mary, que era mulher do tio Chip. Ouvi algumas pessoas dizendo que a tia Mary não era mulher do tio Chip de verdade, porque eles nunca se casaram, mas a gente chamava a tia Mary de tia assim mesmo, porque eles namoravam tinha muito, muito tempo, desde antes de eu nascer. E chorei porque o tio Chip estava agora num caixão, e devia ser bem apertado lá dentro, e eu nunca queria ficar num caixão, nunca. Só o papai não chorou.

Quando os policiais nos disseram para sentar nos bancos da igrejinha, pensei no tio Chip e em como foi triste quando ele morreu. Todos nós tivemos que sentar nos bancos, e os policiais gritavam:

– Apertem um pouco mais, crianças. Todo mundo tem que sentar.

E nós fomos nos apertando, e nos apertando, até ficarmos bem apertados de novo, como quando estávamos no armário. Havia um corredor no meio da igreja entre os bancos que ficavam à esquerda e os que ficavam à direita, e os policiais formavam um fila ao lado dos bancos.

Meus pés estavam congelando. E eu estava com vontade de fazer xixi. Tentei perguntar ao policial que estava perto do meu banco se eu podia ir ao banheiro, mas ele disse:

– Todo mundo tem que ficar sentado agora, campeão.

Então tentei segurar a vontade e não ficar pensando em como eu precisava muito ir ao banheiro. Mas quando você tenta não pensar numa coisa, acaba que você só consegue pensar nessa coisa o tempo todo.

O Nicholas estava sentado do meu lado direito e ainda estava cheirando a vômito. Vi a srta. Russell sentada num banco na parte de trás junto com os outros professores e eu quis poder sentar do lado dela. As crianças mais velhas, que tinham manchas de sangue na roupa e no rosto, estavam sentadas na parte de trás também, e muitas ainda choravam. Eu me perguntava por quê, afinal até as crianças menores já tinham parado de chorar. Alguns professores, policiais e o homem da igrejinha – eu sabia que ele era o homem da igreja porque ele usava uma camisa preta com colarinho branco alto – estavam falando com as crianças mais velhas e abraçando, e limpando o sangue do rosto delas.

Na parte da frente da igreja tinha uma mesa muito grande. É uma mesa especial que as pessoas chamam de altar. Acima dela tinha uma cruz imensa com Jesus pendurado, igualzinho à igreja aonde fomos quando o tio Chip morreu. Tentei não olhar para Jesus, porque ele estava com os olhos fechados. Eu sabia que ele estava morto com aqueles pregos nos pés e nas mãos, porque as pessoas fizeram isso com ele muito tempo atrás, apesar de ele ser um cara legal e o filho de Deus. A mamãe tinha me contado essa história, mas eu não lembrava por que tinham feito aquilo com ele e só queria que ele não estivesse ali na nossa frente. Ele me fazia lembrar das pessoas que estavam no chão do corredor e de todo o sangue que vi no chão e nas paredes, e comecei a pensar que talvez aquelas pessoas estivessem mortas também, o que significava que eu tinha visto gente morta de verdade!

A maioria de nós estava em silêncio e, naquele silêncio todo, os sons de TÁ voltaram aos meus ouvidos, igual a um eco batendo nas paredes da igrejinha e voltando. Sacudi a cabeça para afastar esses sons, mas eles continuavam voltando.

TÁ TÁ TÁ

Esperei para ver o que ia acontecer em seguida. O nariz do Nicholas estava vermelho, com uma gota de catarro bem grosso pendurada. Ele ficava fungando e puxando o catarro de volta para dentro do nariz, e o catarro logo aparecia de novo. O Nicholas estava esfregando as mãos nas pernas para cima e para baixo, como se quisesse enxugar as mãos, mas a calça dele estava muito molhada. Ele não falava nada, e isso era estranho porque, quando sentávamos juntos na mesma mesa azul, na sala de aula, a gente falava o tempo todo sobre os Skylanders e sobre a Copa do Mundo, e sobre as figurinhas de jogadores de futebol que queria trocar mais tarde no recreio e no ônibus da escola.

Começamos a colecionar as figurinhas antes do início da Copa do Mundo. Nossos álbuns tinham todos os jogadores de todos os times que iam participar da Copa, então sabíamos tudo de todos os times quando a Copa começou, e era muito mais divertido assistir aos jogos assim. O Nicholas precisava de vinte e quatro figurinhas para completar o álbum, e eu, de trinta e duas, e nós dois tínhamos um bolão de figurinhas repetidas.

Sussurrei para o Nicholas:

– Você viu todo aquele sangue no corredor? Parecia de verdade, não parecia?

O Nicholas balançou a cabeça que sim, mas continuou sem dizer nada. Era como se ele tivesse deixado a voz na escola junto com o casaco e a mochila. Ele estava muito esquisito daquele jeito, puxando o catarro para dentro do nariz e esfregando as mãos na calça molhada, então parei de tentar falar com ele, e me esforcei para não ficar olhando para o catarro. Mas, quando eu olhava para a frente, meus olhos iam direto para Jesus, morto ali na cruz, e essas eram as únicas coisas que meus olhos viam, Jesus e o catarro, o catarro e Jesus. Jesus e o catarro. O catarro e Jesus. Minhas figurinhas do álbum da Copa estavam na minha mochila, e fiquei preocupado de alguém pegar.

A porta na parte de trás da igreja ficava abrindo e fechando, rangendo muito alto, e pessoas entravam e saíam, a maioria policiais e professores. Não vi a sra. Colaris em lugar nenhum, nem o Charlie, então eles provavelmente ainda estavam na escola. Foi então que os pais começaram a entrar na igreja e tudo ficou agitado e barulhento de novo. Os pais não estavam fazendo silêncio como nós, eles entravam gritando o nome dos filhos, de novo como se fossem perguntas. E choravam e gritavam quando se encontravam com eles, e tentavam tirar os filhos dos bancos, mas era difícil porque estávamos todos muitos apertados. Algumas crianças subiam por cima dos colegas e começavam a chorar quando viam a mãe ou o pai.

Toda vez que ouvia o rangido da porta, eu me virava para ver se era a mamãe ou o papai. Eu estava esperando que eles viessem me pegar e me levar para casa para que eu pudesse colocar roupas e meias secas e ficasse quente de novo.

O pai do Nicholas apareceu. O Nicholas passou por cima de mim e o pai dele levantou o Nicholas por cima das outras crianças no banco. Aí os dois se abraçaram por um longo tempo, mesmo que isso tenha feito a camisa do pai dele ficar suja de vômito também.

Finalmente a porta da igreja se abriu com aquele rangido muito alto e vi a mamãe entrar. Eu me levantei para que ela me visse, mas fiquei com vergonha porque ela veio correndo e me chamou de "meu bebê" na frente de todas as crianças. Passei por cima das crianças no meu banco para chegar até ela, e ela me agarrou e me abraçou forte, e estava fria e molhada por causa da chuva lá fora.

Aí a mamãe começou a olhar em volta e me perguntou:

– Zach, onde está o seu irmão?

4
Onde está o seu irmão?

– Zach, onde está o Andy? Onde ele está sentado?

A mamãe se endireitou e olhou em volta. Eu queria que ela continuasse me abraçando, queria contar a ela sobre os sons de TÁ, e sobre o sangue e as pessoas deitadas no corredor, como se fossem, talvez, gente morta de verdade. Eu queria perguntar a ela por que um homem com uma arma apareceu e o que aconteceu com aquelas pessoas na escola. Eu queria que a gente fosse embora daquela igreja fria com Jesus e os pregos nas mãos e nos pés dele.

Eu não tinha visto o Andy hoje. Quase nunca vejo o Andy na escola depois que descemos do ônibus até a gente voltar para o ônibus quando a aula acaba, porque não lanchamos nem vamos para o recreio juntos. As crianças mais velhas sempre saem para o pátio antes de nós. Quando nos vemos na escola por acaso, tipo no corredor, quando a minha turma vai para um lado e a dele vai para outro, ele me ignora e finge que não me conhece, que não sou nem mesmo seu irmão.

Quando entrei para o jardim de infância, estava preocupado porque um monte dos meus amigos foi para uma outra escola e eu não conhecia muitas crianças na Escola Fundamental McKinley. Eu estava contente de o Andy já estudar lá, no quarto ano. Ele poderia me mostrar onde ficava tudo, e eu não me sentiria tão assustado assim.

A mamãe disse para o Andy: "Fique de olho no seu irmãozinho. Ajude-o lá na escola!"

Mas ele não ajudou.

"Fique longe de mim, seu imbecil!", gritou o Andy uma vez quando tentei falar com ele, e os amigos dele riram.

Então fiz o que ele mandou: fiquei longe dele.

– Zach, onde está o seu irmão? – perguntou a mamãe de novo, e ela começou a andar de um lado para outro no corredor no meio da igreja.

Tentei andar junto com ela e segurar a sua mão, mas tinha muita gente por toda a parte ali, gritando nomes e passando no meio de nós dois. Tive que soltar a mamãe porque o meu ombro doía quando eu ficava tentando segurar a mão dela.

Eu não tinha pensado no Andy o dia todo, desde o ônibus, só pensei quando a mamãe perguntou por ele. Não pensei no Andy quando os sons de TÁ começaram, ou quando estávamos escondidos no armário, ou quando saímos para o corredor e andamos para a porta dos fundos. Tentei me lembrar se, quando olhei para trás e vi crianças mais velhas andando, algum daqueles rostos era o do Andy, mas eu não tinha certeza.

A mamãe andava em círculos agora, mais rápido, e a cabeça dela virava para a esquerda e para a direita, para a esquerda e para a direita. Eu alcancei a mamãe na parte da frente da igreja, diante do altar, e tentei pegar a mão dela, mas, nesse exato momento, ela levantou e colocou a mão no ombro de um dos policiais. Então botei minhas mãos no bolso para ficarem quentinhas e fiquei bem perto da mamãe.

– Não consigo achar meu filho. Todas as crianças estão aqui? – perguntou a mamãe ao policial.

A voz dela me pareceu diferente, mais fina e desafinada, e olhei para o seu rosto para ver por que ela estava falando daquele jeito. Seus olhos estavam vermelhos e seus lábios e bochechas tremiam, provavelmente porque ela estava com frio por causa da chuva e por estar molhada.

– Vamos fazer um pronunciamento oficial daqui a alguns minutos, senhora – disse o policial para a mamãe. – Se o seu filho está desaparecido, por favor, sente-se e aguarde o pronunciamento.

– Meu filho está desa...?! – repetiu a mamãe e bateu com a mão na cabeça bem forte. – Ah, meu Deus! Meu Deus... Meu Jesus...

Olhei para a cruz, onde Jesus estava, quando a mamãe disse o nome dele. Nesse exato momento, o celular da mamãe começou a tocar dentro da bolsa dela. Ela pegou a bolsa e começou a tirar as coisas de dentro, e algumas caíram no chão. A mamãe se ajoelhou no chão e continuou procurando pelo celular dentro da bolsa. Comecei a pegar as coisas que tinham caído, alguns papéis, a chave do carro e um monte de moedas que rolaram por entre os pés das pessoas. Tentei pegar todas elas antes que alguém pegasse.

Quando encontrou e atendeu o celular, as mãos da mamãe estavam tremendo igualzinho às da srta. Russell lá no armário.

– Alô?... Na igreja de Lyncroft. Trouxeram as crianças para cá. O Andy não está aqui. Meu Deus, Jim, ele não está aqui!... O Zach está, ele está aqui comigo...

A mamãe começou a chorar. Ela estava de joelhos diante do altar e parecia que estava rezando, porque é isso que as pessoas fazem quando rezam, ficam de joelhos desse jeito. Fiquei ali ao lado dela e segurei o seu ombro, tentando fazer a mamãe parar de chorar. Senti um aperto na garganta.

A mamãe disse:

– Eu sei... Tá certo. Eu sei... Tá certo. Tá bom, até já – e desligou o celular e colocou no bolso do casaco, e depois me puxou para ela e me abraçou bem apertado, chorando no meu ombro. A respiração dela no meu pescoço era quente e fazia cócegas, mas também fazia eu me sentir bem porque me aquecia e estava cada vez com mais e mais frio.

Eu queria ficar bem quietinho ali, junto da mamãe enquanto ela me abraçava, mas tive que ficar me mexendo de um lado para outro porque eu precisava muito fazer xixi.

– Preciso fazer xixi, mamãe – falei.

A mamãe me afastou e se levantou do chão.

– Agora não, querido – disse ela. – Vamos sentar em algum lugar e esperar o papai chegar. Os policiais vão fazer um pronunciamento.

Mas não tinha nenhum lugar para a gente sentar com todas aquelas crianças nos bancos, então fomos para as laterais da igreja e a mamãe ficou ali em pé, encostada na parede, segurando firme a minha mão. Continuei pulando na ponta dos pés, com uma vontade enorme de fazer xixi. Eu estava com medo de fazer xixi na calça. Seria uma vergonha, ali na frente de todo mundo.

O celular da mamãe começou a tocar de novo dentro do bolso dela. Ela pegou o celular e me disse:

– É a vovó – e depois para o aparelho: – Oi, mãe! – E, assim que disse essas palavras, ela começou a chorar de novo. – Estou aqui, com o Zach... Ele está bem, ele está bem. Mas o Andy não está aqui, mãe. Não, não está, não consigo achá-lo... Ainda não falaram nada... Disseram que vão fazer um pronunciamento daqui a pouco.

A mamãe estava segurando o celular na orelha com muita força. Eu podia ver que a ponta dos dedos dela estava branca por causa da força com que ela segurava o aparelho. A mamãe ouvia a vovó e balançava a cabeça que sim, e lágrimas escorriam pelo rosto dela.

– Mãe, vou enlouquecer aqui... Não sei o que fazer... Ele está vindo para cá, está a caminho... Não, ainda não chegou. Acho que eles estão deixando só os pais entrarem... Tá bom, eu ligo. Ligo para você assim que tiver notícias. Tá, amo você também.

Olhei para os bancos e percorri com os olhos o lado direito e o lado esquerdo, igual a quando a gente está procurando uma palavra num caça-palavras e começa procurando a primeira letra. Por exemplo, se a gente está procurando a palavra ABACAXI, começa procurando todos os As, e, quando acha um, vê se tem um B ao lado dele, e é assim que a gente acha a palavra. Então comecei a procurar de um lado e do outro para ver se o Andy não estava mesmo sentado num daqueles bancos. Talvez a gente apenas não tivesse visto ainda, e se a gente encontrasse o Andy, podia sair dali e ir para casa. Meus olhos iam e vinham, iam e voltavam, mas o Andy realmente não estava ali.

Comecei a me sentir cansado e não queria ficar mais em pé. Depois de um tempo, a porta da igreja se abriu novamente, com aquele mesmo rangido, e o papai entrou. O cabelo dele estava molhado, caindo na testa, e a água da chuva pingava das suas roupas. O papai demorou algum tempo para atravessar pelo meio das pessoas e chegar até nós. Quando chegou, ele nos abraçou mesmo molhado daquele jeito e a mamãe começou a chorar de novo.

– Meu amor, vai ficar tudo bem – disse o papai. – Tenho certeza de que não cabem todas as crianças da escola aqui. Vamos esperar. Ouvi que eles vão fazer o pronunciamento já, já.

Assim que ele acabou de dizer isso, o policial com quem a mamãe tinha falado mais cedo foi para a frente do altar e disse:

– Atenção, pessoal! Todos em silêncio agora, por favor. – E depois teve que gritar: – Silêncio, por favor! – E gritou algumas vezes porque todo mundo estava chorando e chamando, e falando alto, e ninguém prestava atenção no que ele dizia.

Por fim, todo mundo ficou em silêncio e ele começou a fazer o tal pronunciamento:

– Senhores pais, todas as crianças que não estavam feridas foram trazidas para esta igreja. Se vocês encontraram seus filhos, por favor, deixem o local o mais rápido possível para que possamos organizar as coisas aqui e para que os pais que ainda estão chegando possam encontrar os filhos rapidamente. As crianças feridas foram levadas para o Hospital West-Medical. Sinto muito informar a vocês que houve um número ainda desconhecido de óbitos nesse incidente e que os corpos têm que permanecer na cena do crime enquanto as investigações ainda estão em curso.

Quando ele disse "óbitos" – eu não sabia o que isso queria dizer –, um som alto percorreu a igreja, como se todas as pessoas dissessem "Aaaaah" ao mesmo tempo. O policial continuou falando:

– Nós ainda não temos uma lista dos feridos e dos óbitos, então, se vocês ainda não encontraram seu filho, por favor, dirijam-se ao hospital para checar com a equipe médica. Eles estão agora mesmo processando uma lista de todos os pacientes admitidos. O atirador foi morto no confronto com a força policial e acreditamos que ele agiu sozinho. Não há mais nenhuma ameaça para a comunidade local. Isso é tudo por ora. Vamos criar uma linha de apoio, e mais informações serão divulgadas no site da escola e do bairro em breve.

Ficou tudo muito calmo por segundos depois que o policial fez o pronunciamento e, em seguida, foi uma explosão de barulho, com todo mundo gritando e fazendo perguntas ao mesmo tempo. Eu não tinha entendido direito o que o policial disse, só que o atirador tinha sido morto, e pensei que aquilo era uma coisa boa, porque desse jeito ele não podia atirar em mais ninguém. Mas, quando olhei para a mamãe e para o papai, não me pareceu uma coisa boa, porque o rosto deles estava todo retorcido e a mamãe chorava muito.

O papai disse:

– Tudo bem, ele deve estar no hospital, então.

Eu já tinha ido ao Hospital West-Medical antes, com quatro anos, quando tive alergia a amendoim. Não me lembro disso, mas a mamãe diz que foi assustador, que eu quase parei de respirar, porque o meu rosto, a minha boca e a minha garganta incharam. No hospital, eles me deram um remédio para que eu pudesse respirar de novo. Agora não posso mais comer nada com amendoim e tenho que sentar junto com o pessoal da mesa "sem amendoim e castanhas" na hora do lanche. A mamãe teve que levar o Andy ao West-Medical também, no verão passado, porque ele estava andando de bicicleta sem capacete – isso não pode, de jeito nenhum! – e caiu, e bateu com a cabeça no chão. A testa dele estava sangrando e ele teve que levar pontos.

– Meu amor, é melhor a gente se dividir – disse o papai para a mamãe. – Pegue o Zach e vá para o hospital encontrar o Andy. Me ligue quando chegar lá. Vou ligar para a minha mãe e para a sua para avisar a elas. E vou ficar aqui... para o caso de...

Eu esperei que ele dissesse para o caso de quê, mas a mamãe agarrou a minha mão bem apertado e me puxou, e nós saímos voando da igreja. Quando atravessamos a porta grande, tinha gente por toda a parte nas calçadas e na rua, e vans com antenas enormes, em forma de tigela, no teto. Luzes e flashes estouravam no meu rosto.

– Vamos sair daqui – disse a mamãe, e nós saímos dali.

5
Um dia sem regras

– Vai ficar tudo bem, Zach, você está me escutando? Vai ficar tudo bem. Estamos indo para o hospital e vamos encontrar o Andy lá, e esse pesadelo todo vai acabar, tá bom, meu filho?

A mamãe ficava repetindo e repetindo a mesma coisa dentro do carro, mas não achei que ela estava falando comigo, porque quando eu disse "Eu preciso muito ir ao banheiro quando a gente chegar lá, mamãe", ela não respondeu nada. Ela estava inclinada para a frente, olhando fixo para o para-brisa porque chovia muito. Os limpadores estavam na velocidade mais alta, aquela que faz a gente ficar meio enjoado quando tenta acompanhar o movimento com os olhos, então temos que olhar para a frente, tentando ignorar aquilo. Mesmo com os limpadores do para-brisa indo na velocidade mais alta, era difícil enxergar alguma coisa. Quando chegamos à rua onde ficava o hospital, tinha muito trânsito.

– Puta que o pariu! – disse a mamãe.

Hoje era o dia dos nomes feios. "Merda", "puta que o pariu", "meu Deus". "Meu Deus" não é um nome feio, eu sei, mas às vezes as pessoas dizem isso no lugar de um palavrão. Ouvi uma buzina bem alta. As pessoas abaixavam os vidros da janela mesmo com aquela chuva toda e com certeza o interior dos carros ia ficar todo molhado. Elas gritavam umas com as outras para que saíssem da frente.

Na última vez que estive nesse hospital, quando o Andy caiu da bicicleta, tinha um manobrista, ou seja, a gente podia sair do carro, deixar ligado, com a chave na ignição, e aí vinha um cara e estacionava o carro para a gente. Quando a gente voltava, era só dar o tíquete para esse cara e ele ia lá e pegava o carro onde tinha estacionado. Dessa vez não tinha manobrista mas, sim, tipo milhares de carros na nossa frente. A mamãe começou a chorar de novo e ficava batendo com os dedos no volante como se ele fosse um tambor, dizendo "O que vamos fazer agora? O que vamos fazer agora?". O celular dela começou a tocar bem alto dentro do carro. Eu sabia que era o papai porque nesse carro novo da mamãe dava para ver no painel do rádio quem estava ligando, e aí a gente aperta o "aceitar" e ouve a voz da pessoa dentro do carro, e isso é muito legal! O carro antigo não tinha isso.

– Você já chegou ao hospital? – disse a voz do papai dentro do carro.

– Não consigo nem chegar perto – respondeu a mamãe. – Não sei o que fazer. Têm carros por toda parte. Vai demorar muito para conseguir entrar no estacionamento, e não sei se vai ter vaga. Ah, Jim, não estou aguentando mais! Tenho que chegar rápido lá.

– Tudo bem, querida, esqueça o estacionamento. Vai estar uma loucura também. Droga, devia ter ido com vocês. Achei que... – E de repente houve um silêncio enorme dentro do carro, o papai e a mamãe não falaram nada por um tempo. – Largue o carro em qualquer lugar, Melissa – disse a voz do papai dentro do carro. – Não tem importância, largue o carro e vá andando.

Acho que um monte de gente estava fazendo exatamente isso, largando os carros, porque, quando olhei pela janela, vi carros parados por toda parte, até na ciclovia e nas calçadas, e isso é proibido, o seu carro pode ser rebocado.

A mamãe subiu na calçada e parou o carro.

– Vamos – disse ela e abriu a minha porta.

Vi que a traseira do nosso carro ainda estava no meio da rua, e as pessoas nos carros atrás do nosso começaram a buzinar, embora eu achasse que elas não iam conseguir passar de qualquer jeito.

– Calem a boca! – gritou a mamãe.

A lista das palavras feias só aumentava.

– Mamãe, será que não vai vir alguém num caminhão para rebocar o nosso carro?

– Não tem problema. Vamos logo, rápido!

Eu andava rápido porque a mamãe estava me puxando pela mão. Andar fez um pouco do xixi sair. Não pude fazer nada, simplesmente saiu. Só um pouquinho no início e depois todo o resto. Foi bom, o xixi fez minhas pernas ficarem mais quentes. Pensei que não tinha problema fazer xixi na calça já que não tinha problema o nosso carro ser rebocado. Hoje era um dia com regras especiais, ou um dia sem regra nenhuma. Estávamos ficando encharcados de chuva de novo, então provavelmente a chuva ia levar o xixi embora de qualquer jeito.

Caminhamos pela rua, no meio dos carros parados. Aquelas buzinas todas doíam nos meus ouvidos. Aí atravessamos as portas de vidro automáticas onde estava escrito "EMERGÊNCIA". Agora íamos achar o Andy e ver o que tinha acontecido com ele, e se ele precisava de pontos de novo, como da última vez.

Dentro do hospital estava como do lado de fora, só que em vez de carros eram pessoas. Havia gente por toda parte na sala de espera, na frente de um balcão onde estava escrito "RECEPÇÃO". Todo mundo falava ao mesmo tempo com as duas mulheres atrás desse balcão. Um policial conversava com um grupo de pessoas no meio da sala, e a mamãe chegou perto para ouvir o que ele estava dizendo:

– Não vamos deixar ninguém entrar por enquanto. Faremos uma lista dos pacientes que deram entrada. Tem muita gente ferida, e cuidar dessas pessoas é a nossa prioridade maior agora.

Algumas pessoas tentaram dizer alguma coisa para o policial, mas ele levantou as mãos como se quisesse bloquear as palavras delas.

– Quando as coisas ficarem mais calmas, vamos começar a dar informações aos parentes das vítimas que conseguirmos identificar. E vocês vão poder entrar. Peço um pouco de paciência. Sei que é difícil, mas, por favor, tentem. Deixem os médicos e enfermeiras fazerem o trabalho deles.

Por toda a sala de espera, as pessoas começaram a se sentar. Quando não havia mais lugares vazios, elas começaram a se sentar no chão, encostadas nas paredes. Fomos até a parede onde havia uma tevê bem grande. Vi a mãe do Ricky sentada embaixo da tevê. O Ricky estava no quinto ano, igual ao Andy, e eles moravam perto da nossa casa, por isso o Ricky ia no ônibus da escola com a gente. O Andy e o Ricky eram amigos e brincavam juntos à beça, mas no verão passado eles tiveram uma briga, com socos e não com palavras, e aí o papai levou o Andy até a casa do Ricky para pedir desculpa.

A mãe do Ricky olhou para cima e viu a gente, e depois voltou a olhar rápido para o próprio colo. Acho que ela ainda estava chateada por causa da briga. A mamãe sentou no chão perto da mãe do Ricky e disse:

– Oi, Nancy.

A mãe do Ricky olhou para a mamãe e disse:

– Ah, oi, Melissa.

E foi como se ela não tivesse visto a gente antes de a mamãe sentar no chão. Mas eu sabia que ela tinha visto. Depois ela olhou para o próprio colo de novo e ninguém disse mais nada.

Sentei do lado da mamãe e tentei ver tevê, mas ela estava bem em cima das nossas cabeças, e eu tinha que virar o pescoço todo e mesmo assim só conseguia ver um pouco das imagens. O som estava baixo, mas pude ver que tinha começado o jornal e estavam mostrando a nossa escola com os carros de polícia e de bombeiros e as ambulâncias bem na frente. Havia umas palavras passando numa linha embaixo da tela, mas eu não conseguia ler porque não dava para enxergar direito de onde eu estava e também porque as palavras passavam rápido demais. Meu pescoço começou a doer, então parei de tentar ficar olhando para a tevê.

Ficamos sentados lá no chão um tempão, tanto que as minhas roupas já estavam ficando quase secas de novo. Senti a minha barriga roncar. A hora do lanche tinha sido muito tempo antes e eu nem tinha comido o meu sanduíche, só a maçã. A mamãe me deu dois dólares para eu comprar alguma coisa numa máquina que ficava ao lado dos banheiros. Podia pegar o que quisesse, ela disse, então coloquei as moedas e apertei o botão de um pacote de salgadinhos. Era porcaria e, na maioria das vezes, a gente não podia comer porcaria, mas hoje era um dia sem regras, não é mesmo?

A porta nos fundos da sala de espera, onde estava escrito "PROIBIDA A ENTRADA", se abriu e duas enfermeiras com blusas e calças verdes saíram. Todo mundo na sala de espera se levantou na mesma hora. As enfermeiras tinham folhas de papel nas mãos e começaram a chamar: "Família de Ella O'Neil, família de Julia Smith, família de Danny Romero..." Algumas pessoas na sala de espera foram até elas e entraram junto com as enfermeiras onde era proibida a entrada.

As enfermeiras não chamaram "Família de Andy Taylor", e a mamãe voltou a se sentar no chão e abraçou os joelhos, enfiando a cabeça entre os braços como se quisesse esconder o rosto. Sentei ao lado da mamãe de novo e fiquei esfregando seu braço, para cima e para baixo, para cima e para baixo. Parecia que o braço da mamãe estava tremendo e vi que ela estava com as mãos bem fechadas. Ela abria e fechava as mãos, abria e fechava as mãos.

– Se eles não nos chamaram ainda, isso é mau sinal – disse a mãe do Ricky. – Do contrário já teríamos tido alguma notícia.

A mamãe não disse nada, apenas ficou abrindo e fechando as mãos.

Esperamos mais um pouco e outras enfermeiras saíram e chamaram outras famílias. Toda vez que aparecia uma enfermeira na porta, a mamãe levantava a cabeça e olhava para ela com os olhos muito abertos e fixos, fazendo rugas na testa. Quando elas diziam um nome e não era o nome do Andy, ela soltava a respiração e voltava a enfiar a cabeça entre os braços, e eu esfregava o braço dela mais um pouco.

Às vezes a porta da frente se abria e mais pessoas entravam na sala de espera. Pude ver que lá fora estava ficando escuro, a gente já estava no hospital tinha muito tempo, e provavelmente já era hora do jantar. Desconfiei de que hoje, no dia sem regras, eu ia poder ficar acordado até mais tarde.

Agora já tinha pouca gente na sala de espera, apenas eu, a mamãe e a mãe do Ricky, e algumas pessoas sentadas nas cadeiras ou em pé, na frente da máquina de lanches. Dois policiais ainda estavam ali e conversavam com a cabeça baixa. Tinham muitas cadeiras vazias agora, mas nós não levantamos do chão, mesmo que o meu bumbum já estivesse doendo.

Então as portas de vidro se abriram novamente e o papai entrou na sala de espera. Fiquei feliz, e comecei a me levantar para ir dar um abraço nele, mas aí me sentei de novo quando prestei atenção: o rosto dele não parecia com o rosto do papai de jeito nenhum. Senti um frio na barriga, como acontecia quando eu ficava animado com alguma coisa, mas só que eu não estava animado. Estava era com medo.

6
O uivo de um lobisomem

O rosto do papai estava meio cinza, e a boca dele estava engraçada, o lábio de baixo meio caído, tanto que podíamos ver os dentes dele. Ele balançou a cabeça fazendo não quando viu que eu comecei a me levantar. Ficou parado, perto da porta automática, olhando para nós; para mim, sentado ao lado da mamãe, e para a mamãe, sentada ao lado da mãe do Ricky. Não me mexi. Continuei olhando para o rosto dele porque não entendia direito por que ele estava daquele jeito e por que o papai tinha ficado parado ali.

Depois de um tempo bem longo, o papai começou a andar na nossa direção bem devagar, como se não quisesse chegar perto de nós. Ele se virou algumas vezes, talvez quisesse ver a que distância já estava da porta automática. De repente fiquei com a sensação de que não queria que ele chegasse perto de nós, porque tudo ia ficar muito pior.

A mãe do Ricky viu o papai se aproximando e fez um barulho com a boca, como se ela precisasse respirar muito mais ar de uma só vez. E isso fez a mamãe levantar a cabeça. Ela olhou por alguns minutos para aquele rosto estranho do papai, e o papai parou de andar na nossa direção. E então tudo ficou muito pior, eu estava certo.

Primeiro a mamãe arregalou os olhos, muito, e depois começou a tremer e agir como se tivesse ficado maluca.

– Jim?... Ah, meu Deus!... Não não não não não não não NÃO NÃO NÃO!

Cada "não" ia ficando mais alto, e eu não sabia por que ela estava gritando tão alto assim de repente. Talvez ela estivesse zangada porque o papai tinha saído da igreja, porque eles tinham combinado que ele ficaria esperando lá para o caso de... Todo mundo na sala de espera estava olhando para a gente.

A mamãe tentou se levantar, mas caiu no chão, de joelhos. Ela começou a fazer um som de "Aaaaaaauuuuuuuuuu" muito alto, que não parecia vir de uma pessoa, mas de um animal, tipo um lobisomem vendo a lua.

O papai caminhou o restante da sala até nós, se ajoelhou também e tentou abraçar a mamãe, mas ela batia nele e gritava "não não não não não não não não não" de novo. Ela estava mesmo muito zangada com ele.

Vi que o papai estava triste com o que tinha feito, porque ele ficava repetindo "Eu sinto muito, meu amor, eu sinto muito, muito", mas a mamãe continuava batendo nele, e ele deixou ela bater, mesmo que todo mundo estivesse olhando. Eu queria que a mamãe parasse de ficar zangada com o papai e de bater nele. Mas, em vez disso, ela foi ficando cada vez mais maluca e começou a gritar o nome do Andy sem parar, e fazia isso tão alto que pus as mãos nas minhas orelhas. Foram muitos sons altos demais hoje!

A mamãe chorava e gritava e fazia de novo aquele som de "Aaaaaaauuuuuuuuuu". Depois de um tempo, o papai abraçou a mamãe e ela deixou, não batia mais nele, então achei que talvez a raiva dela estivesse passando. De repente, ela se virou para a parede e começou a vomitar, e todo mundo podia ver aquilo. Foi muito vômito, e ela fazia uns barulhos horríveis. O papai estava de joelhos ao lado dela, esfregando as costas da mamãe com uma cara muito assustada, de quem queria vomitar também, provavelmente por ter visto a mamãe vomitar.

Mas o papai não vomitou. Ele estendeu a mão para mim, e nós ficamos sentados ali no chão, de mãos dadas. Tentei não olhar para a mamãe. Ela tinha parado de vomitar e de gritar, mas estava deitada no chão, toda encolhida, abraçando os joelhos, e chorava e chorava.

Uma enfermeira veio, e tive que chegar para o lado para que ela pudesse cuidar da mamãe. Sentei de costas para a parede onde ficava a tevê. O papai ficou de cócoras e depois veio se sentar ao meu lado, encostado na parede também. Ele pôs o braço em volta de mim e ficamos observando a enfermeira cuidar da mamãe.

Uma outra enfermeira saiu da porta onde estava escrito "PROIBIDA A ENTRADA" e trouxe uma bolsa com coisas dentro. Ela colocou uma agulha no braço da mamãe, e isso provavelmente doeu, mas a mamãe nem se mexeu. A agulha se ligava a um tubo de plástico, que se ligava a um saquinho de plástico com água dentro que a enfermeira segurava, levantando o braço. Aí um homem trouxe uma cama sobre rodas e, quando chegou perto, ele abaixou a cama até o chão. As duas enfermeiras colocaram a mamãe na cama, subiram a cama de novo e entraram pela porta onde estava escrito "PROIBIDA A ENTRADA". Eu me levantei para ir atrás da mamãe, mas uma das enfermeiras me segurou e disse:

– Agora você tem que ficar aqui, querido.

A porta se fechou e a mamãe desapareceu. O papai colocou as mãos nos meus ombros e disse:

– Não se preocupe. Elas levaram a mamãe para ajudá-la, para fazer ela se sentir melhor. Ela está muito triste e precisa de ajuda, tá bom?

– Por que a mamãe ficou tão zangada com você, papai? – perguntei.

– Hã?! Ah, meu filho... Ela não estava zangada comigo. Eu... Eu tenho que lhe contar uma coisa, Zach. Vamos lá para fora, tomar um pouco de ar fresco. Tenho que lhe dar uma notícia não muito boa, nada boa. Venha comigo.

7
Lágrimas do céu

O Andy morreu. Foi a notícia que o papai me deu quando fomos lá para fora, em frente à porta do hospital. Ainda estava chovendo. Muita chuva, o dia todo. A chuva me lembrava de todas as lágrimas daquele dia. Era como se o céu estivesse chorando junto com a mamãe e com todo mundo que tinha chorado hoje.

– Seu irmão foi atingido pelos tiros lá na escola, Zach – disse o papai, e a voz dele parecia arranhar a garganta.

A gente estava em pé, debaixo do céu que chorava, e na minha cabeça aquelas palavras giravam sem parar: *O Andy morreu. Atingido pelos tiros lá na escola. O Andy morreu. Atingido pelos tiros lá na escola.*

Agora entendi por que a mamãe agiu como se tivesse ficado maluca quando o papai entrou no hospital – porque ela entendeu que o Andy estava morto, só eu não tinha entendido. Agora também entendi, mas não agi como se tivesse ficado maluco, não chorei nem gritei como a mamãe. Apenas fiquei ali em pé e esperei, com aquelas palavras rodando na minha cabeça. Eu me sentia esquisito, como se meu corpo estivesse mais pesado.

Então o papai disse que tínhamos que voltar para ver como a mamãe estava. Fomos entrando bem devagar porque era difícil andar com as pernas pesadas. As pessoas na sala de espera ficaram nos olhando, e pelo rosto delas dava para ver que estavam com pena da gente, então elas também sabiam que o Andy tinha morrido.

Fomos até o balcão da recepção.

– Gostaria de informações sobre Melissa Taylor – disse o papai para uma das mulheres atrás do balcão.

– Só um momento, por favor – respondeu a mulher e entrou pela porta de "PROIBIDA A ENTRADA".

De repente, a mãe do Ricky estava ali, do nosso lado.

– Jim... – disse ela para o papai, colocando a mão no braço dele. O papai deu um salto para trás como se a mão dela estivesse muito quente ou coisa parecida. A mãe do Ricky abaixou a mão e encarou o papai. – Jim, por favor... E o Ricky? Você sabe alguma coisa sobre o Ricky?

Eu me lembrei que o Ricky não tinha pai, bem, acho que ele tinha um pai, mas o pai dele foi embora quando o Ricky era bebê. Então o pai dele não pôde esperar na igreja para o caso de..., e agora a mãe do Ricky não sabia se o Ricky estava vivo ou morto ou coisa parecida.

– Desculpe, eu... eu não sei – respondeu o papai, andando ainda mais para trás e olhando para a porta "PROIBIDA A ENTRADA".

E então a porta se abriu e a mulher que estava atrás do balcão antes acenou para que a gente entrasse. O papai falou para a mãe do Ricky:

– Vou tentar ter alguma informação lá dentro, tá bom? – E nós entramos.

Seguimos a mulher do balcão por um corredor comprido até chegarmos a uma sala bem grande. Eu me lembrava dessa sala quando estivemos aqui com o Andy, tinha tipo pequenas salas em volta, sem paredes, divididas apenas por cortinas. Numa dessas salinhas que estava com as cortinas abertas, vi uma menina que eu conhecia lá da escola – ela era do quarto ano, mas eu não sabia o seu nome. Ela estava sentada numa cama com rodas e tinha um curativo branco bem grande envolvendo o seu braço.

A mulher nos levou para uma das salinhas onde encontramos a mamãe. Ela estava deitada numa cama com um lençol branco em cima dela e seu rosto estava tão branco quanto o lençol. O saquinho de água agora ficava pendurado num negócio de metal ao lado da cama e o tubo plástico estava preso no braço da mamãe com um Band-Aid enorme. A mamãe estava com os olhos fechados, e a cabeça dela, virada para o outro lado. Ela parecia uma boneca, não uma pessoa de verdade, e eu fiquei um pouco assustado. O papai se debruçou sobre a mamãe e tocou no rosto dela. A mamãe não se mexeu, não virou a cabeça nem abriu os olhos.

Tinham duas cadeiras ao lado da cama e nos sentamos nelas. A mulher disse que o médico já viria falar com a gente e, quando saiu, puxou as cortinas que eram as portas daquela salinha. Enquanto a gente esperava, fiquei observando a gota de água caindo do saquinho, descendo pelo tubo e entrando no braço da mamãe. Parecia uma gota de chuva ou uma lágrima, e achei que o saquinho estava devolvendo todas as lágrimas que a mamãe tinha chorado mais cedo. Agora só o saquinho estava chorando.

O celular do papai começou a tocar, mas ele não tirou o celular do bolso para atender. Normalmente ele sempre atendia porque podia ser do trabalho, mas hoje deixou tocar até parar, e depois de um tempo o celular começou a tocar de novo. O papai estava olhando para as próprias mãos, a única coisa que se mexia no corpo dele. Primeiro puxou os dedos da mão direita com a mão esquerda. Depois os dedos da mão esquerda com a mão direita. Depois girou os pulsos, primeiro para um lado, depois para o outro. Comecei a imitar o papai, puxando os meus dedos também. Eu tinha que prestar muita atenção para fazer aquilo ao mesmo tempo que ele, e isso me fez parar de pensar na mamãe, deitada ali, naquela cama, igual a uma boneca. O papai seguia uma ordem, então eu sabia o que vinha depois, e isso ajudava. Eu queria ficar sentado ali com o papai, puxando os meus dedos por muito tempo.

Mas aí a cortina se abriu e um médico entrou e começou a falar com o papai, e paramos de fazer aquele negócio com os dedos.

– Meus sentimentos – disse o médico para o papai. O papai apenas piscou os olhos algumas vezes, mas não respondeu nada, então o médico continuou falando: – Sua mulher está em estado de choque. Tivemos que sedá-la e vamos mantê-la aqui esta noite. Assim que as coisas se acalmarem, vamos transferi-la para um quarto. Ela está completamente sedada, e não vai acordar tão cedo. Acho que a melhor coisa a fazer é voltar amanhã de manhã para saber como ela está. Por que o senhor não vai para casa agora e... tenta descansar um pouco?

O papai continuou sem falar nada, apenas olhando para o médico. Achei que ele não tinha entendido o que o médico disse. Aí o papai olhou para baixo, para as mãos dele, como se estivesse surpreso de elas ainda estarem ali.

– Senhor? Senhor? Há alguém que possa levá-lo para casa? – perguntou o médico, e isso fez o papai acordar.

– Não, nós... nós vamos então. Não é preciso chamar ninguém.

A cortina se abriu novamente e a Mimi estava parada ali, como se estivesse congelada, segurando a cortina. Ela ficou olhando para o papai por muito tempo, com os olhos arregalados, e depois olhou para mim e para a mamãe, deitada ali na cama, igual a uma boneca. O rosto da Mimi começou a se amarrotar como uma folha de papel. Ela abriu a boca como se fosse dizer alguma coisa, mas apenas um "ah" baixinho saiu. Ela andou na direção do papai, e o papai se levantou em câmera lenta. Acho que ele estava se sentindo pesado também.

A Mimi e o papai se abraçaram bem apertado, e a Mimi estava chorando alto, com a cabeça deitada no ombro do papai. O médico e a enfermeira ficaram olhando para o chão. Eles estavam usando aqueles sapatos de hospital, tipo Crocs, verdes.

Depois de um tempo, a Mimi e o papai pararam de se abraçar. A Mimi ainda estava chorando quando veio na minha direção, colocou os braços em volta de mim e me puxou para bem perto da barriga dela. Foi gostoso, quente e bom, e senti uma coisa apertada na minha garganta. A Mimi beijou o topo da minha cabeça e ficou sussurrando com a boca encostada no meu cabelo:

– Meu doce Zach, meu garotinho...

E então ela me soltou. Eu não queria que ela me soltasse, queria continuar abraçando a Mimi, sentindo o calor e o cheiro do suéter dela que cheirava a recém-lavado.

Mas ela se afastou de mim e se aproximou da mamãe. Ela tirou o cabelo que estava no rosto da mamãe.

– Vou ficar com ela esta noite, Jim – disse a Mimi baixinho para o papai, e lágrimas começaram a escorrer e escorrer pelo rosto dela.

O papai fez um barulho na garganta e aí disse:

– Tá bom. Obrigado, Roberta. – Depois pegou minha mão e continuou: – Vamos para casa, Zach.

Mas eu não queria ir. Não queria ir para casa sem a mamãe. Então me agarrei à lateral da cama.

– Não! – Minha voz saiu bem alta e isso me surpreendeu. – Não, eu quero a mamãe. Eu quero ficar aqui com a mamãe – gritei, e a minha voz estava parecendo a de um bebê, mas eu não me importava.

– Por favor, Zach, não faça isso, por favor – disse o papai, e a voz dele parecia cansada. – Por favor, vamos para casa. A mamãe está bem, ela precisa apenas dormir. A Mimi vai ficar aqui e tomar conta dela.

– Vou, sim, meu anjo, prometo. Vou ficar aqui com a mamãe – disse a Mimi.

– Eu quero ficar aqui também – insisti com aquela voz alta de novo.

– A gente volta de manhã para vê-la, prometo. Por favor, pare de gritar – disse o papai.

– Mas ela tem que me dar boa-noite! Temos que cantar a nossa canção!

Todas as noites, na hora de dormir, eu e a mamãe cantamos uma canção, sempre a mesma. É uma tradição, é a canção que a Mimi fez quando a mamãe ainda era um bebê, e então a mamãe começou a cantar para mim e para o Andy quando nós éramos bebês. A canção era igual a "Frei João", só que com as nossas próprias palavras. Você tem que mudar o nome para o da pessoa para quem você está cantando. Para mim a mamãe canta assim:

Zachary Taylor
Zachary Taylor
Amo você
Amo você
Meu menino lindo
Meu menino lindo
Meu amor
Meu amor

Às vezes a mamãe muda as palavras para "Meu porquinho lindo/ Meu porquinho lindo/ Cheio de chulé/ Cheio de chulé". É muito engraçado, mas no fim ela sempre tem que cantar a canção certa para eu pegar no sono.

Agora ela ia ter que ficar no hospital e não estaria em casa, comigo na hora de dormir.

– Por favor, Zach... Tá bom, o que você quer? Quer cantar a canção?! – perguntou o papai, e o jeito que ele perguntou era como se aquilo fosse a coisa mais estúpida do mundo.

Balancei a cabeça que sim, mas eu não queria cantar ali, com o papai, a Mimi, o médico e a enfermeira olhando para mim, então fiquei apenas segurando na cama da mamãe até que o papai veio me pegar e me forçou a ir embora.

O papai me carregou de volta pela sala grande, pelo corredor longo e pela porta para a sala de estar, e depois atravessamos a porta automática e saímos na chuva. Ele me carregou até o carro dele, que estava bem longe do hospital, mas estacionado numa vaga de verdade, e por isso não tinha sido rebocado. Fiquei me perguntando se o carro da mamãe tinha sido rebocado e como ela iria para casa sem o carro.

O papai abriu a porta do carro e nós dois vimos o casaco do Andy no banco de trás ao mesmo tempo. Era o casaco que ele tinha usado no treino de lacrosse ontem à noite e tirado quando entrou no carro. O papai pegou o casaco e depois se sentou no banco do motorista. Aí ele escondeu o rosto no casaco do Andy e ficou sentado, desse jeito, por um longo tempo. O corpo inteiro dele começou a tremer, como se estivesse chorando, e ele balançava para a frente e para trás, mas não fazia nenhum som.

Fiquei sentado ali atrás em silêncio, olhando para as gotas de chuva no teto solar, o céu chorando em cima do carro do papai. Depois de um tempo, ele colocou o casaco do Andy no colo e enxugou o rosto com a mão. Depois se virou para mim e disse:

– Precisamos ser fortes agora, Zach, você e eu. Precisamos ser fortes pela mamãe, tá bom?

– Tá – respondi, e então fomos para casa debaixo das lágrimas do céu, só eu e o papai.

8
A ÚLTIMA TERÇA-FEIRA NORMAL

O papai caminhava pela casa e eu ia logo atrás dele, as minhas meias molhadas deixando pegadas no chão. O papai ligou todas as luzes em todos os quartos, e isso era justamente o oposto do que ele fazia nos outros dias, quando desligava todas as luzes porque as luzes acesas consumiam energia elétrica e energia elétrica custa muito caro.

– Estou com fome – falei.

– Tá certo – disse o papai.

Fomos para a cozinha, mas o papai ficou parado, olhando em volta como se estivesse na cozinha de outra pessoa e não soubesse onde as coisas estavam. Ouvi o celular dele tocando dentro do bolso da calça, mas ele não atendeu de novo. O papai abriu a geladeira e ficou olhando dentro dela por um tempo. Depois tirou o leite e disse:

– Cereal com leite, que tal?

– Legal – respondi, porque a mamãe nunca deixaria eu comer cereal com leite no jantar.

Nós nos sentamos nos bancos da bancada e comemos o meu cereal favorito. Fiquei olhando para o quadro dos compromissos que ficava numa das paredes. Era o quadro que a mamãe fazia, todo mundo da família tinha uma linha com o seu nome no lado esquerdo e todas as coisas que tinha que fazer nas colunas dos dias da semana, ao lado dos nomes. Dessa maneira, a mamãe podia olhar para esse quadro todas as manhãs e se lembrar de todos os nossos compromissos num determinado dia. Minha linha não tinha muita coisa, só piano hoje, quarta-feira, e lacrosse no sábado. Fiquei me perguntando se o sr. Bernard teria vindo hoje às quatro e meia para a minha aula. Ninguém abriu a porta para ele, porque ficamos a tarde inteira no hospital.

A linha do Andy tem alguma coisa quase todo dia. Ele faz mais coisas do que eu porque é mais velho, e também porque é bom quando ele faz alguma atividade. Ontem, terça-feira, ele teve treino de lacrosse. Foi apenas um dia antes de hoje, mas parecia que já tinha sido muito tempo atrás, que tinham se passado meses.

Ontem a gente fez um monte de coisas que fazemos todas as terças-feiras, porque a gente não sabia que hoje o homem com uma arma ia aparecer. Às vezes, nas terças, o papai chega mais cedo e vai ao treino de lacrosse do Andy também. Ele trabalha em Nova York, onde a gente morava quando eu era pequeno, mas depois nos mudamos para esta casa porque tem mais espaço e porque Nova York não é um lugar seguro para crianças viverem, diz a mamãe. E aqui a gente podia ter uma casa inteira, e não apenas um apartamento.

O escritório do papai fica num prédio muito legal em cima da estação de trem. Ele virou sócio no ano passado e fizemos uma festa para comemorar. Mas eu não acho que a gente tenha muitos motivos para comemorar, porque agora o papai tem que trabalhar até tarde sempre, e nos dias de escola eu quase não vejo o papai, só mesmo nos fins de semana. Ele sempre sai de casa antes de eu acordar de manhã e tenho que ir para cama antes de ele chegar de noite. O Andy pode ficar acordado até mais tarde do que eu, porque ele é três anos e meio mais velho, então ele às vezes vê o papai de noite antes de ir para a cama, e eu não acho isso justo.

No verão fui com o papai para o escritório dele uma vez porque a mamãe tinha que levar o Andy ao médico. Eu estava animado para ir, ia ficar com o papai o dia inteiro e isso nunca tinha acontecido antes. E o papai tinha contado também sobre o novo escritório, que era muito legal e tinha janelas dos dois lados e dava para ver o Empire State Building de lá. Mal podia esperar para ver tudo isso, até levei o meu binóculo para ver toda a cidade com ele.

Mas não fiquei muito tempo com o papai no escritório porque ele tinha um monte de reuniões nas quais eu não podia entrar. Tive que ficar com a Angela a maior parte do tempo. A Angela é a assistente do papai, e ela é legal. Ela me levou até a Grand Central para almoçar – esse é o nome da estação de trem que fica debaixo do prédio do escritório do papai –, e tinha um monte de restaurantes lá. A Angela me levou para comer um hambúrguer e até pedi um milk-shake de chocolate. Não foi lá um almoço muito saudável, é verdade! Milk-shakes são a minha bebida favorita. Sempre molho a batata frita nele, o tio Chip me ensinou a fazer isso, e todo mundo acha meio nojento, mas eu e o tio Chip adoramos. Eu ainda faço isso e sempre me lembro do tio Chip.

O Andy tem treino de lacrosse todas as terças e sextas-feiras e jogos aos sábados, e a família inteira tem que ir para mostrar o nosso apoio. Ele é muito bom no lacrosse, como em todos os esportes, e faz um monte de pontos nos jogos. O papai diz que o Andy é provavelmente bom o bastante para jogar na universidade, igualzinho a ele. Ele fala muito sobre isso e ainda tem o recorde da universidade onde estudou, de mais pontos marcados num jogo. Ninguém nunca quebrou esse recorde apesar de já ter muito tempo. Mas o papai diz que o Andy não está se esforçando o bastante para melhorar, que ele devia praticar mais os arremessos. O Andy fica com raiva e diz que aquilo é apenas um jogo idiota, e que talvez ele jogue futebol no ano que vem e não lacrosse.

Também comecei a aprender lacrosse este ano – as aulas começam quando você está no primeiro ano. Só tive três aulas até agora, e a família inteira não foi me dar apoio, porque os jogos do

Andy são no mesmo horário, então o papai leva o Andy e a mamãe me leva. Acho que não vou ser bom no lacrosse, é difícil segurar o bastão e acertar a bola. E eu nem gosto muito desse jogo, os outros garotos me empurram com força e odeio vestir aquele capacete, é muito apertado.

Na última terça-feira normal, o papai foi entrando em casa e eu estava esperando por ele na porta da frente, mas ele estava numa ligação, então eu ainda não podia dizer oi. Ele colocou um dedo sobre os lábios para dizer "Silêncio!" e subiu a escada para trocar o terno pela roupa de jogo. Ele sempre faz isso, eu não sei por quê, porque é o Andy que joga e não ele.

Esperei o papai voltar ali no começo da escada porque havia uma briga na cozinha. A briga era entre a mamãe e o Andy, e era sobre o dever de casa. O Andy não tinha feito o dever de novo, e ele precisava fazer tudo antes do treino porque a gente voltava bem tarde, quase às nove, uma hora depois da minha hora de dormir. Fiz o meu dever logo depois de chegar em casa.

Agora, sentado na bancada ao lado do papai, comendo o meu cereal favorito de jantar, pensei na briga de ontem à noite, em como a mamãe tinha gritado com o Andy, e em como a briga ficou ainda pior quando o papai desceu a escada depois de trocar de roupa. E fiquei pensando que a gente não sabia que aquela seria a última terça-feira normal, porque, se soubesse, talvez a gente tivesse tentado não ter aquela mesma briga que sempre tinha.

Olhei para o papai e fiquei me perguntando se ele estava pensando na briga de ontem também. Ele colocava o cereal na boca, uma colherada atrás da outra, e nem mastigava, só engolia. Parecia um robô, um que se mexia bem lentamente porque a pilha estava meio fraca.

– Papai?

– Hã?

O papai virou a cabeça de robô lenta dele e olhou para mim.

– Papai, onde o Andy está?

O papai ficou me olhando de um jeito engraçado e disse:

– Zach, o Andy morreu, lembra?

– Não, eu sei que ele morreu, mas onde ele está agora?

– Ah, não tenho certeza, filho. Não me deixaram... ir vê-lo – disse o papai, e a voz dele ficou diferente nessas últimas palavras. Rapidamente ele olhou para baixo e ficou encarando os cereais boiando no leite e não piscou por um longo tempo.

– Ele ainda está lá na escola? – perguntei, e pensei nas pessoas deitadas no corredor cheias de sangue em volta e se alguma delas era o Andy. Será que ele já estava morto naquele momento, quando atravessei o corredor indo em direção à porta dos fundos? E quando eu estava me escondendo no armário junto com a srta. Russell e a minha turma, será que ele já estava morto?

Fiquei pensando que deve ter doído muito morrer por causa das balas de uma arma, e que o Andy provavelmente ficou com muito medo quando viu que o homem com uma arma ia atirar nele.

– Onde foi que o homem com a arma atirou nele? – perguntei.

Eu queria saber onde no corpo do Andy, mas o papai respondeu:

– No auditório, eu acho. A turma dele estava no auditório quando... aconteceu.

– Ah, é – respondi. – Hoje o quarto e o quinto anos foram ver as cobras!

– Hã?! Que cobras?

Eu me lembrei que não tinha contado ao papai ontem sobre a jiboia-verde. Ontem fiquei esperando o papai descer depois de trocar de roupa porque eu queria contar a ele que eu tinha tocado numa cobra de verdade na escola. Toquei, sim. Ela era comprida e de um verde brilhante com manchas brancas e se chamava jiboia-verde, e todas as crianças ficaram com medo, menos eu.

Nós fomos para o auditório e veio um moço com diferentes tipos de cobras e pássaros e um furão, e ele nos contou um monte de coisas sobre as cobras. Achei muito legal! Eu amo cobras! Eu queria ter uma no nosso jardim como o meu amigo Spencer. Mas a mamãe odeia cobras e acha que elas são perigosas. Eu disse a ela que nem todas são, e ela falou:

– Bem, mas a gente não sabe disso até que elas nos mordam, não é? E aí pode ser tarde demais.

Então quando o moço perguntou se alguém queria tocar na cobra, levantei a minha mão bem rápido, e ele me escolheu para ir lá na frente e fazer carinho nela. A cobra estava enrolada no braço do moço, exatamente como ela fica no galho de uma árvore, esperando pela sua presa, ele me disse. A pele da jiboia-verde era seca e tinha escamas muito duras, não era pegajosa como pensei que fosse. O moço nos contou um monte de coisa sobre a jiboia-verde: ela não é venenosa, mas se enrola na presa e aperta bem forte, e, desse modo, a presa não consegue respirar e morre.

Mas quando o papai desceu e fui tentar contar sobre a jiboia-verde, ele ouviu a briga da mamãe e do Andy na cozinha:

– Pera aí, filho. Deixe eu ver o que está acontecendo. Você me conta depois.

Aí ele foi para a cozinha e é claro que a briga ficou bem pior. Isso acontece sempre. Começa com o Andy se comportando mal, e ele e a mamãe brigam. Quando o papai chega em casa, ele se envolve na discussão, e a mamãe briga com ele também. "Jim, eu estava resolvendo essa situação", diz a mamãe, e aí todo mundo fica com raiva de todo mundo, menos eu, porque não entro na briga.

Segui o papai até a cozinha e comecei a pegar os guardanapos e facas e garfos – essa é a minha tarefa antes do jantar. A tarefa do Andy é pegar os pratos e colocar leite nos nossos copos, mas ele não fez essa tarefa porque não tinha terminado o dever de casa. Então fiz a tarefa dele. O papai se sentou e disse que trabalhava como um doido o dia inteiro, será que ele não podia chegar em casa e jantar em paz? E, a propósito, a porta dos fundos estava aberta, então os vizinhos provavelmente deviam estar escutando aquela gritaria toda. A mamãe também se sentou e sorriu para mim, um sorriso meio forçado, e disse:

– Muito obrigada por ter colocado a mesa, Zach. Você é um ótimo ajudante!

– É... Zach, o puxa-saquinho! – falou o Andy.

O papai deu um soco na mesa e todas as coisas em cima dela pularam, um pouco de leite até voou para fora dos nossos copos. Também dei um pulo, porque o barulho do soco do papai foi muito alto, e depois disso o papai também gritou com o Andy, e com certeza os vizinhos ouviram aquilo.

Aquele foi o nosso último jantar normal no nosso último dia normal, e agora, apenas um dia depois, estou jantando cereal com leite só com o papai, sem a mamãe e sem o Andy. Aquela seria a última briga da nossa família, porque o Andy tinha morrido e não haveria mais brigas sem ele aqui.

Fiquei me perguntando se o moço das cobras tinha morrido também e o que tinha acontecido com as cobras. Será que elas estavam soltas lá na escola agora?

9
Olhos amarelos

O celular do papai começou a tocar de novo, e dessa vez ele tirou o celular do bolso e viu quem estava ligando.

– Meu Deus do céu! – disse, e depois para mim: – Filho, tenho que fazer várias ligações agora. Tenho que ligar para a vovó de volta e para a tia Mary e... outras pessoas. Está muito tarde. Vamos subir para você se preparar para ir dormir, tá bom?

O relógio no micro-ondas marcava 10:30, e isso era mesmo muito tarde. Eu só tinha ficado acordado até tão tarde assim uma vez, no Quatro de Julho, quando fomos ver os fogos no clube da praia. Aquela foi a primeira vez que fomos a uma festa grande no clube, porque tínhamos entrado de sócios naquele ano. Eu amo ir ao clube, porque podemos ir aonde quisermos, à praia e às quadras de tênis e às cabines de trocar de roupa, porque é seguro em todo lugar. Sempre vamos várias vezes no verão. A mamãe e o papai se sentam com os amigos no terraço e bebem vinho, e a mamãe não liga se está ficando tarde e eu ainda estou acordado. Os amigos de trabalho do papai frequentam o clube também e é importante para o papai ficar com eles, e ele quer que eu e o Andy brinquemos com os filhos desses amigos, então não temos que sair cedo por causa da hora de dormir.

Os fogos no Quatro de Julho não começam até ficar bem escuro, e no verão só escurece bem tarde. Ficamos para ver os fogos, e foi muito legal porque do outro lado da baía tinha um monte deles, de vários tipos, e nós conseguíamos ver tudo da praia.

Quando os fogos acabaram, era hora de ir embora. O combinado era voltar para o terraço depois dos fogos, mas o Andy não apareceu, e então todo mundo começou a procurar por ele. Por fim, o papai achou o Andy no deque de pesca. Ele não devia estar lá sem um adulto por perto, porque aquele era o único lugar não seguro do clube inteiro. Teve uma briga bem grande no carro na volta, e o papai perguntou como é que o Andy podia envergonhar a família toda na frente dos amigos dele. Só fui para a cama às 22h30, como hoje.

Subimos a escada e para chegar ao meu quarto passamos pelo do Andy. O papai andou rápido, como se não quisesse ver nada lá dentro.

– Você vai colocando o pijama e se preparando para dormir, tá bom? – disse, e foi andando para o quarto dele e da mamãe.

Eu podia ouvir ele falando no celular, mas não sabia com quem ele estava falando porque o papai falava muito baixo e tinha fechado a porta.

Fui para o meu quarto e tudo estava exatamente como de manhã. Mas não parecia igual. Tudo estava diferente sem a mamãe e o Andy. E parecia que eu não entrava no meu quarto fazia muito tempo.

Olhei para a minha cama, toda arrumada, e pensei em como a mamãe arrumava tudo depois que a gente saía para a escola de manhã – ela fazia isso todos os dias. Eu não sei por que precisa arrumar a cama, afinal, de noite, vamos deitar nela de novo, mas a mamãe diz que isso não está em discussão. Hoje começou como um dia normal, então, depois que a gente saiu para pegar o ônibus da escola, a mamãe arrumou as camas como sempre. Talvez até tenha sido no momento exato em que o homem com uma arma apareceu na escola. A mamãe estava em casa arrumando as camas e nem sabia o que estava acontecendo.

Pensei em mim e no Andy esperando o ônibus da escola na entrada da casa da sra. Gray hoje de manhã. Ainda não estava chovendo, a chuva começou quando já estávamos na escola, só que estava frio, mas o Andy estava de short. Ele sempre quer usar short. De manhã, a mamãe e o Andy brigam porque ela diz que tem que estar pelo menos uns quinze graus lá fora para usar short, mas o Andy coloca short mesmo quando não está, como hoje, por exemplo – estava treze graus quando a gente saiu de casa, eu vi no iPad. Sei que ele estava de short, mas agora não me lembro de que cor era. Só lembro que estava com a camisa azul dos Giants. Estou chateado de não conseguir lembrar a cor do short do Andy.

A entrada da casa da sra. Gray não é muito larga e tem pedras dos dois lados, aí às vezes a gente faz uma brincadeira chamada "Cuidado com o Tubarão!", pulando das pedras de um lado para as pedras do outro lado. Fingimos que o caminho no meio é uma água cheia de tubarões, então a gente não pode tocar com o pé no caminho, senão seremos devorados. Perguntei ao Andy se ele queria brincar de "Cuidado com o Tubarão!" hoje, mas ele não quis, porque ele não brincava mais dessa brincadeira de bebê. O Andy achava que todas as brincadeiras de que eu gostava eram de bebê. Ele ficou ali, em pé, sem dizer nada, chutando as pedras do caminho sem parar. "Cuidado com o Tubarão!" foi a última coisa sobre a qual falei com o Andy, só que na hora eu não sabia disso.

Hoje o dia começou como outro qualquer, mas agora tudo mudou. E o Andy não iria mais para a cama dele, então ela ia ficar arrumada para sempre.

O meu lençol tem carros de corrida desenhados, para combinar com a minha cama, que é um carro de corrida vermelho, com rodas e tudo. A minha cama e a do Andy são diferentes, a dele é um beliche. Ele sempre dorme na parte de cima porque fica mais longe de nós, as pessoas, ele diz. Mas, de resto, os nossos quartos são quase iguais, só que temos brinquedos diferentes. Os nossos quartos têm uma janela, de onde dá para ver a rua e a entrada da nossa casa, e uma escrivaninha debaixo da janela. Na parede do outro lado ficam duas estantes brancas e uma cadeira de leitura. Há um banheiro entre os nossos quartos. Isso não é bom, porque quando o Andy entra no banheiro, ele sempre tranca a porta por dentro e depois não destranca. E aí tenho que dar a volta pelo quarto dele para ir ao banheiro, e ele grita comigo para que eu saia do quarto dele e me joga travesseiros lá do alto do beliche.

Mas a grande diferença entre o meu quarto e o do Andy é que eu gosto do meu e o Andy, não. Ele não fica muito no quarto, a não ser para dormir e quando precisa de um tempo para pensar. O Andy precisa de muitos tempos para pensar por causa dos ataques de raiva, aí ele vai para o quarto para pensar e se acalmar. Não é um castigo, é só para ele aprender a lidar com as emoções. Foi isso que o médico disse. O nome dele é dr. Byrne, e o Andy tem que ir falar com ele toda semana, mesmo que não queira. Ele tem que ir por causa do tal do TOD, que é a coisa que o Andy tem que faz ele ter ataques de raiva.

Quando o Andy tem esses ataques de raiva é muito assustador. Acabei ficando muito bom em dizer quando ele está prestes a ter um, e tento ficar bem longe. Não gosto nem de olhar, porque o rosto dele fica de um jeito estranho. O rosto fica todo vermelho, os olhos, arregalados, e ele grita muito alto. É difícil entender até o que ele diz porque parece uma palavra só, sem intervalo entre elas, e um monte de cuspe aparece nos lábios dele e escorre para o peito.

Às vezes, quando o Andy tem que ir para o quarto pensar, a mamãe tem que ficar do lado de fora, na frente da porta, porque o Andy fica tentando sair e ele bate na porta e tenta abrir, e grita muito alto. A mamãe tem que ficar segurando pelo lado de fora para manter a porta fechada, e leva um tempão para o Andy se acalmar e parar de ficar tentando abrir a porta e de gritar. Ou então o Andy engana a mamãe: entra no banheiro e sai correndo pelo meu quarto. Uma vez ele fez isso e vi a mamãe entrar no quarto dele depois. Ela se sentou na cadeira de leitura, que é muito pequena para um adulto, e abaixou a cabeça nos joelhos. Achei que ela estava chorando. Fiquei com raiva do Andy por ter feito a mamãe ficar triste daquele jeito.

Eu gosto de ficar no meu quarto porque lá é silencioso e às vezes eu preciso de um pouco de paz. Só saio de lá quando a briga aqui em casa acaba, então é como se eu pulasse a parte da briga. Gosto de brincar com os meus carrinhos e o quartel e o carro de bombeiros. Tenho um monte de coisas: carro de polícia e de bombeiros, escavadeiras, caminhão-guincho... Toda noite antes de ir para cama coloco todos em fila em frente às estantes e digo boa-noite. Essa manhã brinquei com eles antes de ir para a escola, por isso eles não estão em fila agora, e isso me deixa chateado. Quando olhei para os meus carros e vi que eles estavam fora de ordem, pensei em ir arrumar, mas não fui.

Em vez disso, fui até a janela e olhei lá para fora. Estava muito escuro, e o poste em frente à nossa casa formava uma bola de luz na escuridão. Dentro da bola de luz, pude ver a chuva que caía. Todas as casas da nossa rua tinham um poste em frente, na grama entre a rua e a calçada, e os postes formavam uma longa fileira de bolas de luz com chuva caindo dentro. Elas pareciam olhos amarelos, chorando um monte de lágrimas. Fiquei com a sensação de que eles olhavam para mim e senti um arrepio!

Sentei na minha cama. Estava muito cansado, e os meus pés ainda estavam frios. Tentei tirar as meias porque elas ainda estavam um pouco molhadas, mas, por isso mesmo, era muito difícil de tirar. Comecei a sentir muita falta da mamãe, queria que ela estivesse em casa e me ajudasse a tirar as meias molhadas e a me preparar para dormir. Fiquei com vontade de chorar, mas tentei me segurar porque o papai disse que a gente tinha que ser forte agora por causa da mamãe.

Apertei meu nariz bem forte e peguei o Clancy, a minha girafa de pelúcia que ganhei quando fomos ao zoológico do Bronx quando eu tinha dois anos. O Clancy é o meu bicho de pelúcia favorito, e eu sempre preciso dele para dormir. Não consigo dormir se ele não está comigo.

Depois de um tempo, o papai entrou no meu quarto.

– Hora de ir para cama, filho. Precisamos descansar um pouco, é a melhor coisa que podemos fazer agora. Os próximos dias vão ser muito duros e precisamos ser fortes, tá bom? – disse o papai, puxando os lençóis de carro de corrida para que eu me deitasse.

Fui para a cama de roupa mesmo, não coloquei o meu pijama, e isso era nojento porque mais cedo eu tinha feito xixi na calça, mas agora já estava tudo seco. Também não escovei os dentes.

– Papai? – chamei. – Você pode me contar uma história?

O papai esfregou as mãos em todo o rosto e ouvi um barulho meio áspero quando elas passaram pelo queixo dele. Ele parecia muito cansado.

– Acho que hoje não, filho – disse ele. – Eu... Eu acho que não consigo... pensar em histórias. Hoje, não.

– Então eu posso contar uma história para você. Sobre a jiboia-verde que vi ontem – falei.

– Está muito tarde. Hoje, não – disse o papai, e ele se debruçou sobre mim e me abraçou.

Pensei que essa tinha sido a única parte do dia que foi igual a ontem: não consegui contar ao papai sobre as cobras.

– Qualquer coisa eu estou lá embaixo, tá bom? – disse o papai, mas ele não se levantou para ir embora, ficou ali me abraçando bem forte por um longo tempo.

Fiquei com vontade de cantar a canção de boa-noite, a minha e da mamãe, para o papai.

Comecei a cantar bem baixinho, e foi difícil porque um dos braços do papai estava em cima do meu peito e pesava muito. Senti a respiração dele entrando e saindo muito rápido perto da minha orelha e isso fazia cócegas, mas não me mexi. Cantei a canção inteira até o fim: "Meu menino lindo, meu menino lindo. Meu amor, meu amor."

10
Apertos de mãos

Na manhã seguinte, quando acordei, estava na cama da mamãe e do papai, e não sabia como tinha ido parar lá. Estava tudo em silêncio e pude ouvir a chuva batendo na janela – plop, plop, plop –, e então esses plops começaram a parecer com os TÁs, e isso me fez lembrar do homem com uma arma, e tudo que tinha acontecido ontem voltou à minha cabeça. E aí tudo fez sentido, porque eu nunca podia dormir na cama da mamãe e do papai. Só ontem à noite, porque eu estava com muito medo.

O papai saiu do meu quarto quando acabei de cantar. E desligou as luzes do corredor. A mamãe sempre deixa as luzes do corredor acesas para não ficar muito escuro dentro do meu quarto. E então ficou muito escuro. Tentei fechar os olhos bem fechados, mas ficava tudo ainda mais escuro. E imediatamente imagens de pessoas cheias de sangue vieram à minha cabeça, e meu coração começou a bater numa supervelocidade e minha respiração entrava e saía muito rápido também.

Ouvi um barulho em algum lugar no quarto ou no banheiro, como se alguém estivesse se aproximando de mim, e comecei a gritar bem alto. Eu gritei e me levantei, e saí correndo pelo corredor, mas não podia ver nada, não sabia onde o papai estava e senti alguém chegando perto de mim, por trás, e essa pessoa ia me pegar, aí eu tropecei e caí. Não conseguia me levantar, e continuei gritando e gritando.

Então a porta do quarto da mamãe e do papai se abriu e o papai saiu correndo. Ele acendeu as luzes do corredor, e as luzes cegaram os meus olhos.

– Zach, Zach, ZACH! – O papai me levantou no colo, gritando o meu nome no meu rosto sem parar.

Ele me sacudiu, e eu parei de gritar e ele também. Ficou um silêncio enorme, fora um som de piiim, piiim, piiim na minha cabeça. Olhei para trás, mas não havia ninguém ali. Olhei para o meu quarto e ele parecia uma caverna escura, e eu não queria mais dormir ali sozinho, nunca mais, e então o papai me deixou dormir na cama com ele dessa vez.

Agora o papai não estava mais na cama comigo, então me levantei e fui procurar por ele. Caminhei pelo corredor e passei pelo quarto do Andy. As minhas mãos estavam suadas e as minhas pernas, pesadas, se movendo bem lentamente. Empurrei a porta do quarto do Andy e entrei bem devagar. No começo, eu não queria olhar para a cama que ficava na parte de cima. Achei que talvez eu pudesse ter tido um pesadelo e que o Andy estivesse ali na cama. Mas, não, ela estava vazia. Tinha acontecido de verdade – o Andy morreu –, porque ele nunca levanta primeiro, nunca levanta antes de mim. É muito difícil mesmo para ele levantar da cama de manhã. A mamãe diz que é por causa do remédio que ele toma para controlar os ataques de raiva.

O Andy toma o remédio de manhã para se comportar na escola, mas ele só funciona por um tempo, e então quando chega em casa o mau gênio dele volta. Uma vez ouvi a mamãe e o papai brigando por causa do remédio para controlar os ataques de raiva, porque o papai achava que o Andy tinha que tomar um remédio à tarde, para se comportar melhor em casa também. Mas a mamãe dizia que não, que ela não ia dar mais remédio para o Andy, que isso não era bom para ele – só antes de festas e ocasiões especiais, quando ele tinha que se comportar bem.

Fiquei olhando para a cama na parte de cima. Sem o Andy.

Eu sabia que o Andy não estava ali, mas chamei seu nome no quarto vazio.

– Andy?...

Não havia ninguém ali para ouvir. Era como se o quarto do Andy tivesse engolido aquele nome, e agora ele não existia mais como o próprio Andy.

Saí do quarto rápido e desci a escada. Pude ouvir sons e vozes vindo da cozinha. Talvez a mamãe já tivesse voltado do hospital. Mas, quando entrei na cozinha, o papai estava ali junto com a vovó e a tia Mary, mas a mamãe, não.

O papai estava sentado no mesmo banco onde ele comeu cereal com leite ontem à noite, e ainda estava usando as roupas de trabalho, menos o paletó do terno. Suas roupas estavam amarrotadas, e a barba, começando a aparecer. A barba do papai cresce muito rápido mesmo, por isso ele tem que se barbear todos os dias ou ele fica parecido com o tio Chip, quando ele ainda estava vivo. O tio Chip sempre usou a barba grande, e ela pinicava quando ele me abraçava e me beijava, e às vezes um pouco de comida ficava presa nela, era meio nojento, então fico contente de o papai se barbear, só hoje é que não.

O rosto dele estava muito branco em todos os lugares onde a barba não estava crescendo, como o rosto da mamãe ontem no hospital, e tinha uma mancha escura embaixo dos olhos. Acho que o papai não conseguiu dormir direito ontem à noite, mesmo que tenha dito que isso era a melhor coisa que nós dois podíamos fazer. O relógio do micro-ondas marcava 8:10, e isso significava que eu tinha perdido o ônibus da escola, porque ele passa todos os dias às 7h55. Então provavelmente o papai ia ter que me levar. Quando pensei na escola, me lembrei dos sons de TÁ de novo e das pessoas deitadas no chão do corredor, e aquele medo imenso de ontem à noite voltou. Eu não queria ir para a escola. E se o Andy ainda estivesse lá, morto e cheio de sangue? Aí eu ia ter que ver.

A vovó estava sentada no banco ao lado do papai, falando no telefone. Ela sentou com as costas bem retinhas. Ela sempre senta desse jeito, e às vezes passa um dedo nas minhas costas e nas do Andy para que a gente se sente com as costas bem retinhas também, ela faz isso até com o papai às vezes. A vovó não estava parecendo com ela mesma, e era porque ela não estava usando batom vermelho. Eu não gosto desse batom, porque, quando ela me beija, fica a marca dos lábios vermelhos dela no meu rosto. Mas eu nunca tinha visto a vovó sem batom antes. Ela ficava muito diferente, tipo mais velha. Assim ela parecia um pouco mais com a Mimi, que era velha de verdade. A Mimi tinha cabelo branco, e a vovó era loura. A Mimi nunca usava batom. Quando a Mimi sorri ou dá risada, seu rosto inteiro fica enrugado, especialmente em volta dos olhos e da boca. Já a vovó não tem rugas, e seu rosto fica igual quando ela sorri.

Os lábios da vovó tremiam enquanto ela falava no telefone. A tia Mary estava ao lado com a mão em cima da mão da vovó na bancada, e muitas lágrimas escorriam pelo seu rosto.

– Papai? – chamei e, ao mesmo tempo, o papai, a vovó e a tia Mary levantaram a cabeça e olharam para onde eu estava.

– Ah, meu Deus, ligo para você depois – disse a vovó no telefone, e ela colocou o aparelho em cima do balcão e veio na minha direção, e eu pude ver que os lábios dela tremiam ainda mais agora.

– Ah, Zach – disse ela, se debruçando sobre mim, e a respiração dela cheirava mal, tipo velha.

Ela me deu um abraço, e foi um pouco apertado demais. Virei a cabeça de lado para não sentir o cheiro da respiração dela.

Vi que o papai e a tia Mary estavam me olhando. A tia Mary colocou uma das mãos na boca e franziu a testa completamente, e mais lágrimas escorreram pelo seu rosto. Quando a vovó terminou de me abraçar daquele jeito apertado, a tia Mary abriu bem os braços e corri para ela rápido. O abraço da tia Mary era suave e quente. Pude sentir todo o corpo dela tremendo com o choro, e senti a sua respiração quente bem no alto da minha cabeça.

– Oi, meu macaquinho! – disse ela com a boca no meu cabelo, e ficamos assim por um longo tempo até que senti a mão do papai esfregando as minhas costas.

– Ei, Zach! – disse o papai, e a tia Mary parou de me abraçar. – Que bom que você conseguiu dormir um pouco, filho.

– Papai, estou atrasado para a escola – falei. – Mas eu não quero ir hoje. Eu... Eu não quero ir para lá hoje.

– Ah, não, você não vai à escola hoje – respondeu o papai, e ele me puxou e me levantou no colo. – Nem por um tempo.

Do colo do pai, eu podia ver que a tevê estava ligada na sala. Estavam falando sobre o homem com uma arma que apareceu na nossa escola, mas não consegui ouvir o que eles falavam porque a tevê estava sem som, como no hospital. Eu não entendo por que as pessoas ligam a tevê e tiram o som.

Depois que a vovó fez o meu café da manhã, pessoas começaram a chegar à nossa casa, e ao longo do dia mais e mais pessoas apareceram. Ficou uma pilha enorme de sapatos molhados e guarda-chuvas na entrada, e o alarme na cozinha ficou repetindo o dia inteiro "Porta da frente!" com aquela voz de mulher-robô, para que a gente soubesse que alguém estava saindo ou chegando mesmo que não estivéssemos vendo a porta. Todo mundo trouxe comida, e a vovó e a tia Mary tentaram colocar todos os potes e tigelas na geladeira da cozinha e na do porão, e serviram coisas para que as pessoas comessem, mas ninguém estava comendo nada.

A vovó fez o papai subir e tomar um banho e, quando ele voltou, estava com o cabelo molhado, mas não tinha feito a barba. O papai andava pela sala e falava com todas as pessoas, e parecia que a gente estava dando uma festa.

A gente dava muitas festas na nossa casa, e às vezes as pessoas que trabalhavam com o papai vinham e também alguns clientes. O papai sempre queria que eu e o Andy ficássemos na porta e disséssemos oi para os convidados e apertássemos as mãos deles. Apertos de mão são algo muito importante quando se é adulto. A mão não pode ficar muito frouxa, porque parece meio covarde, mas também não pode ser muito forte e apertar demais a mão da outra pessoa. Um aperto de mão tem que ficar no meio do caminho, deve ser firme, a gente tem que olhar a outra pessoa nos olhos e dizer "Prazer em conhecer você". Às vezes, antes das festas, eu ficava praticando sozinho no meu quarto para fazer tudo certo.

Achei que era uma coisa estranha a gente dar uma festa hoje, porque o Andy morreu e a mamãe está no hospital em estado de choque e não era um bom momento para festas, mas mais pessoas continuavam chegando e ficavam em pé ou sentavam na cozinha, na sala de estar ou na sala da tevê. Só havia adultos ali, nenhuma criança, a não ser eu, e parecia que eu não pertencia à festa.

Fiquei perto do papai o tempo todo. Eu queria falar com ele e perguntar quando a mamãe viria para casa, ou se a gente podia fazer uma visita a ela no hospital, mas o papai não tinha tempo para isso porque precisava conversar com os outros adultos e apertar mãos.

"Sinto muito", "Meus sentimentos", "Não posso acreditar que isso tenha acontecido no nosso bairro", as pessoas diziam. O papai estava com um sorrisinho no rosto. Não era um sorriso feliz, mas sim um do tipo que a gente coloca no rosto de propósito e deixa ali, e ele nunca vai embora. Algumas pessoas, umas que eu conhecia, outras que nunca tinha visto antes, me abraçaram ou acariciaram a minha cabeça, e não gostei disso, de ser abraçado por todas aquelas pessoas.

De tarde uma das pessoas que chegaram para a festa foi a srta. Russell. Eu estava saindo da sala, seguindo o papai, quando vi que ela entrou pela porta da frente. Ela parecia menor, ou coisa parecida, como se estivesse com frio. Estava segurando os próprios braços como se estivesse se abraçando. Ela piscou os olhos várias vezes, olhando ao redor. O rosto dela parecia muito branco e os olhos dela também estavam com manchas escuras embaixo. Quando a srta. Russell me viu atrás do papai, ela parou de piscar e sorriu.

Em seguida veio na nossa direção e disse baixinho:

– Oi, Zach.

O papai olhou para ela e estendeu a mão.

– Olá... – disse ele, e a srta. Russell apertou a mão dele devagar.

– Nadia Russell – disse ela. – Sou a professora do Zach.

– Ah, claro, me desculpe, claro... – respondeu o papai.

– Eu sinto muito... pelo Andy... – disse a srta. Russell, e a voz dela parecia ficar presa na garganta algumas vezes.

– Obrigado – disse o papai. – Ah, e... obrigado... muito obrigado. Por manter o Zach a salvo ontem. Muito obrigado... mesmo.

A srta. Russell não disse nada, apenas balançou a cabeça que sim. E depois olhou para mim novamente.

– Ei, Zach – disse, sorrindo de novo. – Não vou ficar muito tempo, mas queria lhe dar isso... É para você, pode ficar. Acho que você vai gostar.

A srta. Russell pegou a minha mão e colocou uma coisa dentro dela. Era a medalhinha preferida da pulseira que ela usava. A srta. Russell tinha mostrado essa medalhinha para a gente várias vezes. Era uma asa de anjo prateada com um coração. Ela nos contou que tinha ganhado a medalhinha de presente da avó, que significava amor e proteção e que era muito especial porque a avó dela não estava mais viva.

– Obrigado – falei, e as minhas palavras saíram como se eu estivesse sussurrando.

Depois que a srta. Russell saiu, fiquei andando pela casa com o papai um pouco mais, mas depois eu precisava parar com aquela história de ficar andando, então me sentei na cadeira amarela no canto da sala da tevê. A cadeira amarela fica atrás do sofá, e as pessoas na sala estavam olhando para a tevê e falando baixinho, por isso ninguém sabia que eu estava ali. O som da tevê continuava baixo. Primeiro estavam passando comerciais, depois o jornal voltou e continuavam falando da nossa escola.

Uma moça com um microfone estava na frente da escola, perto da placa onde se lia "Escola Fundamental McKinley". Eu pude ver que lá estava escrito "quarta-feira, 6 de outubro", e isso tinha sido ontem, então o Charlie tinha esquecido de mudar a data hoje. Isso é trabalho dele, a primeira coisa que devia fazer de manhã antes de as aulas começarem. Atrás da moça do jornal tinham uns carros de polícia, mas não vi nenhum carro de bombeiros nem ambulâncias. Tinham várias vans com aquelas antenas em forma de tigela no teto, iguais às que eu vi perto da igreja.

Percebi que a moça começou a falar, porque seus lábios estavam se mexendo, mas naquela sala silenciosa só tinham lábios se mexendo e nenhum som saindo. Eu queria ouvir o que ela dizia e se ela estava falando sobre o homem com uma arma, mas não queria que as pessoas soubessem que eu estava atrás delas, na cadeira amarela, então fiquei quieto, assistindo aos lábios da moça se mexerem.

Fotos de pessoas apareceram na tevê e, em cima das fotos, a gente lia "Dezenove mortes confirmadas", e então as fotos apareciam grandes na tela, uma de cada vez, ficavam grandes por um tempo e depois voltavam a ficar pequenas. Aí outra foto ficava grande, e depois a outra. Percebi que aquelas eram as fotos das pessoas que o homem com uma arma matou. Eu sabia quem eram todas aquelas pessoas nas fotos. Algumas eram crianças do quarto e do quinto anos, e as fotos delas eram do dia da gincana, porque todas estavam com a camiseta da gincana da nossa escola. E apareceram fotos de adultos também: a sra. Colaris, nossa diretora, a sra. Vinessa, a professora do Andy, o sr. Wilson, nosso professor de educação física, e o sr. Hernandez, o zelador.

Eu conhecia todas as pessoas das fotos, ontem vi algumas delas na escola, e agora elas estavam mortas. Nas fotos, elas pareciam como sempre quando estavam na escola, e pensei que agora elas não se pareciam mais daquele jeito. Agora elas estavam deitadas no corredor, cheias de sangue.

A próxima foto que ficou grande foi a do Ricky, então isso queria dizer que o Ricky tinha morrido também. Fiquei me perguntando se a mãe do Ricky já sabia que o filho dela estava morto ou se ela ainda estava lá no hospital, sentada na sala de espera, e então me lembrei que o papai tinha dito que ia ver se conseguia informações sobre o Ricky quando entramos pela porta onde estava escrito "PROIBIDA A ENTRADA" para ver a mamãe, mas nós não fizemos isso, e isso não foi muito legal da nossa parte.

Depois do Ricky, veio o Andy. Ele parecia suado e estava dobrando os joelhos como se estivesse prestes a saltar. Seu cabelo louro estava grudado na testa por causa do suor, e ele fazia uma cara engraçada, com a língua para fora da boca. O Andy sempre fazia caras engraçadas nas fotos, e a mamãe ficava zangada porque a gente não tinha nenhuma foto boa da nossa família em que todo mundo estivesse sorrindo, que pudesse ser pendurada na parede.

Fiquei olhando para a cara engraçada do Andy. Parecia que ele ia pular da tevê direto para a nossa sala, e prendi a respiração, esperando ele pular, mas aí a foto ficou pequena de novo.

Uma outra foto ficou grande logo em seguida, e a cara engraçada do Andy sumiu.

11
O ESCONDERIJO SECRETO

Eu me virei na cadeira amarela e vi o papai sentado na cozinha. Andei na direção dele, tentando engolir a coisa que estava presa na minha garganta. Engoli e engoli, e a minha boca foi ficando seca, mas aquele negócio não descia. Tentei me sentar no colo do papai, mas ele estava olhando para o celular e não para mim. Ele me colocou apenas numa de suas pernas, e assim não era nada confortável.

Tentei me sentar no colo todo do papai, mas ele disse:

– Filho, estou precisando de um pouco de espaço para respirar, tá bom? – e me afastou.

A vovó veio na nossa direção, e agora ela estava de batom vermelho.

– Zach, o papai está muito cansado. Vamos dar um tempo para ele – disse ela para mim.

E então a sra. Gray, nossa vizinha, entrou na cozinha e disse:

– Ah, meu Deus, Jim, sinto muito – e o papai se levantou para falar com ela, então achei que o tempo que ele precisava para respirar já tinha acabado.

Tive que dar uns passos para trás porque o banco onde o papai estava sentado me empurrou. Comecei a não gostar nada daquela cara que o papai voltou a fazer, com um sorriso que não era sorriso, então saí da cozinha e fui lá para cima.

O barulho da festa me seguiu até lá em cima, como se eu estivesse carregando todas aquelas pessoas nas costas, e estava ficando ainda mais alto. Aquilo era tudo que eu conseguia ouvir, mesmo que estivesse me afastando da sala. Fui andando bem rápido pelo corredor, sacudindo a cabeça para fazer o barulho parar. Queria ir para o meu quarto e deixar o barulho do lado de fora, mas, quando passei pelo quarto do Andy, tive que parar e olhar lá para dentro. Era como se uma força invisível estivesse me puxando. E imediatamente os meus olhos foram parar na cama vazia do Andy na parte de cima do beliche.

Sempre quis entrar no quarto do Andy e ver as coisas dele e brincar com ele, mas o Andy nunca deixou. Ele provavelmente ficaria muito bravo por eu estar aqui agora. Fingi que era um espião procurando pelo inimigo, olhando tudo em volta, vasculhando as coisas dele, abrindo gavetas e portas, procurando por pistas. Peguei o braço de robô em cima da escrivaninha e fiz de conta que era arma do inimigo e que eu tinha que descobrir como usar.

O Andy ganhou aquele braço de robô da Mimi no Natal, e isso não foi nem um pouco justo, porque ela me deu o jogo do Hipopótamo Comilão, que é um jogo para bebê. Eu queria alguma coisa legal, de montar, igual ao braço de robô do Andy. Esse braço parece de um robô de verdade e tem um motor que funciona com pilha. A gente pode fazer o braço subir e descer e a garra pegar coisas – é muito legal! Pedi ao Andy várias vezes para brincar com ele, mas claro que eu não podia. O Andy montou o braço todo sozinho, sem a ajuda de nenhum adulto, mesmo que na caixa estivesse escrito "12+", e ele tivesse apenas nove anos na época.

Ouvi a Mimi conversando sobre isso com a mamãe na cozinha.

– O Andy é muito inteligente mesmo, inteligente demais até, e isso não faz bem para ele.

As pessoas dizem isso sobre o Andy o tempo todo: "Ele é muito inteligente" e "Nunca vi uma criança tão inteligente". E é verdade, ele é inteligente mesmo, tipo mais inteligente do que as outras pessoas. Uma vez ele fez um teste que mostrou isso. Só que o Andy não liga a mínima para isso, ele não gosta de ficar sentado no mesmo lugar por muito tempo. Ele foi para uma turma especial, para crianças inteligentes, quando ainda morávamos em Nova York. Lá ele fazia exercícios do terceiro ano ainda no primeiro, mas a Escola Fundamental McKinley não tinha turmas especiais, por isso o Andy odeia a escola agora, porque é muito chato para ele.

O Andy leu todos os livros do Harry Potter no primeiro ano. O papai conta isso para todo mundo e acho que ele fica todo orgulhoso. Tentei ler o primeiro livro, *Harry Potter e a pedra filosofal*, porque estou no primeiro ano agora e queria que o papai pudesse contar coisas sobre mim para todo mundo, mas o livro tem a imagem de uma coruja assustadora na capa e um monte de palavras difíceis. O Andy ficou gozando com a minha cara porque levei meia hora para ler duas páginas, então parei de ler.

Encontrei o botão e liguei o braço do robô. Fiquei tentando pegar um lápis na escrivaninha do Andy, mas era difícil, o lápis ficava caindo. Aí achei que tinha ouvido um barulho na escada, tipo uma pessoa subindo, então desliguei o braço bem rápido. Se o papai estivesse subindo a escada, ele ia ficar zangado comigo porque eu estava no quarto do Andy, mexendo nas coisas dele. Vi que a porta do armário do Andy estava aberta, então entrei lá e fechei a porta, mas não completamente.

Quase não conseguia mais ouvir o barulho da festa. O armário do Andy é muito grande, um exagero para uma criança, é o que a mamãe diz. E o Andy não coloca as roupas no lugar certo. Tinha uma pilha de roupas no chão atrás do cesto de roupa suja. Coloquei as roupas no cesto e entrei mais um pouco. Atrás das camisas e dos casacos do Andy que estavam pendurados, tinha um espaço grande no fundo. Ali dentro era bem escuro, mas pude ver o saco de dormir do Andy enrolado num dos cantos do armário e sentei em cima dele. Fiquei ali sentado, sem me mexer, sentindo o meu coração bater numa supervelocidade porque eu estava esperando que o papai entrasse no armário para me procurar, mas isso não aconteceu.

Sentei no saco de dormir e fiquei pensando em ontem, quando eu estava dentro do armário da minha sala, e que agora era o segundo dia seguido em que eu entrava num armário. Nunca me sentei dentro de um armário antes de hoje e de ontem, porque armários são para guardar coisas. E não há muito espaço dentro dos armários, e eu não gosto de lugares apertados. Fico assustado dentro de lugares muito apertados. Às vezes o Andy coloca um cobertor em cima da minha cabeça só porque ele sabe o quanto eu odeio isso. Ele prende o cobertor bem apertado e começa a rir quando eu fico com medo e tento me livrar, mas não consigo porque ele é muito forte. Dentro dos elevadores, o Andy sempre fica me provocando, dizendo coisas do tipo "Ei, bebê chorão, sabe o que vai acontecer agora? O elevador vai parar e vamos ficar presos aqui dentro vários dias, sem nada para comer, e vamos ter que ir ao banheiro aqui mesmo." Ele fica falando essas coisas até que a mamãe manda ele parar, e aí ele fica fazendo caretas como se estivesse morrendo atrás dela.

O papai ficou preso no elevador do escritório uma vez. Ele não ficou com medo, mas outras pessoas que trabalham lá ficaram. O papai disse que foi engraçado porque eles ficaram presos por apenas alguns minutos, então ele não entendia por que as pessoas sentiram tanto medo. Mas eu não acho que isso seja engraçado. Eu teria ficado com medo também. O Andy me chama de bebê chorão o tempo todo, e acho que ele tem um pouco de razão. Tenho medo de um monte de coisas diferentes, principalmente na hora de ir dormir e no meio da noite. É meio idiota, eu sei. Às vezes tenho vontade de ser corajoso como o Andy e o papai. Eles não têm medo de nada.

Quando comecei a pensar no que aconteceu quando o homem com uma arma apareceu, fiquei com vontade de levantar e sair correndo do armário, porque estava me sentindo como ontem, com o meu coração batendo muito rápido. Eu estava respirando muito rápido também e acabei ficando tonto. Mas não consegui me levantar por alguma razão. Era como se o meu corpo estivesse todo duro e congelado por causa do medo. Queria que o papai aparecesse e abrisse a porta do armário e me encontrasse, e isso também era como ontem, porque, quando estava no armário dos casacos lá na escola, eu queria que o papai aparecesse.

Mas nem o papai, nem ninguém apareceu, e continuei sentado ali com meu corpo congelado, ouvindo barulhos. Mas fiquei bem quieto. Coloquei a mão no bolso da minha calça, tirei a medalhinha de asa de anjo que a srta. Russell tinha me dado e segurei na minha mão. "Amor e proteção", repeti na minha cabeça, e comecei a me sentir melhor. O meu coração desacelerou e a minha respiração se acalmou.

– Ninguém vai aparecer – sussurrei, e isso foi estranho porque eu estava sozinho ali, não havia ninguém para me ouvir, nem mesmo o Clancy. Mas foi bom também, porque foi como se uma parte de mim estivesse falando com outra parte de mim, e isso me ajudou a ficar mais calmo. Então continuei sussurrando: – Não precisa ficar com medo, não tem nada perigoso aqui. É apenas o armário do Andy, e aqui dentro não é nem um pouco apertado.

Desenrolei o saco de dormir do Andy e me sentei de pernas cruzadas como um chinês. Fiquei olhando ao redor, e era difícil de enxergar no escuro. Tinham apenas uns tufos de poeira nos cantos e algumas meias do Andy, nada mais. Era como um lugar secreto que ninguém conhecia na casa, só eu.

– Um esconderijo secreto... – sussurrei dentro do armário. – Aqui vai ser o meu esconderijo secreto.

Comecei a gostar de ficar sentado em silêncio ali, ouvindo a minha própria respiração: o ar entra pelo meu nariz e sai pela minha boca, entra e sai, entra e sai, devagar agora, porque não estou mais com medo.

Quando eu pensava em ontem, o medo voltava, então eu ficava tentando não deixar esses pensamentos entrarem na minha cabeça outra vez.

– Saiam da minha cabeça, pensamentos ruins! – disse, e fiz de conta que tinha um cofre lá no fundo da minha cabeça igual ao que o papai tem no escritório, onde ele guarda documentos importantes para que ninguém roube, e eu empurrei os pensamentos ruins para dentro do cofre na minha cabeça. – Vou guardar tudo isso lá dentro, trancar e colocar a chave no meu bolso.

Eu estava gostando de estar ali e de ninguém na festa saber onde eu estava. Agora eu poderia vir para o armário quando quisesse porque o Andy não estava mais aqui e não podia mais gritar comigo e me mandar embora.

Comecei a pensar em como seria agora sem o Andy em casa: ia ser melhor. Não haveria mais brigas, teria uma criança só na nossa casa, então o papai e a mamãe poderiam fazer um monte de coisas só comigo. Tipo, os dois poderiam ir aos meus recitais de piano e os dois poderiam ficar o tempo inteiro. Isso nunca aconteceu antes por causa do Andy. No recital da primavera, o papai não pôde ir porque era dia do treino de lacrosse do Andy, e no de verão, logo depois que começaram as aulas, a família inteira foi, o papai, a mamãe e o Andy, mas, antes que chegasse a minha vez de tocar "Für Elise", a mamãe teve que se levantar e sair com o Andy porque ele estava se comportando mal.

Depois de um tempo, fiquei com vontade de fazer xixi, então saí do armário e fui ao banheiro. Depois fui para o meu quarto pegar coisas para levar para o meu novo esconderijo secreto.

– Eu estava procurando você, Zach.

Dei um pulo, porque não tinha visto a vovó parada na porta do meu quarto e levei um susto. Eu não queria que a vovó soubesse do meu esconderijo, então inventei uma mentira:

– Eu estava procurando o meu caminhão-basculante no quarto do Andy.

– Fiz um jantarzinho para você, tá bom, querido? Vamos descer?

– A festa já acabou?

– Festa?... Não era uma... Todo mundo já foi embora, sim – disse a vovó, olhando para mim de um jeito engraçado.

– A mamãe vem para casa jantar com a gente? – perguntei.

Se já era hora do jantar, então a mamãe tinha ficado no hospital a noite inteira e o dia de hoje inteirinho, e isso era muito tempo para ficar dormindo.

– Não – disse a vovó –, ela não vem hoje. Talvez amanhã. Mas eu vou comer com você, tá bom?

Não estava bom, não. O papai tinha me prometido ontem que hoje iríamos ver a mamãe no hospital, mas não fomos por causa da festa, então o papai tinha contado uma mentira também.

12
As almas têm rosto?

Depois que acabamos de jantar, a vovó me levou para tomar banho, depois me pôs na cama porque já era hora de dormir. E eu podia ficar na cama do papai de novo. Perguntei a ela sobre a escola:

– Só eu não estou indo à escola por causa do que aconteceu com o Andy?

A vovó estava sentada do meu lado na cama com as costas bem retinhas. Ela tirou o cabelo que caía na minha testa, afastando para o lado.

– Não, querido – disse ela. – Todas as crianças ficaram em casa hoje. Uma coisa muito, muito terrível aconteceu na sua escola ontem. Acho que vai levar um tempo até a escola voltar a funcionar normalmente. As pessoas precisam de tempo para cicatrizar as feridas.

– Vovó?

– Sim, querido.

– O Andy ainda está lá na escola? – perguntei, porque eu continuava pensando no Andy, deitado no chão do corredor, sozinho, junto com as outras pessoas mortas. Fiquei tentando não pensar nisso o dia inteiro, mas agora, na hora de dormir, é muito difícil parar de pensar num monte de coisas, talvez porque a gente tenha que ficar ali deitado na cama, e só o que a gente pode fazer é pensar.

A vovó fez um barulho que parecia meio uma tosse, como se quisesse pôr para fora alguma coisa presa na garganta.

– O Andy não está mais lá na escola – disse ela, e fez o mesmo barulho várias vezes. – O Andy está lá no céu, junto com Deus. Agora Deus vai tomar conta dele para nós.

– Mas como ele foi para o céu? Ele foi tipo teletransportado da escola para lá?

A vovó deu um sorrisinho com seus lábios vermelhos.

– Não, o corpo dele não foi para o céu. Só a alma, lembra?

Aí me lembrei que a mamãe me falou sobre isso quando o tio Chip morreu, que o corpo ficava aqui na Terra, mas que não era mais a pessoa ali, então não tinha problema colocar o corpo num caixão e enterrar, porque a parte importante da pessoa, chamada de alma, vai para o céu. A alma vai para o céu logo depois que a gente morre. Fiquei me perguntando se todas as almas das pessoas que morreram quando o homem com uma arma apareceu saíram voando para o céu quando eu ainda estava lá na escola, escondido no armário, e se alguém tinha visto isso, talvez o próprio homem com uma arma.

Não sei como uma alma é. A mamãe disse que elas são todos os nossos sentimentos, pensamentos e memórias, e achei que ela deve se parecer com um pássaro ou alguma coisa com asas, igual à asa da medalhinha que a srta. Russell me deu. Fiquei me perguntando se a alma da gente ainda tem o nosso rosto quando vai para o céu, porque senão como é que as pessoas que a gente ama e que já estão lá sabem que é a alma da gente e vão nos encontrar para que a gente não fique sozinho?

Depois que a vovó disse boa-noite e saiu do quarto da mamãe e do papai, tentei pensar na alma do Andy lá no céu junto com a do tio Chip, mas a minha cabeça ficou pensando no corpo do Andy na escola e no sangue no chão, e nas paredes do corredor, e não consegui fazer os pensamentos ruins irem para o cofre na minha cabeça.

Talvez esse cofre só funcionasse dentro do esconderijo. Agarrei o Clancy e fui para o meu quarto. Peguei a minha lanterna do Buzz Lightyear na gaveta da mesinha de cabeceira e fui para o quarto do Andy passando pelo banheiro, tentando andar bem devagar, porque o chão da nossa casa era de madeira velha e rangia quando a gente andava, e eu não queria que o papai e a vovó lá embaixo soubessem que eu tinha saído da cama. Joguei a luz da lanterna do Buzz sobre a cama na parte de cima do beliche. Vazia.

Então fui para o armário do Andy e me sentei no saco de dormir dele. A lanterna formava um pequeno círculo de luz dentro do armário, e fiquei fazendo zigue-zagues com o círculo pelas paredes e camisas e casacos. Deitei no saco de dormir e coloquei as pernas na parede, e assim ficou confortável. Coloquei a lanterna do Buzz do meu lado e o Clancy em cima do meu peito e cruzei as mãos atrás da cabeça.

Imediatamente senti vontade de sussurrar de novo:

– Muito bem... Pensamentos ruins, já para o cofre! – falei e fiquei pensando neles como se fossem pessoazinhas na minha cabeça, marchando para onde ficava o cofre lá dentro. – Batam a porta! Pronto. E não voltem mais!

Funcionou! Fiquei deitado ali por um tempo e pensei na mamãe, e se ela viria para casa hoje. Aí fiquei com sono e voltei para a cama do papai.

Aí, no meio da noite, o homem com uma arma voltou.

TÁ TÁ TÁ

Eu me sentei na cama e estava tudo escuro em volta. Eu não conseguia ver nada. Só ouvia aqueles sons.

TÁ TÁ TÁ
TÁ TÁ TÁ

E de novo, e de novo. Os sons estavam perto ou longe? Tapei minhas orelhas com as mãos com força, o mais forte que pude, mas ainda conseguia ouvir.

TÁ TÁ TÁ

Pude ouvir sons saindo da minha boca, mas eu devia ficar em silêncio, caso contrário o homem com uma arma ia me encontrar e atirar em mim.

NÃO NÃO NÃO

Os gritos saíam pela minha boca sem que eu conseguisse impedir. Senti a mão de uma pessoa me segurando e eu não sabia quem estava ali comigo, mas aí ouvi a voz do papai.

– Zach, está tudo bem, está tudo bem!

Ele acendeu a luz e eu ainda estava gritando. Eu tinha que gritar porque o homem com uma arma apareceu de novo. Como ele tinha entrado na nossa casa? Agora ele ia atirar em nós e teria sangue por toda a parte, e a gente ia morrer igual ao Andy. O papai disse:

– Não é de verdade, Zach. Você está tendo um pesadelo! – e repetiu isso várias vezes até eu parar de gritar. Mas eu ainda estava com medo e respirava muito rápido, e os sons de TÁ ainda estavam nas minhas orelhas igual a um eco. – Você está bem. Está tudo bem – disse o papai.

Quando acordei de novo, já era de manhã e eu não me lembrava de quando tinha voltado a dormir depois que ouvi os sons de TÁ, nem de quando o papai tinha levantado, porque ele não estava mais ao meu lado.

Desci a escada e encontrei o papai lá embaixo, sentado na cozinha de novo, olhando para a xícara de café à sua frente. Ele ainda não tinha se barbeado, e a barba estava maior. Fui até ele e me sentei no seu colo, então fiquei vendo o que a vovó e a tia Mary estavam fazendo. Elas estavam com os nossos álbuns de fotografias, pegando fotos, a maioria do Andy, mas algumas da família inteira. Falavam baixinho e enxugavam as lágrimas no rosto, mas às vezes riam um pouco das caras engraçadas do Andy nas fotos.

– O que vocês estão fazendo? – perguntei.

Achei que a mamãe não ia gostar nada daquilo, porque os álbuns de fotos eram uma coisa especial, e a gente tem que lavar as mãos antes de tocar neles, e também tem que virar as páginas com cuidado para não fazer nenhuma marca no papel que fica entre elas.

– Ah... é que temos que pegar algumas fotos para o... – disse a vovó, mas a tia Mary a interrompeu.

– Vamos apenas pegar algumas fotos emprestadas. Mas vamos colocar de volta depois. Ei, olha só esta! – e virou a foto para me mostrar, apontando para ela. – Você se lembra onde foi?

– No cruzeiro – respondi.

Todos nós estávamos na foto – eu, a mamãe, o papai, o Andy e também o tio Chip, a tia Mary e a vovó. Todos nós usávamos chapéus muito grandes, chamados *sombreros*, que compramos numa loja de presentes dentro do navio. No verão antes de eu começar no jardim de infância, nós fizemos um cruzeiro juntos, porque a vovó fazia setenta anos e planejamos uma viagem especial para celebrar a data. Era muito legal dentro do navio, tinha uma piscina na parte de cima com escorregas e um monte de restaurantes com todo o tipo de comida diferente, e eles ficavam abertos o dia inteiro, então a gente podia comer e comer o tempo todo. E o navio parava em vários lugares no México.

Olhei para a foto que estava ao lado daquela que a tia Mary mostrou. Também era desse cruzeiro, mas só estávamos eu, a mamãe, o papai e o Andy. Nós quatro estamos rindo muito na foto, e sorri ao me lembrar do motivo. Foi quando fizeram uma festa mexicana dentro do navio e teve um concurso para ver qual família conseguia comer comidas mais apimentadas. No começo, as comidas que a gente tinha que comer não eram muito apimentadas, mas aí eles nos deram outras mais apimentadas e nós tentamos comer, mesmo que as nossas bocas ardessem muito e os nossos olhos chorassem. A gente bebeu um monte de água, mas não adiantava nada. Na foto, a mamãe estava rindo com os olhos muito apertados. O papai estava ao lado, olhando para ela e rindo também. E eu e o Andy estávamos sentados na frente segurando pimentas vermelhas bem grandes. Nós acabamos não comendo essas pimentas, elas eram apimentadas demais.

– Foi muito divertido, não foi? – disse a tia Mary, e a voz dela pareceu diferente.

Quando olhei, vi que ela estava sorrindo e chorando ao mesmo tempo.

– Acho que essas são suficientes – disse a vovó segurando um monte de fotos.

Ela pegou a bolsa em cima da bancada da cozinha e colocou as fotos dentro. A tia Mary fechou o álbum com as fotos do cruzeiro e pegou um pedaço de papel toalha para enxugar as lágrimas. Depois seguiu a vovó até a porta da cozinha.

Eu me encostei no peito do papai.

– Papai? – chamei.

– O que foi? – perguntou ele logo atrás de mim.

– O homem com uma arma apareceu aqui em casa ontem à noite?

A vovó e a tia Mary se viraram quando perguntei isso.

– Não, filho, você teve um pesadelo – disse o papai. – O homem com uma arma não vai aparecer na nossa casa, tá bom?

O jeito que ele disse aquilo foi como se eu tivesse feito uma pergunta idiota, e ele tivesse respondido "*Dãã*".

– Mas... e se ele aparecer e atirar na gente igual ao que fez com o Andy?

A vovó veio na nossa direção e pegou as minhas mãos, segurando bem firme.

– Zach, o homem com uma arma não pode mais machucar ninguém, nunca mais, porque ele está morto – disse ela. – Não se esqueça disso: você não precisa mais ter medo. A polícia o matou.

Aí lembrei que o policial disse isso lá na igreja, eu tinha esquecido.

– Ele era um cara mau, certo? – perguntei.

– É, ele era. E fez uma coisa horrível – respondeu a vovó.

– A alma do homem com uma arma voou para o céu também? Será que ele não vai tentar machucar a alma do Andy lá?

– Ah, meu Deus, Zach, não! O céu é só para a alma das pessoas boas. A alma das pessoas ruins vai para outro lugar.

13

Você não pode ficar aqui

Eu estava no banheiro escovando os dentes depois do café da manhã quando ouvi vozes lá embaixo na porta da frente. A voz do papai e uma outra voz, e no começo achei que era a vovó ou a tia Mary, talvez elas já tivessem voltado de onde foram levar as fotos. Ouvi o papai dizendo:

– Você não pode ficar aqui... Você... Sinto muito...

Ouvi a voz da mulher e percebi que ela estava chorando. Fui até a escada, tentando não fazer o assoalho ranger, porque eu queria ver quem o papai disse que não podia vir aqui na nossa casa.

A voz era da mãe do Ricky. Ela estava parada no corredor que vinha logo depois da porta da frente, com as costas apoiadas na porta, e o papai estava na frente dela. A mãe do Ricky estava com as duas mãos levantadas, e o papai segurava os pulsos dela. Ela chorava e por isso estava com o rosto e a blusa molhados, ou talvez fosse a chuva. Ela estava só de camiseta, e seus braços eram muito brancos e magros.

– Por favor, Jim. Não faça isso comigo – disse a mãe do Ricky. – Por favor, Jim... – e repetiu isso várias vezes, e eu não sabia o que o papai estava fazendo com ela. Talvez ela não quisesse que o papai segurasse seus braços daquele jeito. – Eu não tenho... ninguém.

Quando disse isso, ela soluçou forte e um pouco de catarro saiu do nariz dela e caiu na boca. Aquilo foi muito nojento.

O papai soltou os braços da mãe do Ricky e ela enxugou o nariz com a mão, como uma criancinha. E aí ela começou a escorregar pela porta tipo em câmera lenta, como se estivesse cansada de ficar em pé, e se sentou bem na frente da nossa porta. Ela chorava e chorava. Eu só podia ouvir a mãe do Ricky chorando, mas não dava para ver porque agora ela estava atrás do papai.

– Nancy... – disse o papai baixinho. – Sinto muito, mesmo. Queria poder... – mas o papai não terminou a frase, e a mãe do Ricky também não falou nada. Ela ficou apenas sentada ali na frente da porta, chorando e chorando. – Nancy... – disse o papai de novo. – Por favor... – continuou, se inclinando para a frente e tocando o rosto dela. Desse jeito eu podia ver a mãe do Ricky de novo. – Nós concordamos que precisávamos terminar com... isso. Nós dois concordamos que era a melhor coisa a fazer, não concordamos?

A mãe do Ricky agarrou a mão do papai e colocou o rosto na mão dele, e a mão do papai devia estar cheia de lágrimas e catarro, mas ele não tirou a mão do rosto dela.

– Nancy, o Zach está lá em cima. E minha mãe e a Mary vão voltar... logo. Por favor, você tem que ir embora – disse o papai.

– Não, Jim – disse a mãe do Ricky e olhou para o papai. – Tenho que ficar com você. Eu preciso de você. Como é que eu vou...? – e começou a chorar mais forte e mais alto, mas sem tirar os olhos do papai. – Ele está m...o...orto – disse ela, de um jeito esquisito, fazendo uma pausa depois do "m" e repetindo o "o", como se a palavra custasse a sair. – Ricky! Ah, meu Deus, Ricky, meu... O que eu vou fazer agora? O que eu posso fazeeeeer?

O homem com uma arma tinha matado o Ricky também, como o Andy, mas a mãe dele não estava no hospital em estado de choque igual à mamãe. Ela apareceu aqui, na nossa casa, e disse que tinha que ficar com o papai, e estava segurando a mão dele como se o papai fosse dela. Eu não gostei daquilo, e não entendi por que o papai deixava a mãe do Ricky fazer aquilo.

Eu queria que ela soltasse a mão do papai, e então comecei a descer a escada. Quando o papai ouviu os meus passos, ele puxou a mão rápido e se virou para mim. A mãe do Ricky tentou se levantar e bateu com a cabeça na maçaneta da porta.

– Zach – disse o papai, e ficou me encarando como se ele estivesse esperando que eu falasse alguma coisa. Mas eu não falei. – Nancy... A sra. Brooks está aqui – falou ele, como se eu fosse cego ou coisa assim, afinal ela estava parada bem ali.

Olhei para o papai e para a mãe do Ricky. O rosto da mãe do Ricky estava muito branco, igual à pele dos braços dela, mas em volta dos olhos estava muito vermelho, e até dentro dos olhos, aquela parte que deve ser branca também estava toda vermelha. Os olhos dela eram muito azuis, tipo os olhos mais azuis que eu já tinha visto na vida. O cabelo dela era longo e estava todo molhado e grudado no rosto e no pescoço dela. Pela camiseta molhada, dava para ver dois círculos escuros nos peitos dela, e não consegui tirar os olhos dali.

– Eu... Eu vou indo, então... – disse ela, se virando e pondo a mão na maçaneta da porta, mas não conseguiu abrir porque a gente tem que ficar apertando a maçaneta até embaixo.

– Peraí... Eu abro... – disse o papai, esticando a mão para abrir a porta, e eu acho que o braço dele encostou naquela parte escura do peito da mãe do Ricky.

Ele tentou abrir a porta, mas a mãe do Ricky estava na frente e teve que chegar para trás, e o papai também, então os dois se esbarraram. Quando ele finalmente conseguiu abrir, a mãe do Ricky desceu os degraus da nossa entrada. Eu me aproximei do papai e fiquei ao lado dele. Ficamos vendo a mãe do Ricky andar bem devagar, como se a entrada da nossa casa estivesse muito escorregadia por causa da chuva e ela não conseguisse se equilibrar direito. Depois ela foi para a calçada e continuou andando em direção à casa dela, e não se virou para olhar para a gente nem uma única vez.

14
Para onde você foi?

A mamãe virou uma pessoa diferente no hospital. Ela voltou para casa depois de três dias e parecia diferente, e agia diferente também. A mamãe sempre foi bonita, mesmo de manhã ao acordar. Ela tem cabelos castanhos longos, bem lisos e brilhantes, da mesma cor dos meus. Nós dois temos os mesmos olhos também, castanho-esverdeados, uma mistura de cores. Eu gosto de ter a mesma cor de cabelo e dos olhos da mamãe, e ninguém mais na família tem os olhos e o cabelo da mesma cor dos nossos. A mamãe diz que também temos o mesmo temperamento, e isso quer dizer que somos parecidos na maneira de agir, e acho que ela tem razão. Nós dois não gostamos quando tem briga. Sei disso porque às vezes, quando a mamãe briga com o Andy ou com o papai, ela chora, então sei que ela fica muito triste. A mamãe diz que nós dois queremos sempre agradar, e isso é quando a gente quer que todas as outras pessoas se sintam bem.

Já o Andy, muita gente diz que ele é a mistura perfeita da mamãe e do papai, mas eu acho que ele se parece mais com o papai: a mesma cor do cabelo, louro, o mesmo corpo forte e os dois são muito bons nos esportes, e eu acho que eles também têm o mesmo temperamento, porque o papai também tem ataques de raiva às vezes, e provavelmente o Andy pegou isso dele.

Quando a mamãe voltou do hospital, o cabelo dela estava todo embaraçado e fosco, e não bem liso e brilhante. Ela entrou em casa, com a Mimi ao lado dela. Parecia que a Mimi tinha que segurar a mamãe senão ela ia cair de cara no chão. A mamãe andava muito devagar e parecia muito cansada, apesar de o papai ter dito que ela tinha ficado no hospital para dormir, e era por isso que não podíamos ir ver a mamãe, porque ela não estaria acordada de qualquer maneira.

Antes de a Mimi trazer a mamãe para casa, o papai me disse para dar um tempo para ela, para não incomodar assim que ela chegasse, e achei que isso não era nem um pouco justo, porque eu não via a mamãe fazia dois dias e três noites e estava com muita saudade. Mas quando ela entrou em casa, parecendo tão diferente, fiquei meio tímido, então fiz o que o papai pediu: dei um tempo para ela.

A mamãe estava com as mesmas roupas de quando nós fomos para o hospital encontrar o Andy, e elas não estavam lá muito bonitas. Normalmente a mamãe usa roupas bem bonitas, mesmo quando ela não vai fazer nada de especial. Essas roupas bonitas e elegantes eram de quando ela trabalhava. Agora ela não precisa mais usar essas roupas, só quando sai com o papai à noite. Eu gosto de ajudar a mamãe a escolher uma roupa para usar, e ela diz que eu tenho muito bom gosto. O antigo trabalho dela era em Nova York, igual ao do papai, mas num escritório diferente. Ela fazia comerciais para a tevê, mas parou de trabalhar depois que eu e o Andy nascemos. Agora o trabalho dela é ser mãe, e colocar a roupa para lavar, fazer o jantar, essas coisas.

A Mimi ajudou a mamãe a se sentar no sofá, e parecia que a mamãe agora era uma criancinha que não sabe como fazer as coisas sozinha. Fiquei muito triste de ver a mamãe assim, com o cabelo todo bagunçado e agindo como uma criança, apesar de ter ficado meio tímido também. Não olhei para o papai, porque ele ia ficar zangado de eu não estar dando um tempo para a mamãe.

Quando me sentei, a mamãe virou o rosto bem devagar e olhou para mim, e acho que ela não tinha me visto antes, quando entrou, porque me olhou surpresa. Ela me colocou no seu colo e pôs o rosto dela no meu pescoço. Seu peito se movia como se ela estivesse chorando, e eu podia sentir sua respiração quente e rápida no meu pescoço. A respiração dela fazia cócegas, mas não me mexi. Deixei a mamãe me abraçar bem apertado, mesmo que ela estivesse com um cheiro diferente, igual ao do álcool em gel que a gente usava na escola.

Vi um Band-Aid na parte de dentro do cotovelo da mamãe onde espetaram a agulha que se ligava ao tubo de plástico e ao saquinho com água lá no hospital, e fiquei com vontade de perguntar a ela se tinha doído.

– Mamãe? – chamei, e a mamãe tirou o rosto do meu pescoço, e fiquei com raiva de mim mesmo porque agora eu estava sentindo um friozinho bem ali. A mamãe me olhou, mas os olhos dela não olhavam nos meus olhos, era como se olhassem acima deles, talvez para a minha testa. – Mamãe? – chamei de novo, e dessa vez coloquei as duas mãos no rosto dela, colado ao meu.

Era como se ela ainda estivesse dormindo, mas com os olhos abertos, e eu queria acordar a mamãe bem delicadamente. Mas aí, de repente, ela colocou os braços em volta de si mesma e se inclinou para trás, soltando um longo "Aaaaaaaaaahhhhh"!

Soltei o rosto dela e saí correndo do seu colo porque aquele som me assustou, e acho que foi culpa minha ela ter feito isso, porque eu não dei um tempo para ela.

– Meu anjo, dê um tempo para a mamãe, pode ser? – disse a Mimi baixinho, me puxando pelo braço. – Ela precisa descansar.

– Venha cá, filho. Vamos deixar a mamãe em paz um pouco para que ela se acalme – disse o papai, e pegou a minha mão e me tirou do sofá.

Soltei a mão dele com raiva e corri lá para cima. Fiquei no meu quarto por um tempo, respirando bem rápido. Eu estava prestando atenção para ver se o papai vinha atrás de mim, mas ele não veio. Fiquei com a impressão ruim de que eu estava lá em cima completamente sozinho e os adultos, lá embaixo, não ligavam a mínima para mim. Os meus olhos começaram a arder e se encheram de lágrimas. Eu não queria chorar, então fiz o truque de apertar o nariz de novo, e bem rápido, e imediatamente a ardência diminuiu e as lágrimas não chegaram a escorrer.

Gosto de ficar em paz no meu quarto, mas naquele momento isso não era bom. Eu estava me sentindo solitário. Solitário não é o mesmo que sozinho. Eu e a mamãe tínhamos nos dado conta disso já fazia um tempo, na hora de dormir. Eu chamei a mamãe no meu quarto e disse que estava me sentindo sozinho, mas ela disse que eu não estava sozinho porque ela estava lá embaixo, então percebi que eu estava me sentindo solitário, e não sozinho. Solitário é quando você quer estar com alguém, mas não tem ninguém com você, e essa é uma sensação ruim. Sozinho não tem que ser uma coisa ruim, porque a gente pode se sentir bem quando está sozinho. Nós dois concluímos juntos que gostávamos às vezes de ficar sozinhos. O meu quarto era aonde eu ia para ficar sozinho, mas não para me sentir solitário.

Decidi ir para o esconderijo, porque lá eu ficaria sozinho, mas não ia me sentir solitário, eu não sabia bem por quê. Comecei a me sentir confortável dentro do meu esconderijo. Tinha a minha lanterna do Buzz e vários travesseiros que peguei no armário do corredor, onde ficavam os cobertores e travesseiros sobressalentes, que ninguém nunca usava, então ninguém daria falta deles. E deixei a medalhinha da srta. Russell num cantinho. Toda vez que eu entrava no meu esconderijo, pegava a medalhinha e esfregava a asa com a ponta dos meus dedos algumas vezes, e pensava que era bem legal a srta. Russell ter me dado a sua medalhinha preferida, porque eu me sentia bem quando segurava aquilo. É claro que o Clancy também estava lá. Eu levava o Clancy para o meu esconderijo e trazia de volta para a cama na hora de dormir. Peguei o Clancy, me sentei no saco de dormir com as costas na parede e comecei a mastigar a orelha dele, a direita, não a esquerda, porque eu já tinha mastigado tanto a esquerda que a mamãe diz que ela vai cair qualquer dia desses.

O Andy sempre tenta pegar o Clancy e jogar na lixeira, porque ele diz que o Clancy fede muito. Eu tento esconder o Clancy em vários lugares diferentes para que o Andy não encontre, e às vezes na hora de dormir eu esqueço onde foi que coloquei e tenho que procurar pela casa toda. Pensei que agora eu não ia mais precisar esconder o Clancy. Ele estaria a salvo para sempre, a salvo do Andy.

Fiquei me perguntando como a vovó podia saber que o Andy, ou a alma dele, foi para o céu, porque ela mesma disse que só as pessoas boas vão para o céu. Um monte de vezes, o Andy não era uma pessoa boa de verdade. Na maior parte do tempo, ele estava sempre querendo ser mau comigo e deixar a mamãe zangada. Ele sempre fazia as mesmas coisas que deixavam a mamãe muito zangada, então aquilo só podia ser de propósito, porque senão por que é que ele não parava de fazer?

Agora o Andy não podia mais ser mau comigo nem deixar a mamãe zangada. Agora a mamãe estava triste porque o Andy morreu por causa do homem com uma arma, mas depois ela ia se sentir melhor porque não teria mais que ficar zangada o tempo todo.

O tio Chip com certeza foi para o céu, eu sabia, porque ele era sempre bom para todo mundo. Mas o Andy? A vovó disse que a alma das pessoas más vai para outro lugar, e eu não sabia para onde, mas, se o Andy foi para esse outro lugar em vez de ir para o céu, ele deve ficar junto com todos os caras maus, iguais ao homem com uma arma, e acho que ele vai sentir muito medo. Fechei os olhos e tentei ver o rosto do Andy na minha cabeça. Eu consegui ver o rosto dele por um tempo, mas era difícil continuar vendo.

– Para onde você foi, Andy? – perguntei para o rosto dele, que desapareceu logo em seguida. – Espero que você tenha ido para o céu.

15
Andando como uma pessoa cega

– Posso ver tevê? – perguntei, colocando a tigela de cereal na pia. – Posso?

– Hã-hã... – disse o papai, sem nem tirar os olhos do celular, e isso me pareceu um sim, ou, pelo menos, não um não, então fui para a sala e liguei a tevê.

O jornal começou logo em seguida, mas a tevê ainda estava sem som. Eu ia trocar de canal para ver se estava passando *Phineas e Ferb*, mas aí uma foto apareceu na tela e, em cima dela, havia uma frase: "O assassino da Escola McKinley". Fiquei parado na frente da tevê, como se estivesse congelado. Eu não conseguia me mexer. Fiquei olhando fixo para a tela da tevê, porque a foto que estava aparecendo era do filho do Charlie.

Eu soube logo que era o filho do Charlie. Reconheci da festa de comemoração dos trinta anos de trabalho do Charlie ano passado. A mulher do Charlie – o nome dela é Mary, igual à minha tia – e o filho dele foram à festa. A mulher dele era bem legal e nos chamava de "anjos do Charlie", e dizia que éramos lindos e que agora ela entendia por que o Charlie falava de nós o tempo todo. O filho do Charlie não falou nada durante a festa. Ele ficou o tempo todo ao lado do Charlie e olhava para nós de um jeito estranho, como se estivesse zangado com a gente. Ele tinha o rosto igualzinho ao do Charlie, só que não tão velho. Eles eram muito parecidos mesmo, a única diferença era que o filho do Charlie nunca sorria e o Charlie sorria o tempo todo. Os cantinhos da boca do Charlie estavam sempre virados para cima, e os da boca do filho dele, virados para baixo. Eles eram iguais e diferentes.

O filho do Charlie não sorriu nem quando a mamãe falou com ele. Ela disse que não podia acreditar em como ele estava grande daquele jeito e perguntou se ele se lembrava de quando ela tomava conta dele nas férias da faculdade, ele tinha uns três ou quatro anos na época. Ele não sorriu nem disse nada. A mulher do Charlie respondeu no lugar dele, dizendo que claro que ele se lembrava e que a mamãe era a babá favorita dele, não era?

Eu queria ouvir o que o jornal estava falando sobre o filho do Charlie, mas não queria aumentar o volume do som porque não queria que o papai soubesse que eu estava vendo o jornal e me fizesse desligar a tevê. Então continuei vendo as notícias sem som. A foto permaneceu um tempão na tela, e depois, em vez de "O assassino da Escola McKinley", apareceu "Charles Ranalez Jr.". Esse devia ser o nome do filho do Charlie, porque eu sabia que o sobrenome do Charlie era Ranalez, por causa do crachá que ele usava com o nome completo: Charlie Ranalez. Depois mudaram a foto na tela, e o Charlie apareceu sorrindo, e achei que era a mesma foto que estava no telão do auditório no dia da festa.

Eu queria muito ouvir o que eles estavam dizendo sobre o Charlie, então aumentei o volume só um pouquinho. A foto do Charlie desapareceu e surgiu um homem com um microfone na mão na frente da nossa escola. Ele estava conversando com uma mulher que eu já tinha visto na hora da saída. Acho que era a avó do Enrique.

– *Qual foi a sua reação ao saber que o atirador era Charles Ranalez Jr., o filho do inspetor de segurança da Escola McKinley?* – perguntou o homem, falando no microfone.

Depois ele apontou o microfone para a boca da avó do Enrique.

– *Não consigo acreditar nisso. Ninguém consegue acreditar nisso* – disse a avó do Enrique, e ela parecia muito triste e ficava balançando a cabeça, fazendo não. – *É que o Charlie é uma pessoa muito boa, sabe, nós todos o amamos muito. Ele ama muito as crianças, sabe, como se fossem filhos dele. Ele já viu várias gerações passarem por esta escola. Meu filho estudou aqui, e agora o meu neto também... Charlie sempre foi amigo de todo mundo e muito prestativo... Não posso acreditar que o filho dele tenha feito uma coisa dessas.*

O homem do jornal olhou direto para mim pela tela da tevê e disse:

– *Uma ironia do destino quis que o filho do inspetor de segurança da escola fosse o responsável por matar quinze crianças e quatro funcionários antes de ser morto pela polícia. Testemunhas dizem que o pai dele ficou implorando que o filho parasse de atirar, mas foi em vão...*

– Aaah!

Esse som foi igual ao barulhinho que um rato faz correndo. Senti um arrepio, porque eu estava ali, olhando para a tevê, e então, de repente, ouvi esse som atrás de mim. Eu me virei e vi que o som vinha da boca da mamãe. Mais cedo ela ainda não tinha descido, mas agora estava ali, atrás do sofá onde eu estava sentado, e também olhava fixo para a tevê.

O papai veio da cozinha e tirou o controle remoto da minha mão, desligando a tevê.

– Que diabos você está fazendo, Zach? – perguntou o papai, olhando para mim com cara de zangado.

– Você disse que eu podia ver tevê – respondi, e, pela minha voz, parecia que eu ia começar a chorar.

A mamãe não disse nada. Ela continuava olhando para a tevê mesmo que não tivesse mais nada na tela. Parecia que ela não tinha notado isso.

– Papai, você sabia que o filho do Charlie era o homem com uma arma que apareceu lá na escola? No jornal disseram que...

– Agora... não... Zach.

Pude sentir a respiração do papai no meu rosto, porque ele chegou bem perto de mim, apertou os olhos e começou a dizer aquelas palavras, mas ele não abriu a boca para falar. Foi assustador. Fiquei com o rosto vermelho e a minha barriga começou a doer.

Em Nova York, uma vez, eu vi um homem cego, e eu não sabia no começo que ele era cego, só que ele tinha um cachorro muito bonito. Perguntei à mamãe se eu podia fazer carinho no cachorro, e a mamãe disse que não, porque aquele era um cachorro especial, um cão-guia, que ajuda pessoas cegas ou doentes, e a gente não pode fazer carinho porque senão eles não conseguem fazer o trabalho deles. Achei que aquilo era muito legal, o cachorro saber dizer ao homem cego aonde ir. O homem seguia o cachorro por todos os lugares, até atravessando a rua. E as ruas em Nova York são muito cheias e perigosas, eu não posso nunca atravessar sem dar a mão.

A mamãe foi andando para a cozinha junto com o papai igualzinho àquele homem cego andando com o cão-guia dele, como se o papai fosse o cão-guia e a mamãe não conseguisse enxergar nada, e então o papai tinha que mostrar o caminho para ela. Esperei até ter certeza de que as lágrimas não iam escorrer pelo meu rosto e aí fui para a cozinha atrás deles. Só o papai estava lá.

– Onde está a mamãe? – perguntei.

– Foi lá para cima. Tive que dar um remédio para que ela se acalmasse. Ela vai dormir agora.

Vi que o papai ainda estava zangado comigo, e isso me deixou com vontade de chorar de novo.

– Desculpa, papai. Eu ia ver um desenho, mas o jornal começou e... – falei, e eu ainda nem tinha terminado de falar quando o papai começou.

– Você não devia estar vendo o jornal. Crianças na sua idade não podem ver o jornal, e você sabe disso. E também não é bom para a mamãe ficar vendo essas coisas agora. Ela acabou de chegar do hospital e, desse jeito, ela vai ter que voltar para lá. Você não quer que isso aconteça, quer?

Eu não queria, mas não consegui dizer nada, apenas balancei a cabeça que não. Eu não queria que a mamãe voltasse para o hospital. Eu queria que o estado de choque passasse e que ela voltasse a ser como era, e não andasse mais como uma pessoa cega ou só dormisse o tempo todo. Continuei balançando a cabeça que não, e só parei quando o papai disse:

– Tá bom, Zach, fique calmo, sei que tudo isso é muito duro para todos nós. Vá brincar um pouco agora. A Mimi vai voltar mais tarde, e aí vocês vão poder fazer alguma coisa juntos, tá bom?

– Tá bom. Mas, papai, o filho do Charlie machucou o Charlie também?

– O quê?... Não. O Charlie não se machucou.

Pelo jeito que o papai disse aquilo parecia que ele estava com raiva de o Charlie não ter se machucado.

Fui lá para cima e vi que a porta do quarto da mamãe e do papai estava aberta, então entrei no quarto para ver se a mamãe estava bem. Ela tinha deitado na cama, mas não estava dormindo. Estava deitada de lado, com os olhos abertos. Quando ela me viu, afastou o cobertor e abriu os braços para mim. Fui até ela e me deitei ao seu lado. A mamãe me abraçou bem forte. Ficamos assim por um longo tempo, sem falar. Era bom ficarmos ali só eu e a mamãe, em silêncio. Eu ouvia apenas a respiração dela.

Eu me virei só um pouquinho para ver o seu rosto. Queria pedir desculpa por ter feito ela ficar zangada, mas agora os olhos da mamãe estavam fechados. Fiquei olhando o seu rosto por um tempo. Sentia seu peito subindo e descendo, e fiquei bem quieto ali. Aí sussurrei baixinho:

– Desculpa, mamãe.

Fui saindo da cama e depois do quarto na ponta dos pés. A porta rangeu um pouco. Olhei para a mamãe, mas ela continuava dormindo.

Então tudo o que eu queria era ir para o meu esconderijo secreto. Fechei a porta do armário e acendi a lanterna do Buzz na escuridão. Peguei o Clancy e comecei a mastigar a orelha dele, e fiquei assim um bom tempo. O Clancy ficou todo molhado por causa do meu cuspe.

16
Banho de suco vermelho

Agora eu tinha que dormir na minha cama porque a mamãe estava em casa, mas fiquei com medo de novo na hora de dormir, e então a mamãe disse ao papai para colocar o meu edredom no chão, ao lado da cama deles. Ela deitou na cama e eu deitei no edredom, e a mamãe ficou segurando a minha mão, e foi bom dormir assim. Esquecemos de cantar a nossa música e, quando me lembrei disso, achei que ela já estava dormindo e não quis acordar a mamãe. Então cantei sozinho, bem baixinho, para mim mesmo e para o Clancy.

Acordei de manhã tremendo. Percebi que o meu edredom estava todo molhado, e a calça e a camisa do meu pijama também, e não sabia por que tudo estava molhado. Mas aí entendi: eu tinha feito xixi enquanto dormia! Tinha feito xixi como um bebê!

Eu nunca fiz xixi na cama antes, só quando tinha três anos e parei de usar fraldas de noite. A mamãe disse que foram só alguns poucos acidentes. Ela costumava me acordar no meio da noite e me levar até o banheiro. Ela disse que eu fazia xixi na privada ainda dormindo, e, no dia seguinte, eu nem lembrava disso. Mas agora eu sempre acordava e ia fazer xixi sozinho.

O meu primo Jonas faz xixi na cama o tempo todo. Ele tem seis anos também, e não é meu primo de verdade – ele é filho da irmã da tia Mary, então é um pouco meu primo. Uma vez ele dormiu aqui em casa, num colchão inflável ao lado da minha cama, e fez xixi no colchão todo, aí o Andy ficou gozando com a cara dele dizendo que só os bebezinhos fazem xixi na cama. Também gozei com a cara dele um pouco, mas depois me arrependi, porque a mamãe disse que não era culpa dele e que eu não devia implicar com ele por causa disso. Provavelmente ele fazia xixi na cama porque estava com medo e com saudade da mãe dele, e tinha vergonha disso.

E agora eu tinha feito xixi na cama igual ao Jonas. Quando eu estava pensando nisso, senti meu rosto ficar todo vermelho, e sei que isso significa que estou com vergonha, porque acontece muitas vezes. Na escola, acontece o tempo todo, quando a srta. Russell fala comigo e eu não sei que ela vai falar comigo, e é tipo uma surpresa, e depois todo mundo olha para mim esperando que eu responda. Quando sei que vou ter que falar alguma coisa e tenho tempo de pensar no que vou dizer, e tenho certeza de que sei a resposta certa, então tudo bem. Mas quando é uma surpresa, fico todo vermelho e chamo isso de banho de suco vermelho, porque é como se jogassem um copo de um suco vermelho em cima de mim. Tento esconder o meu rosto quando isso acontece, para esperar até não sentir mais calor, porque aí sei que o banho de suco vermelho passou.

Banho de suco vermelho e quente. Às vezes fico com manchas vermelhas no pescoço por um bom tempo, mas normalmente passa rápido. Só não passa rápido quando alguém diz alguma coisa sobre isso ou goza com a minha cara porque estou todo vermelho. O Andy, por exemplo. Ele sabe que eu odeio quando alguém fala como o meu rosto está vermelho, então ele faz questão de sempre dizer isso bem alto, para todo mundo ouvir, e acha a maior graça. Aí demora horas para passar.

Fiquei pensando no que fazer, porque eu não queria que ninguém soubesse que eu tinha feito xixi na cama. Dei uma olhada para a cama da mamãe e do papai e só vi as costas da mamãe. Ela não se mexia, então ainda estava dormindo. E o papai já tinha levantado. Então me levantei também, bem rápido, e fui até o meu quarto e tirei o pijama, e isso foi nojento, porque encostei no meu próprio xixi. Eu não queria colocar o pijama molhado no cesto de roupa suja porque as outras roupas iam ficar molhadas também, então coloquei o pijama na banheira e fechei as cortinas. O meu edredom ainda estava bem molhado, mas achei que ele ia secar ao longo dia.

Eu me vesti e sentei na cama para esperar a sensação do suco vermelho e quente passar. Vi os meus caminhões na frente da estante, e percebi que esse tempo todo não tinha brincado com eles nem uma vez. Era estranho deixar eles ficarem parados ali, daquele jeito.

Levantei e fui ver no espelho do banheiro se ainda havia alguma marca vermelha no meu pescoço. Fui até o quarto do Andy, olhei para a cama de cima e depois desci a escada. Não tinha ninguém na cozinha, o papai estava no escritório falando no celular. O escritório tinha uma porta de vidro e, quando ele me viu através da porta, deu um sorriso cansado e apontou para o celular. Fui para a cozinha e sentei num dos bancos. Eu estava com fome, mas ninguém veio me dar café da manhã.

Vi o iPad em cima da bancada e decidi jogar o jogo de estacionar o carro de bombeiros. Era o meu jogo favorito no iPad. A gente tem que estacionar um carro de bombeiros enorme sem bater nos outros carros ou nas paredes do quartel, mas eu sou mesmo muito bom nisso. Puxei o iPad e a tela estava aberta no jornal do papai.

O papai sempre lê o jornal no iPad agora ou então no celular. Antes ele costumava ler o jornal de verdade, que vinha dentro de um saco azul e era deixado na nossa porta. De manhã, aquela era a minha tarefa: ir pegar o jornal para ele. Mas isso só nos fins de semana, porque durante a semana ele pegava o jornal e o levava para o trabalho antes de eu acordar. Mas aí ele parou de receber o jornal num saco azul e começou a ler no iPad, e isso sempre levava muito tempo. Se ele ainda recebesse o jornal na porta de casa, eu agora poderia jogar no iPad.

Quando a tela acendeu no jornal do papai, imediatamente vi que o papai estava lendo sobre o homem com uma arma, o filho do Charlie. Deslizei a tela para baixo e vi a mesma foto que tinha aparecido na tevê ontem. Achei que eu devia parar de ver aquilo, porque o papai ia ficar zangado comigo de novo. Mas o papai estava no celular lá no escritório e a mamãe ainda estava dormindo, e eu não sabia onde a Mimi estava, então ninguém ia saber. Comecei a ler o que o jornal dizia sobre o filho do Charlie. Em letras bem grandes eu li: "A motivação de um assassino", e embaixo, em letras menores mas ainda bem grandes, li também: "O ato de um homem louco ou de uma criança perturbada para chamar atenção do pai?" Depois havia um monte de palavras em letras pequenas.

Era difícil de ler, mas entendi algumas coisas. Por exemplo, que o filho do Charlie tinha quatro armas quando apareceu na nossa escola, mas na casa dele, na casa do Charlie, a polícia encontrou mais armas, e eles não sabiam onde ele tinha comprado tudo aquilo, era o que dizia o jornal.

Tinham fotos das armas quando deslizei a tela para baixo, e algumas delas pareciam armas comuns, iguais às que os policiais têm no cinto. Outras eram maiores e com um cano comprido e pareciam armas de soldados do Exército. Logo abaixo das fotos tinha o nome das armas, e eram nomes legais. Debaixo daquelas comuns lia-se "revólver Smith & Wesson M&P calibre .45" e "pistola semiautomática Glock 19 x 9mm", e debaixo das que pareciam armas de soldados, "rifle Smith & Wesson M&P 15 semiautomático" e "escopeta Remington 870, calibre .12". Fiquei tentando ler o nome das armas, sussurrando as palavras, mas era difícil.

Olhei para as fotos por um tempo, e o meu coração começou a bater rápido porque armas são perigosas, eu sei disso, mas também são interessantes. Mas aí comecei a pensar que o filho do Charlie usou essas armas para matar o Andy, e fiquei me perguntando de que arma teria saído a bala que matou o Andy. E me perguntei como o filho do Charlie estava com quatro armas quando ele apareceu na escola, e como é que dá para usar quatro armas ao mesmo tempo. Deve ter doído muito quando a bala entrou no corpo do Andy, e eu ainda não sabia onde ela tinha entrado no corpo dele.

Abaixo das fotos das armas, o texto dizia que o filho do Charlie colocou uma mensagem no Facebook quando ele estava indo para a nossa escola. Eu já tinha visto o Facebook no celular da mamãe. Ela entrava muito no Facebook para ver o que os amigos estavam postando e me mostrava fotos e vídeos engraçados. Ela também posta fotos, a maior parte, fotos minhas e do Andy jogando e coisas assim. O papai não gosta do Facebook e, uma vez, ele e a mamãe tiveram uma briga porque o papai disse que a mamãe não devia postar fotos nossas para o mundo inteiro ver, e a mamãe respondeu: "Bem, isso é um tanto irônico, considerando o fato de que você adora ficar se mostrando."

Essa era a mensagem que o filho do Charlie postou no Facebook:

"Anjos do Charlie, hoje é o dia que vou ao encontro de vocês. Vamos nos ver em breve, pai. Rezem por mim."

Foi assim que a mulher do Charlie nos chamou na festa, de "anjos do Charlie".

O alarme atrás de mim disse "Porta da frente!" naquela voz de mulher-robô, e quase deixei o iPad cair de susto. Apertei o botão na parte de cima para apagar a tela e deixei o aparelho em cima da bancada. O meu coração batia numa supervelocidade e senti o banho de suco vermelho no meu rosto. A Mimi estava chegando com sacolas do supermercado e pensei que ela fosse notar imediatamente, mas não.

– Bom dia, meu anjo – foi o que ela disse, e não consegui responder nada, só "É... é... é...".

A Mimi foi tirando as compras das sacolas e tinha leite, ovos e bananas. Acho que ela esqueceu que aqui em casa ninguém gosta de banana, só o Andy. O Andy adora banana, mas agora ele não está mais aqui, então quem ia comer as bananas que a Mimi trouxe do supermercado? As bananas ficaram em cima da bancada, e não consegui parar de olhar para elas. Na minha cabeça eu estava dizendo bem alto: "Quem é que vai comer essas bananas idiotas?" Eu estava gritando dentro da minha cabeça: "Bananas idiotas e nojentas!" E aí peguei as bananas e joguei no lixo. E me senti bem fazendo aquilo. Fui saindo da cozinha sem ligar para a Mimi, que perguntava:

– Zach, meu anjo, por que você fez isso?!

17
Pintando sentimentos

Eu não sabia que a gente podia ter mais de um sentimento dentro da gente ao mesmo tempo. Principalmente sentimentos que são bem diferentes um do outro. Eu sabia que podemos ficar animados e, quando fazemos o que nos deixa animados, a animação vai embora e ficamos felizes porque é divertido. Ou tristes, porque já acabou, como quando todo mundo vai embora depois da sua festa de aniversário. Agora... mais de um sentimento ao mesmo tempo, bem ao lado um do outro, ou por cima um do outro, tudo misturado dentro da gente? Eu nunca soube que isso podia acontecer.

Mas estava acontecendo comigo, e era difícil, porque quando a gente está feliz, a gente tem vontade de rir, mas quando estamos zangados ou tristes, queremos gritar ou chorar, e quando a gente sente essas coisas juntas, ao mesmo tempo, aí não sabe o que quer fazer. Fiquei andando pela casa, de um lado para outro, para cima e para baixo. Era como se, dentro de mim, eu não conseguisse me acalmar, e aí do lado de fora eu também não conseguia ficar quieto.

Passei pelo quadro de atividades da nossa família pendurado na cozinha. Parei. Todas as atividades da semana passada ainda estavam marcadas ali. A linha do papai vem em primeiro lugar, depois a da mamãe, depois a do Andy e, por último, a minha, porque é por ordem de idade, e eu sou o mais novo. Os nossos nomes ficam no quadro sempre. A mamãe só apaga uma ou outra atividade quando um de nós não vai mais fazer aquilo. Agora a linha do Andy vai ficar vazia para sempre. Vai ter sempre uma linha vazia entre a minha e a da mamãe, mas o nome do Andy vai continuar no quadro, porque ele ainda é parte da nossa família, só que não na vida real.

Olhei para a linha do Andy e vi o que ele devia ter feito na semana passada. Ele só tinha ido ao treino de lacrosse na terça, porque morreu na quarta. Não foi jogar futebol na quinta, nem ao jogo de lacrosse na sexta, às 19h. Fiquei me perguntando se o time de lacrosse do Andy tinha jogado mesmo sem ele na sexta. Talvez tenham chamado um dos reservas para jogar no lugar dele, e, se foi assim, ficou parecendo que nada tinha acontecido, que o Andy nem tinha faltado ao jogo. Senti raiva disso, de que o jogo pudesse ter acontecido de qualquer maneira. O Andy joga muito bem e marca muitos gols. Tomara que pelo menos eles não tenham vencido sem o Andy.

Hoje foi terça-feira, e nas terças eu tenho aula de artes na escola. Eu adoro desenhar e pintar, sou muito bom nisso, de verdade. Eu estava quase terminando um retrato da Frida Kahlo, que estava ficando muito bom, igualzinho a um dos retratos dela. A Frida Kahlo foi uma pintora mexicana famosa, e tivemos uma aula sobre ela na escola. Ela pintou muitos retratos coloridos de si mesma. Nesses retratos, a Frida Kahlo tem sobrancelhas muito grossas que se juntam em cima do nariz, aí fica parecendo que ela tem uma sobrancelha só, e também tem um bigode, mas ela é uma mulher de verdade. Também gosto de usar muitas cores quando pinto ou faço um desenho. Fiquei triste de não ter ido à aula de arte hoje, mas também feliz por não ter que ir à escola. Feliz e triste ao mesmo tempo, está vendo só?

A Frida Kahlo morreu faz muito tempo. Ela não era velha quando morreu, mas estava muito doente. Não sei que tipo de doença ela tinha, talvez fosse câncer, como o tio Chip. Ela pintava o tempo todo por causa da doença que tinha e porque se sentia solitária. Pintar ajudava a Frida Kahlo com os sentimentos. A nossa professora de artes nos ensinou isso. Ela disse que a arte é sempre uma expressão dos nossos sentimentos, e é uma boa maneira de lidar com eles. Pensando no que a minha professora de arte falou, resolvi pintar um pouco.

Fui lá para cima e peguei a minha caixa de tintas e um monte de folhas de papel, e espalhei tudo pelo meu quarto. Depois fiquei sentado por um tempo, porque não sabia por onde começar. Talvez fosse legal fazer um retrato meu, igual à Frida Kahlo. Fui até a cozinha e peguei um copo de água. A Mimi me fez prometer que eu não ia fazer bagunça, e fiquei me perguntando se a Frida Kahlo também tinha que tentar não fazer bagunça quando ela estava pintando.

Mergulhei o pincel no vermelho, que é a minha cor favorita, e passei o pincel para cima e para baixo no papel. Bom, logo vi que não ia ser um retrato meu, mas alguma outra coisa que a minha mão decidiu fazer e que eu ainda não sabia o que era. Um traço para cima e um traço ao lado, para baixo, depois para cima e para baixo de novo, igual a uma cobra comprida, fazendo um zigue-zague. O vermelho começou bem vermelho quando tinha muita tinta no pincel, depois foi ficando mais claro e, no fim, parecia meio rosa. Aquela pintura me lembrou do banho de suco vermelho quando fiz xixi no edredom.

Então achei que o vermelho mostrava a vergonha. Talvez eu conseguisse então escolher uma cor para cada sentimento diferente que estava dentro de mim, e aí eu pintava um monte de folhas de papel com uma cor só, para separar esses sentimentos.

Vermelho, vergonha. Pus a folha de papel de lado.

Qual era o próximo sentimento? Tristeza. A tristeza estava por toda parte na nossa casa, principalmente perto da mamãe. A mamãe estava tão triste que a gente podia sentir isso quando chegava perto dela. Quanto mais perto a gente chegava, mais a gente sentia aquela tristeza toda. A mamãe chorava e chorava o tempo todo, e na maior parte do tempo ficava na cama, e ela estava com uma mancha vermelha ao redor dos olhos de tanto chorar. Olhei para todas as cores das tintas. A tristeza podia ser cinza. Cinza como o céu lá fora, cheio de nuvens de chuva. Lavei o pincel no copo de água, e não caiu nem uma gotinha de água no tapete. Depois mergulhei o pincel na tinta cinza e fiz traços dessa cor noutra folha de papel.

A pintura da tristeza ficou ao lado da pintura da vergonha.

Medo. Agora eu tinha muito medo o tempo todo. O medo era preto, com certeza. Foi a cor que eu vi dentro do armário na escola: não tinha luz lá dentro para ver as outras cores. E tudo fica preto de noite quando acordo e acho que o homem com uma arma vai aparecer, mas não vai porque é apenas um sonho. Pintei uma folha de papel toda de tinta preta, e ficou realmente assustador.

Agora eu tinha que achar uma cor para a raiva. A mamãe diz que quando a gente está com raiva tem que usar as palavras para desabafar, e não as mãos, tipo para bater.

– Estou com raiva do homem com uma arma – falei, e pensei que a raiva tinha que ser verde, por causa do Incrível Hulk.

No começo, o Hulk é uma pessoa normal de pele bege, mas, quando ele fica com raiva, fica todo verde. Quando o Hulk está com raiva, ele fica zangado de verdade. E seus músculos ficam maiores, e ele fica superforte. Não lembro agora por que é que ele fica verde. Mas, por causa dele, a cor verde me lembrava a raiva. Fiz uma pintura verde e pus ao lado das outras. Até agora tudo certo.

E qual era a cor para quando nos sentimos solitários? Achei que era uma cor que deixa a gente invisível. Nós nos sentimos solitários porque ficamos meio que invisíveis para as outras pessoas, e não é um invisível bom, tipo super-herói, mas um invisível triste. Mas como é que eu podia fazer uma cor invisível? Tive uma ideia. Peguei minha tesoura e cortei o meio do papel e fiz uma moldura com nada no meio.

Depois achei que eu tinha que fazer uma pintura para a felicidade, porque eu também estava me sentindo feliz. Eu estava feliz porque não tinha morrido por causa do homem com uma arma. E também porque o Andy não ia ser mau comigo de novo, e eu ia poder ter um esconderijo secreto dentro do armário dele agora, e ele não ia poder me mandar ir embora do quarto dele. No esconderijo, eu me sentia feliz sempre. Agora essa felicidade era bem pequena, mas depois ia começar a se espalhar. A mamãe ia se sentir melhor e todos os sentimentos ruins iriam embora, e eu, a mamãe e o papai ficaríamos juntos, sem brigar, e nos divertiríamos à beça.

Qual é a cor da felicidade? Amarelo, como o sol lá no céu. Um sol quente e amarelo num céu azul lindo no verão. Não aquele céu cinza e triste que tínhamos agora.

Esperei que as minhas pinturas secassem, depois peguei a fita adesiva na cozinha e pendurei todas na parede do meu esconderijo secreto. Foi bom ficar olhando para elas. Eu podia ficar deitado no saco de dormir do Andy, olhando para os meus sentimentos.

18
Sonhos ruins de verdade

O homem com uma arma apareceu e a vida real desapareceu. Agora era como se a gente estivesse vivendo uma vida de faz de conta. Eu estava ali, e o papai e a mamãe também, e a Mimi ficava com a gente o tempo todo e dormia no quarto de hóspedes, e a vovó e a tia Mary vinham todos os dias. Isso era um sinal de que as coisas estavam diferentes, porque normalmente nem a Mimi, nem a vovó, nem a tia Mary ficavam tanto tempo na nossa casa.

Do lado de fora parecia tudo igual. Quando eu olhava pela janela, via que a vida real ainda estava lá nas ruas, e parecia como antes. O sr. Johnson ainda levava o Otto para passear pela vizinhança, e o caminhão do lixo ainda passava, e o carteiro ainda trazia a correspondência todas as tardes por volta das quatro, quase sempre no mesmo horário. Todas as pessoas do lado de fora faziam as mesmas coisas de sempre, e eu me perguntava se elas pelo menos sabiam que dentro da nossa casa tudo tinha mudado.

A única coisa do lado de fora que combinava com o que tinha dentro da nossa casa era a chuva. Chovia e chovia, e era como se não fosse parar nunca mais. Igual à mamãe chorando e chorando, como se não fosse parar nunca mais.

As mesmas coisas apareciam na tevê, e ainda passavam os mesmos comerciais também, falando as mesmas coisas, tipo como os Froot Loops eram deliciosos, e como tudo era do jeito que era e isso era o que importava. Pensei que talvez assistindo aos meus programas favoritos tudo voltasse ao normal e aí a vida não ia mais parecer um faz de conta. Mas agora as piadas do *Phineas e Ferb* não pareciam mais engraçadas, e mesmo quando tinha uma engraçada, eu não conseguia rir. Porque quase tudo dentro de mim sentia o oposto da vontade de rir.

Comecei a fingir que eu estava num sonho ruim e que via a mim mesmo andando e fazendo as coisas nesse sonho, porque eu não queria que a vida real fosse assim. Eu não queria que a mamãe ficasse na cama chorando, eu não queria ficar entrando no quarto do Andy de manhã para ver se a cama dele estava vazia, quem sabe... Todas as manhãs eu fazia isso, não podia evitar. E logo antes de olhar, eu pensava: "E se ele estiver na cama e tudo isso não tiver sido de verdade? E se ele estiver fazendo uma brincadeira idiota com todos nós e estiver sentado na cama, rindo de mim, porque eu estou achando que ele morreu?" Porque era igual a POU! – como se alguém desse um soco na minha barriga toda vez que eu via a cama dele vazia.

Eu não queria continuar fazendo xixi na cama. Noite passada foi a última vez que isso aconteceu, tinham duas noites seguidas que eu fazia xixi dormindo. A mamãe descobriu e pegou os pijamas molhados da banheira, tirou os lençóis molhados do colchão e colocou tudo para lavar. Ela não disse nada, mas eu fiquei com vergonha mesmo assim.

Nós não saíamos. Era como se dentro de casa e fora de casa fossem dois mundos diferentes e a gente tivesse que manter os dois separados. Até o papai não ia trabalhar, e ficava trancado no escritório lá de casa. Eu não sabia por que ele ficava lá dentro, porque não parecia que ele estivesse trabalhando. Ele apenas ficava sentado lá, olhando para o computador. Ou apoiava os cotovelos na mesa e colocava o rosto nas mãos.

Hoje, depois do café da manhã, olhei para o mundo lá fora pela minha janela e quis estar do outro lado, onde a vida real continuava. Primeiro eu só via a chuva e observava os círculos que os pingos faziam nas poças na calçada. Mas depois percebi alguém do outro lado da rua, em frente à nossa casa.

Era a mãe do Ricky. Ela estava usando apenas uma camiseta de novo, e não tinha guarda-chuva. Ela ficou ali parada como se nem estivesse sentindo a chuva cair, mas já estava toda molhada, e ficava olhando para a nossa casa. Era estranho, ela ali parada, só olhando, sem atravessar a rua para entrar. E então de repente vi o papai atravessando a rua, também sem guarda-chuva e ficando todo molhado. Ele agarrou o braço da mãe do Ricky e os dois foram descendo a rua.

Depois de um tempo, o papai voltou, mas sem a mãe do Ricky. Eu desci a escada e perguntei a ele onde tinha ido, e ele olhou para mim de um jeito engraçado e disse que tinha ido dar uma volta para clarear as ideias.

Em todos aqueles dias depois que o homem com uma arma apareceu, e já fazia uma semana, verifiquei no calendário da cozinha, muitas pessoas vieram nos visitar e trouxeram mais e mais comida, mesmo que a geladeira da cozinha e a do porão também já estivessem cheias. Hoje de tarde, o sr. Stanley da minha escola apareceu. O sr. Stanley é muito legal mesmo. Ele começou a trabalhar na escola quando eu fui para o primeiro ano. E gosto mais dele do que do sr. Ceccarelli, que era o antigo assistente do diretor. Ele era mau algumas vezes, e não nos dava um monte de estrelas, mesmo quando a gente se comportava bem e respeitava as outras pessoas, então a gente nunca teve um dia da fantasia no jardim de infância por causa dele. O sr. Stanley sempre faz piadas e finge que está perdido no corredor e não sabe aonde ir, porque ele ainda é novo lá, e sempre nos dá estrelas o tempo todo.

O primeiro ano já tem estrelas suficientes para fazer um dia da fantasia agora, porque precisamos de duas mil estrelas, e na semana antes de o homem com uma arma aparecer a gente já tinha mil e oitocentas, então agora já devia ter duas mil. Talvez eles tivessem feito o dia da fantasia sem mim porque eu ainda não estava indo à escola, e isso não seria justo porque ganhei um monte de estrelas por me comportar bem e respeitar as pessoas.

O sr. Stanley não fez nenhuma brincadeira quando veio à nossa casa hoje. Mas ele sorriu para mim e se inclinou na minha direção – o sr. Stanley é muito alto, e é por isso que ele é chamado de sr. Stanleyzão por muitas crianças – e me deu um abraço. Gostei quando ele me abraçou, e normalmente eu não gosto que as pessoas me abracem. Eu queria perguntar ao sr. Stanley sobre o dia da fantasia, mas ele foi para a sala de estar com a mamãe e o papai, e eu não podia entrar lá. A Mimi disse que eu tinha que ficar na cozinha junto com ela, mas eu queria muito saber sobre o que o sr. Stanley estava conversando com a mamãe e o papai. Então perguntei para a Mimi se eu podia ir lá para cima, e ela disse que sim, mas eu não fui lá para cima. Eu me sentei na escada, em vez disso, e tentei ouvir o que o sr. Stanley, a mamãe e o papai diziam. Era difícil de ouvir porque eles falavam baixo, e eu não podia chegar mais perto, porque corria o risco de ser pego espionando, então liguei o meu poder de audição supersônica.

– ...queria que vocês soubessem que esse é um recurso disponível para todas as famílias das vítimas – dizia o sr. Stanley. – E não apenas as famílias das vítimas... quero dizer, todo mundo foi vítima de uma certa forma, todas as crianças que estavam na escola e viveram essa... experiência terrível. Mas o Zach, ele viveu a experiência e, além disso, perdeu o irmão... Não posso nem imaginar... Ele deve estar sofrendo muito.

Aí a mamãe disse alguma coisa, que eu não pude ouvir, e o sr. Stanley disse:

– Sim, toda criança reage de uma maneira diferente, é claro. E os sinais de estresse pós-traumático não necessariamente se manifestam logo em seguida ao fato.

A mamãe disse alguma coisa outra vez, e foi muito baixo de novo, então desci um degrau para ver se ela estava falando sobre mim.

– Ele está tendo pesadelos, mas isso é normal...

Senti o banho de suco vermelho no meu rosto, porque eu não queria que a mamãe contasse ao sr. Stanley que eu não estava dormindo na minha cama.

– Bem, muito obrigado por nos avisar. Nós temos um terapeuta familiar muito bom, o Andy... Já temos uma opção – disse o papai.

– Isso é ótimo, muito bom mesmo – disse o sr. Stanley, e então parecia que eles iam acabar a conversa e sair da sala de estar, aí fui lá para cima bem rápido antes que me vissem ali.

Depois que o sr. Stanley saiu, a mamãe ficou muito cansada e foi se deitar na cama. Eu me deitei junto com ela, a mamãe quis que eu me deitasse também, então ela me abraçou bem apertado e disse:

– Zach, meu pequeno, meu anjo... – e depois: – O que nós vamos fazer? – E ela chorou e chorou até que o travesseiro inteiro ficasse molhado e o cabelo dela e o meu também, e mais e mais lágrimas continuavam a sair dos olhos dela.

Deitar do lado da mamãe e da tristeza dela me fez ficar com uma coisa na garganta, que doía quando eu tentava engolir. O meu pescoço doía muito e fiquei com vontade de chorar também. Eu não me sentia bem assim tão perto da tristeza da mamãe, mas fiquei ali porque ela não queria que eu saísse.

O papai veio e se deitou do outro lado da cama também, então fiquei no meio deles, e o papai ficou só assistindo à mamãe chorar. Ele colocou o braço em volta de nós por um tempo, e me perguntei se ver a tristeza da mamãe fez um bolo surgir na garganta dele também. Depois de ficar um tempo fazendo carinho na cabeça dela e na minha, o papai se levantou e saiu do quarto.

19
O velório

Não sei por que as pessoas chamam isso de velório, não vi vela nenhuma na sala. Eu tinha cinco anos no velório do tio Chip e aquela foi a primeira vez que vi uma pessoa morta de verdade, porque, no velório do tio Chip, o caixão ficou aberto na frente da sala. O tio Chip estava deitado lá dentro, e ele parecia igual. Seus olhos estavam fechados, era como se ele estivesse dormindo. Eu não queria chegar perto do caixão, mas o tempo inteiro em que a gente ficou na sala do velório, e foi um tempão porque a cerimônia foi bem longa, fiquei olhando para o tio Chip.

Pensei que talvez ele não estivesse morto de verdade, ou que talvez ele estivesse só me pregando uma peça, porque o tio Chip sempre costumava pregar peças na gente, e pensei que talvez ele estivesse esperando pelo momento certo para se levantar lá no caixão e ficar nos encarando. Um monte de gente foi até o caixão, se ajoelhou na frente dele e tocou nas mãos do tio Chip, que estavam cruzadas em cima do peito, e fiquei me perguntando como será que era tocar nas mãos de uma pessoa morta, se elas seriam frias ou não. Esse teria sido um bom momento para ele se levantar, e ele teria feito todo mundo que estava ali perto ficar morrendo de medo. Mas o tio Chip nunca se levantou, nunca se mexeu, e depois, no enterro, a tampa do caixão já estava fechada.

Depois do café da manhã, o papai me ajudou a colocar o meu terno preto. Bem, não era o meu terno, era o do Andy, o que ele usou no velório e no enterro do tio Chip. Era um pouco engraçado eu usar o terno do Andy no velório do próprio Andy. Não engraçado de dar vontade de rir, mas um engraçado estranho. Quando o tio Chip morreu, a mamãe nos levou, a mim e ao Andy, até o shopping para comprar ternos porque nós não tínhamos nenhum, e os homens têm que usar terno quando alguém morre, e tem que ser preto, porque, quando a gente usa preto, isso quer dizer que a gente está triste. Então acho que o preto é a cor da tristeza, mas escolhi o cinza para a tristeza e o preto para o medo quando estava pintando. O preto combinava mais com o medo, e eu estava com medo de ir ao velório. O Andy fez uma cena quando fomos ao shopping com a mamãe, porque ele não queria vestir terno nenhum. Mas eu gostei. Fiquei parecendo o papai quando vai trabalhar.

Primeiro tentei vestir o terno que usei no velório do tio Chip, mas estava muito pequeno e eu não consegui nem abotoar a calça. Então o papai foi pegar o terno do Andy lá no armário, e fiquei preocupado de ele ter descoberto o meu esconderijo, mas depois achei que não, porque ele não disse nada quando voltou. Ele segurou o paletó e eu enfiei os meus braços. Não dava para ver as minhas mãos porque as mangas estavam muito compridas.

– Papai, as mangas estão me atrapalhando – falei, porque minhas mãos ficavam presas na manga, e eu tinha que levantar os braços para soltar as mãos. O Andy é muito mais alto que eu, porque é três anos e meio mais velho, e também porque ele é muito alto mesmo para a sua idade. Eu não. Eu sou na média.

– Sinto muito, filho, vai ter que ficar assim mesmo – disse o papai, e isso foi uma surpresa, porque ele sempre quer que estejamos bem-vestidos. "Vocês estão parecendo uns mendigos" é o que ele sempre diz para a gente, e sempre manda a gente ir se trocar e colocar roupas menos amassadas e sujas.

Eu não entendi por que a gente não podia ir até o shopping comprar um novo terno para mim. Aquelas mangas estavam me deixando zangado, e a minha barriga também estava meio esquisita.

– Você pode dobrar as mangas para mim? – pedi, e pela minha voz parecia que eu ia começar a chorar. Eu estava me mexendo de um lado para outro por causa da dor na barriga.

– Não se dobram as mangas de um terno, filho. Deixe assim mesmo, isso não é importante, tá bom? Será que você pode parar quieto um instante para eu poder pôr a gravata em você?

O papai disse isso com uma voz meio zangada, e em seguida deu para ver que ele tinha se arrependido de falar daquele jeito, porque ele disse:

– Você está muito bonito, filho – e passou a mão no meu cabelo. – Olha, hoje vai ser um dia duro para todos nós, você está me entendendo?

Balancei a cabeça que sim, e ele continuou:

– Preciso que você me faça um favor e seja um garoto grande hoje e me ajude com a mamãe, tá bom? Preciso que você me ajude.

Balancei a cabeça que sim de novo, mesmo que não tivesse vontade nenhuma de ser o ajudante do papai hoje, porque estava me sentindo meio esquisito.

Fomos para o velório no carro da mamãe, que não tinha sido rebocado lá perto do hospital. A vovó e a tia Mary foram pegar o carro no dia seguinte, depois de a mamãe ter estacionado na calçada. Mas a mamãe não estava dirigindo, e sim sentada no banco do carona, olhando pela janela, embora fosse impossível ver alguma coisa com a chuva que caía. E, além disso, as janelas estavam embaçadas por causa da nossa respiração lá dentro. A Mimi se sentou ao meu lado no banco de trás e também olhava pela janela. O papai estava dirigindo bem devagar, e quanto mais a gente se afastava de casa, mais devagar ele ia, mesmo que não tivesse nenhum trânsito.

Estava um silêncio enorme dentro do carro, nem ligaram o rádio. Tudo que eu ouvia era a chuva batendo no teto solar e o rangido uish-uish do limpador de para-brisas na velocidade mais alta. Eu gostava que estivesse em silêncio. No velório ia ter muita gente e um monte de conversa, e eu queria que a gente ficasse ali no carro para sempre, só nós.

– Mamãe? – falei dentro do silêncio total do carro, e pareceu que eu tinha falado muito alto.

Os ombros da mamãe se levantaram um pouco, mas ela não se virou nem me respondeu.

– Mamãe?

– O que foi, filho? – respondeu o papai.

– Temos mesmo que ir ao velório do Andy? – perguntei, e eu sabia que era uma pergunta idiota. A srta. Russell sempre diz que não existem perguntas idiotas, mas isso não era verdade, porque quando você já sabe a resposta que vai receber, é meio idiota fazer a pergunta. A Mimi segurou a minha mão e sorriu um sorriso triste.

– Temos, Zach, temos que ir ao velório do Andy – disse o papai. – Nós somos a família do Andy, e as pessoas vêm para dizer adeus a ele e nos cumprimentar.

Comecei a pensar no tio Chip de novo, e a minha barriga não parava de roncar. Tentei abrir a janela para pegar um pouco de ar fresco, mas a minha janela estava trancada. O papai sempre trancava as janelas e as portas de trás lá na frente, para que eu e o Andy não conseguíssemos abrir, mesmo que eu quase sempre ficasse enjoado no carro e ajudasse abrir as janelas. O papai dizia que com as janelas abertas o barulho era insuportável, então isso estava fora de questão. Na maioria das vezes, eu ficava muito enjoado quando o papai dirigia, e nunca quando era a mamãe.

Eu não queria ver o Andy morto num caixão. Quando chegamos ao lugar do velório e o papai estacionou o carro, o meu coração estava batendo muito rápido. Achei que ia vomitar, e os meus olhos se encheram de lágrimas. Apertei o meu nariz tão forte que chegou até a doer.

– Vamos, Zach, saia do carro – disse o papai.

Eu queria ficar no carro, mas o papai deu a volta e abriu a porta. Vi a mamãe em pé ao lado do carro, ficando molhada por causa da chuva, e ela parecia muito pequena e assustada também. Ela esticou a mão e me olhou de um jeito, como se ela quisesse que eu entrasse junto com ela, então saí do carro, peguei a mão dela e começamos a andar juntos.

Lá dentro apertamos as mãos de uns homens de terno, que falavam em voz baixa com a mamãe, o papai e a Mimi, e não tinha mais ninguém ali a não ser nós. Olhei em volta e tudo ali parecia com o lugar onde tinha sido o velório do tio Chip, em Nova Jersey. Parecia a recepção de um hotel elegante, um para onde íamos às vezes quando passávamos a noite na cidade. Tinham cadeiras grandes e confortáveis com mesinhas entre elas e um lustre enorme pendurado no teto, e um tapete vermelho que eu sentia ser muito macio mesmo usando sapatos. O som de um piano vinha de algum lugar. A sala era aconchegante, e eu queria me sentar numa daquelas cadeiras, mas então o papai disse que era hora de entrar no salão do velório e BAM!, a minha barriga voltou a parecer uma motocicleta. A mamãe estava segurando a minha mão e começou a apertar muito e muito, e ficou muito apertado mesmo, mas não tentei soltar. Achei que ela precisava apertar a minha mão.

O papai colocou as mãos nas costas da mamãe e no meu ombro e começou a nos empurrar na direção da porta do outro lado do salão de entrada, e achei que atrás dela estaria o salão do velório. A Mimi vinha logo atrás, e nós quatro andávamos bem devagar.

Chegamos perto da porta. Prendi a respiração e olhei para os meus pés. Toda vez que eu dava um passo, o meu sapato afundava no tapete vermelho macio. Olhei para trás para ver se eu estava deixando pegadas. Estava, mas depois o tapete voltava ao normal, assim que eu tirava o meu pé. Mantive os olhos nos meus pés o tempo todo. Parecia que atrás da porta alguma coisa assustadora esperava por nós. Alguma coisa muito grande e assustadora, e as portas deveriam definitivamente continuar fechadas.

20
O dispenser duplo

Alguém abriu a porta. O tapete mudou de vermelho para azul. O salão estava em silêncio e cheirava bem, como um jardim. A mamãe fez um barulho como se ela estivesse respirando muito rápido. Ela soltou a minha mão e se afastou de mim, mas não vi para onde ela foi, porque eu ainda não olhava para cima, os meus olhos estavam presos nos meus pés no tapete azul.

Sem a mamãe segurando a minha mão bem firme, senti como se estivesse sozinho num lugar estranho, e estivesse perdido ou coisa parecida. Fiquei parado perto da porta, porque eu não queria usar os meus olhos, e tentei usar os outros sentidos para saber como era tudo ao redor. Toquei nas paredes e percebi que tinham enfeites macios nela. E percebi que o tapete azul era tão macio quanto o vermelho do salão de entrada. Eu não estava comendo nada, mas sentia um gosto ruim na boca, e a minha barriga estava roncando de um jeito esquisito por causa do carro. Inspirei fundo, aquela sala cheirava a flores, e o cheiro das flores era doce. Gostei daquele cheiro no começo, mas depois achei que era doce demais. Achei que ouviria algum pássaro cantando ou abelha zunindo, porque sempre tem um pássaro ou uma abelha num jardim, mas estava tudo em silêncio. Mesmo com o meu supersentido da audição, a única coisa que eu podia ouvir era o silêncio.

Mas aí o som de um choro que era baixo e parecia longe de mim começou a ficar mais alto. O choro vinha da mamãe em algum lugar naquela sala. O choro dela ia ficando cada vez mais alto e já durava muito tempo, e pensei que talvez eu devesse ir encontrar a mamãe, mas não saí do meu lugar perto da porta, porque eu já conhecia um pouco aquele canto ali e não queria conhecer nenhum outro canto naquela sala. De repente, ouvi um som alto de alguma coisa se quebrando, e isso me fez levantar a cabeça sem querer. Imediatamente vi tudo o que eu não queria ver.

O caixão, bem na frente da sala, no meio. Era menor e de uma cor diferente do caixão do tio Chip – o que estava ali na sala era marrom--claro, e o do tio Chip era preto. A tampa estava fechada, e não aberta como no caso do tio Chip, e um monte de flores estava em cima da tampa. Comecei a sentir um calor enorme debaixo do terno. O Andy, o corpo dele, estava lá dentro.

O papai e a Mimi estavam na frente do caixão, e eles estavam tentando levantar a mamãe – ela estava no chão, ao lado de um vaso grande com flores roxas que tinha caído. Entre o lugar onde eu estava e o caixão tinha um monte de cadeiras enfileiradas quase iguais aos bancos da igreja para onde fomos depois que o homem com uma arma apareceu. Tinham flores ao longo das paredes e perto do caixão. Elas eram bonitas e de todas as cores, e agora eu sabia por que a sala inteira cheirava como um jardim. Vi fotos por toda a parte também, a maioria do Andy e algumas da nossa família, e as fotos estavam em quadros e porta-retratos em cima de mesas estreitas.

Ouvi sons atrás de mim. As pessoas estavam começando a chegar à sala do velório. A vovó e a tia Mary, o meu primo Jonas que fazia xixi na cama, o pai e a mãe dele e algumas outras pessoas da família. A mamãe, o papai e a Mimi ficaram em pé lá na frente perto do caixão. A mamãe segurava o braço do papai, e parecia que ela ia cair de novo a qualquer momento. Ela olhava para a frente e não fazia mais nenhum som de choro. Lágrimas estavam escorrendo pelo rosto dela e caindo no seu vestido preto, mas ela não as enxugava, apenas deixava as lágrimas caírem, caírem, caírem.

Mais e mais pessoas entraram no salão, e todo mundo falava em voz baixa, como se estivessem sussurrando, como se todo mundo estivesse com medo de acordar o Andy no caixão. Todo aquele sussurrar estava muito alto para os meus ouvidos.

– Vamos ficar junto com a mamãe e o papai lá na frente – disse a vovó, e ela me empurrou com a mão e suas unhas machucaram as minhas costas um pouco.

A gente fez uma fila lá na frente, bem perto do caixão: eu, a mamãe e o papai, a vovó, a Mimi e a tia Mary. Eu não queria ficar ali, tão perto.

Todas as outras pessoas vinham até a frente da sala falar com a gente. As mangas do terno começaram a me incomodar de novo, e a minha mão direita ficava presa toda hora que eu tentava apertar a mão de alguém. Eu estava sentindo a minha garganta apertada, na altura do nó que o papai tinha dado na minha gravata. Engoli várias vezes, e toda vez eu sentia que o que eu engolia ficava preso no nó da gravata. Mais pessoas vinham e diziam "Meus sentimentos", e tiveram mais abraços e mais apertos de mãos com a minha mão presa na manga do terno.

Ouvi a minha barriga roncar como se eu estivesse com fome, mas eu não estava. Tentei puxar o nó da gravata para deixar mais frouxo, mas ele não se mexeu, e agora estava ficando difícil de respirar. Estava muito quente e nenhum ar entrava nos meus pulmões quando eu respirava, e a minha barriga roncava.

Saí da fila lá na frente e andei até o salão de entrada. Queria correr, porque parecia que eu ia fazer cocô, mas não corri, tinham muitas pessoas e todos estavam olhando para mim, e o banho de suco vermelho no meu rosto começou a acontecer. Quando cheguei ao salão da entrada, vi o letreiro do banheiro, que ficava do outro lado do salão. Tentei chegar lá bem rápido, eu estava suando muito e respirando forte, mas nenhum ar entrava. Finalmente cheguei ao banheiro. Eu podia sentir o cocô saindo e tentei abrir a calça do meu terno, mas era um botão de encaixar que ficou preso e eu não consegui.

O cocô saiu. E continuou saindo e saindo, eu podia sentir o cocô quente na minha cueca. Achei que estava com diarreia, porque eu podia sentir o cocô quente escorrendo pela minha perna esquerda, até as minhas meias. Tentei ficar bem parado porque tudo estava molhado e pegajoso, e cheirava mal. Eu não sabia o que fazer. Estava preso no banheiro fazendo cocô na calça, e do lado de fora estavam todas aquelas pessoas, e todo mundo ia ficar sabendo disso.

Tinha uma etiqueta naquele negócio de papel higiênico dos banheiros públicos: "Dispenser duplo." Fiquei lendo aquilo sem parar.

Dispenser duplo
Dispenser duplo
Dispenser duplo

Segui as palavras com o dedo.

Dispenser duplo

Ler aquilo várias vezes ajudou a me acalmar um pouco. Eu sabia qual palavra vinha a seguir, e quando acabava eu começava de novo.

Fiquei ali em pé no compartimento do banheiro por um longo tempo e nada mudou. Agora cheirava ainda pior, então eu tinha que fazer alguma coisa a respeito, mas eu não sabia o quê, e a gente não tinha trazido uma calça extra para mim. Ninguém entrou no banheiro, e eu não ouvi nenhuma voz do lado de fora, então tentei tirar minha calça de novo, e dessa vez o botão abriu de primeira. Achei que aquilo não era nem um pouco justo, ele abrir agora e não antes, quando o cocô estava saindo.

Devagar, puxei a minha calça para baixo. O cheiro só piorava, e senti ânsia de vomitar. Ânsia de vômito é quando você está com vontade de vomitar e sua boca se mexe como se você estivesse vomitando, mas não sai nada. Quando o papai está dirigindo e eu fico enjoado, vomito num saquinho que a mamãe segura para mim, e o papai e o Andy começam a ter ânsia de vômito e ficam desesperados. E aí o papai abre todas as janelas. Ele devia abrir as janelas antes de eu ficar enjoado.

Continuei tendo ânsia de vômito, enquanto tirava os meus sapatos e meias. Tinha muito cocô dentro da meia do meu pé esquerdo e por toda a minha perna esquerda. Tirei a calça e a cueca, e o cocô caiu todo no chão do banheiro, e era tudo tão nojento que comecei a chorar.

Durante todo esse tempo eu não tinha chorado. Quando o homem com a arma apareceu e eu tive que ficar escondido dentro do armário, eu não chorei. Quando o papai disse que o Andy tinha morrido e a mamãe parecia ter ficado maluca lá no hospital e a gente teve que deixar a mamãe lá, eu não chorei, e em todas as vezes depois disso que os meus olhos se encheram de lágrimas, eu nunca tinha chorado. Mas agora chorei. E agora parecia que todas as lágrimas que eu tinha segurado antes estavam saindo, e eram muitas. Nem tentei o truque de apertar o nariz, eu nem quis fazer isso. Apenas deixei as lágrimas saírem e saírem e saírem, e isso fez eu me sentir bem.

Tentei pegar um pouco do papel higiênico para limpar o cocô do chão, mas isso só fez ele se espalhar por toda a parte. Tentei limpar a minha perna e o meu bumbum, então usei muito papel higiênico do "Dispenser duplo". Eu chorava e enxugava as lágrimas e pegava mais papel, e depois tentei dar a descarga, mas a água não desceu, provavelmente porque era muito papel.

E então a porta se abriu e um homem que eu não conhecia entrou, e ele me viu sem calça porque eu nunca fechei a porta do compartimento onde entrei, aí ele me viu assim que entrou. Ele cobriu a boca com a mão e saiu correndo. Tranquei a porta do compartimento. Um pouco depois alguém entrou de novo e ouvi a voz do papai.

– Zach? Pelo amor de Deus, ah, meu Deus... O que está acontecendo aí dentro?

Não respondi porque não queria que ele soubesse.

– Abra a porta, Zach!

Abri a porta e o papai viu aquela sujeira toda, e puxou o terno por cima do nariz, e eu podia adivinhar que ele estava tentando não ter ânsia de vômito.

Era para eu ser um garoto grande hoje, e fui exatamente o oposto. Hoje eu era um bebê. A mamãe entrou no banheiro também, muito embora aquele fosse um banheiro para meninos, e as meninas não podem entrar no banheiro dos meninos, e achei que ela podia se meter em encrenca por ter feito aquilo. Quando ela me viu, fez um "Ah!" bem alto, e empurrou o papai da frente e me abraçou apertado. Ela nem se importou do cocô encostar no vestido dela. Ela me abraçou e ficou me balançando, e chorando e chorando, e eu chorei e chorei, e a minha cabeça estava doendo por causa daquele choro todo. O papai ficou lá parado com o terno cobrindo o nariz, olhando para a gente.

21

Batalha de choro

– Tá certo, não me importo, pode vir se não perturbar – gritou o Andy para mim lá do alto da pedra, e comecei a subir antes que ele mudasse de ideia. A pedra era muito alta e aquele lado era muito liso, e eu ficava escorregando.

– Tira os sapatos, fica mais fácil – disse a Liza, que estava subindo atrás de mim.

Sacudi as pernas uma de cada vez, e os meus Crocs saíram voando, bateram na pedra e foram cair no meio do quintal da Liza. A Liza colocou a mão nas minhas costas e me empurrou para cima.

Lá de cima, dava para ver o quarto da Liza. A pedra estava quente debaixo dos meus pés e machucava um pouco, mas me acostumei. O ar estava muito quente também, e a minha camiseta estava molhada de suor nas costas. Era como se a gente pudesse ver o calor no ar, saindo da pedra. Tudo ficava parecendo meio desfocado, e o sol fazia os pequenos cristais na pedra cintilarem.

Eu podia ouvir o calor também – ele estava fazendo um som de "zzzzzzzzzzz". Tinham grilos por toda a parte. Eu não podia ver os grilos, mas ouvia o cricri, cricri, cricri deles, todos cantando juntos, mas começando e parando em momentos diferentes.

Primeiro o Andy disse que eu não podia brincar com ele e com a Liza e os outros, mas depois disse que eu podia, talvez porque o Aiden estivesse lá também e ele tivesse seis anos como eu. O Aiden é primo do James e da June, e a mãe deles disse que o Aiden tinha que brincar com eles. E também provavelmente por causa da Liza. A Liza era legal comigo e, quando ela estava por perto, o Andy também era mais legal. Isso devia ser porque o Andy gostava da Liza e queria que ela gostasse dele também. Quando ela pedia a ele para parar de fazer alguma coisa, tipo ficar me chamando de perdedor ou dizendo para eu ir me ferrar, ele parava e não tinha ataques de raiva.

– Você pode ser da nossa tribo também – disse o Andy para mim quando me sentei ao lado dele na pedra.

Fiquei vendo ele fazer um arco com um pedaço de pau e o canivete. Era o canivete do papai, e a mamãe não queria que o Andy usasse aquilo porque era muito perigoso e ele podia se machucar. Mas o papai disse:

– Pelo amor de Deus! Eu tenho esse canivete desde que era mais novo que o Zach. Deixe o garoto fazer coisas de garoto. Pare de ser sempre tão superprotetora! – falou e deu um tapinha nas costas do pai do Aiden, e a mamãe não disse mais nada sobre isso.

A gente estava brincando de índio. O Andy era o chefe da nossa tribo, sentado no meio da pedra com as pernas cruzadas, como os índios se sentam. Ele tinha um cocar na cabeça com penas de cores diferentes coladas. O cocar levantava o cabelo dele do lado e ele estava todo despenteado.

– É muito importante tirar todos os galhinhos dos lados para que o pedaço de pau fique bem liso, tá vendo? – disse ele para mim.

Eu sabia que estávamos fingindo, mas parecia de verdade, e senti um friozinho de excitação na minha barriga.

– Posso tentar? – perguntei.

– Não, você não pode usar o canivete. É muito perigoso para você. Só eu posso usar – disse o Andy.

Eu sentia o meu bumbum quente por causa da pedra.

– Dá para a gente vigiar bem daqui – disse o Aiden.

– É, a parede aqui atrás é uma boa proteção para a nossa aldeia – disse o Andy.

A Liza apontou para o lado direito da casa.

– Assim os inimigos só podem subir por esse lado, e nós podemos ver.

Do lado direito da casa dela ficava o pátio onde a mamãe e o papai estavam conversando com os pais da Liza e outros adultos, fazendo churrasco.

– A gente precisa de um nome para a nossa tribo – disse o James, fazendo uma lança para caçar.

– Garotos Perdidos, como na história do Peter Pan quando eles começam a ser amigos dos índios – falei. – Bem, Garotos e Garotas Perdidos – disse, por causa da Liza e da June.

– Isso é uma ideia idiota – disse o Andy. – Vamos usar o nome de todos os membros da nossa tribo, ou as primeiras duas letras de cada nome.

Por um tempo ficamos pensando em como colocar as duas primeiras letras do nome de todo mundo juntas. No fim, decidimos por JaZaJuLiAnAi. Parecia uma palavra de índio mesmo, principalmente quando a gente dizia rápido: "JaZaJuLiAnAi, JaZaJuLiAnAi, JaZaJuLiAnAi."

– Esse vai ser nosso grito de guerra quando a gente for lutar com as tribos inimigas – disse o Andy e gritou: – JAZAJULIANAI!

– *JAZAJULIANAIIII...* – respondeu de volta o eco que vinha da casa da Liza.

Todas as nossas coisas estavam espalhadas na pedra: pedaços de pau e barbantes de cores diferentes para fazer arco e flechas e lanças, e penas e contas. A gente também tinha duas bolsas com pontas de flechas, que o Andy e eu trouxemos quando fomos acampar no parque duas semanas atrás e fizemos uma escavação. Escavar é quando a gente enche uma sacola grande com terra ou areia e despeja toda essa terra num aro com uma tela cheia de buraquinhos bem pequenos, e aí dá para ver pedras muito legais que estavam escondidas na terra. E até pontas de flechas, se você tiver sorte. Aquelas eram pontas de flechas de verdade que os índios fizeram de pedras pretas brilhantes, e elas eram bem afiadas dos lados e pontiagudas em cima. O Andy e eu, nós dois, trouxemos um saco inteiro cheio de pedras e pontas de flechas.

Os barbantes e penas eram da Liza e da June, elas tinham em casa por causa das aulas de arte. Elas ficaram lembrando de outras coisas que a gente podia usar para decorar as flechas e as lanças e foram correndo buscar.

– Zach, a gente precisa de mais pedaços de pau para fazer arcos. Vai lá olhar no nosso quintal também – disse o Andy, e eu fui.

Os pedaços de pau para fazer arcos têm que ser longos e finos, para que a gente consiga dobrar. O Andy fez um corte na ponta dos pedaços de pau com o canivete e a gente amarrou barbantes dos dois lados. A gente tem que amarrar uma ponta primeiro e depois puxar o barbante e ir dobrando o arco para amarrar a ponta solta na outra extremidade e formar um grande D. Os pedaços de pau para as flechas têm que ser mais curtos e não tão finos, e o Andy cortou só numa das pontas. Ele fez um X com dois cortes para que a gente pudesse colocar as penas, e a gente amarrou as pontas das flechas na outra extremidade com um barbante também. Os pedaços de pau para as lanças são maiores e mais finos. Nós não tínhamos pontas de flechas o suficiente para as lanças, e elas também não eram grandes o bastante, então fizemos pontas de flechas falsas, com cartolina.

A gente trabalhou nas nossas armas por um tempão, enquanto conversávamos sobre como seriam as lutas contra os nossos inimigos. A gente trabalhou como uma tribo de verdade. Não teve briga, e eu nunca tinha brincado com o Andy desse jeito antes. A gente riu muito porque os nossos pés estavam muito sujos mesmo, todos pretos, mas é assim que você sabe que é um índio de verdade, disse o Andy. A gente tinha mordidas de mosquito por toda a parte, especialmente eu, porque os mosquitos me amam, mas a gente nem ligava para eles. Finalmente, quando todas as armas estavam prontas, era hora de ir lutar.

A gente se dividiu em dois grupos. Pensei que todos nós íamos fazer parte da mesma tribo, mas o Andy disse que tinha mudado de ideia e que não seria divertido lutar contra um inimigo invisível, então fizemos dois grupos, duas tribos inimigas. Eu queria ficar com o Andy, mas ele escolheu o Aiden primeiro, e não a mim, e não queria ter dois garotos de seis anos no time dele. Então íamos ser inimigos de novo.

A tribo do Andy desapareceu do lado esquerdo da casa de Liza, e eu vi o Andy, que era o chefe, correr na frente, e a June e o Aiden o seguiram. Eu, o James e a Liza nos espalhamos pelos arbustos para ficar vigiando. A gente corria por trás dos arbustos e árvores do jardim da Liza, ao redor da casa, atravessava a rua, entrava no nosso jardim e passava pelo jardim dos nossos vizinhos.

– Você está conseguindo ver alguém? – sussurrou a Liza, e a voz dela parecia assustada, e então comecei a ficar assustado também, com um friozinho na barriga. O meu coração estava batendo muito rápido. Era como se a gente estivesse fugindo de um inimigo de verdade. Mas então me lembrei de quando o Andy tinha desaparecido na escuridão. Ele não ficou assustado. Ele era corajoso. E decidi que eu seria assim também, corajoso.

– Me dê cobertura – sussurrei um pouco mais alto, e me escondi atrás de uma árvore. O James e a Liza se esconderam atrás de uma árvore perto da minha. – Não façam barulho – ordenei.

O ar entrava e saía dos meus pulmões bem rápido, e tentei respirar mais devagar. E então ouvi alguém gritar "JAZAJULIANAI!" bem alto, de algum lugar na nossa frente, mas não podia ver de onde estava vindo, então pulei de detrás da árvore e gritei:

– Atacar!

Foi como se eu fosse mesmo um índio corajoso.

Ouvi outro "JAZAJULIANAI!" que parecia ser a voz do Andy. De repente, o James estava ao meu lado, atirando sua lança na direção de onde vinha o grito de guerra do Andy. Preparei meu arco e flecha.

– JAZAJULIANAI! – ouvi de novo, e dessa vez o grito parecia mais perto.

Disparei uma flecha e ela desapareceu na escuridão. Um segundo depois ouvi um grito bem alto:

– Aaaaaaiiiiii!

– Vamos parar. O Andy se machucou – ouvi a June falar.

Corri na direção de onde vinha a voz dela, e então vi o Andy. Ele estava deitado no chão do caminho que ficava entre o nosso jardim e a casa da Liza. A minha flecha estava espetada no peito dele. Ele não se mexia, os seus olhos estavam fechados, e na luz do poste da rua eu vi sangue. Tinha sangue na camiseta dele e uma poça ao redor no chão, que estava crescendo e crescendo, como se todo o sangue do corpo dele estivesse saindo e se espalhando por ali.

Eu me sentei ao lado do Andy no caminho e comecei a gritar.

– Andy! Andy! Acorda, acorda, acorda! Andy! Mamãe! Mamãe! Mamãe!

Eu gritava e gritava, e então alguém segurou os meus ombros por trás e começou a me sacudir. Continuei gritando e gritando, e alguém continuou me sacudindo e sacudindo.

– Zach! Zach! Acorde! Acorde, Zach!

Vi o papai no meio da escuridão. Era ele que estava me sacudindo.

– Papai, eu acertei o Andy com a minha flecha, papai. Acho que eu matei o Andy. Acho que ele morreu, papai. Desculpa, desculpa. Eu não queria fazer isso. A gente estava brincando, fazendo de conta!

– O quê?! Não, meu filho, você estava sonhando. Você teve um pesadelo de novo. Olhe... – disse o papai, esticando a mão e puxando alguma coisa que estava ali ao lado.

E então não estava mais escuro, e eu podia ver que não estávamos no caminho atrás do nosso jardim. Estávamos no meu esconderijo.

Pisquei os olhos várias vezes porque a luz entrava no meu esconderijo agora, e também por causa das lágrimas. Eu não sabia por que eu estava lá dentro nem por que o papai estava lá comigo.

– Mas... mas... aconteceu. Aconteceu de verdade. Eu vi o Andy, e aquele sangue todo. Por causa da minha flecha. Eu matei o Andy.

– Não, filho, isso não aconteceu. Você não matou o Andy. Pelo amor de Deus, você me assustou agora – disse o papai. – Venha aqui.

Ele me puxou para fora do armário e nos sentamos no tapete do quarto do Andy, eu, no colo do papai. Encostei minha cabeça no peito dele, e podia ouvir o seu coração batendo bem forte.

– Ouvi você gritando, mas não sabia onde você estava. Procurei por toda parte, mas não conseguia saber de onde vinham os gritos. Levei um tempão para encontrar você ali dentro. O que você estava fazendo no armário do Andy, filho?

O papai fazia carinho nas minhas costas enquanto falava. Comecei a me acalmar um pouco, e o tum-tum-tum no peito do papai diminuiu também.

– Acho que eu estava dormindo, não sei – respondi.

– Mas no armário do Andy?

– É o meu esconderijo secreto agora – falei.

– Sei...

– Eu estava sonhando com a gente brincando de índio na pedra da casa da Liza, no churrasco – contei para o papai, e parecia que aquilo tinha acontecido alguns minutos antes.

– Foi legal aquela brincadeira, não foi? Eu me lembro – disse o papai.

– Foi como uma aventura de verdade – respondi.

– Foi mesmo.

– Mas eu não matei o Andy, matei?

– Não, não matou.
– Mas ele morreu – falei, mas parecia uma pergunta também.
– Morreu, sim, filho. Morreu.

22
Dar adeus

Quando uma pessoa morre, as outras pessoas fazem um enterro para ela, que é uma maneira de dar adeus. No velório, a pessoa morta ainda está meio com os parentes e amigos, porque eles podem olhar para ela se o caixão estiver aberto, e às vezes têm fotos ao redor, pela sala. Mas depois que a gente dá adeus, no enterro, aí é para sempre. "O último adeus", foi assim que a mamãe falou quando fomos ao enterro do tio Chip.

As pessoas vivas começam a esquecer da que morreu logo depois que ela morre, porque não podem mais ver a pessoa. Já estava acontecendo isso com o Andy. Comecei a perceber no enterro dele, que foi no dia seguinte ao velório. Todo mundo estava falando do Andy, mas falavam dele como se lembrassem apenas de algumas partes, e não de todas: "Ah, o Andy era tão querido, era tão bom tê-lo na sala de aula", "O Andy era tão engraçado, não era? Uma figurinha!", "O Andy era brilhante, muito inteligente mesmo".

Era tipo como se as pessoas não estivessem falando do Andy realmente ou se já tivessem esquecido como ele era de verdade.

No enterro, eu me sentei entre a mamãe e o papai no primeiro banco da igreja. Não era a igreja perto da minha escola nem aquela onde tinha sido o enterro do tio Chip, mas uma diferente, onde nunca estivemos antes. Lá dentro não parecia realmente uma igreja, era mais como uma sala grande com um monte de bancos. E estava muito frio lá dentro. Tinha uma mesa bem grande lá na frente, que parecia um altar de igreja, e o caixão do Andy estava lá, com flores em cima. Não tinha nenhum Jesus pendurado na cruz, só uma cruz sem Jesus, e isso era bom. Eu não queria ficar sentado num banco de novo olhando para Jesus com pregos nas mãos e nos pés, como quando fiquei na igrejinha perto da minha escola, esperando pela mamãe.

A sala estava cheia de gente, e não tinha mais lugares para todo mundo sentar, então muitas pessoas ficaram em pé mesmo, na parte de trás. Olhei para trás e vi um monte de gente que também tinha estado no velório ontem. Eu não fiquei o tempo todo no velório. Tive que ir para casa com a tia Mary por causa do cocô. No enterro, estavam os nossos parentes e amigos, os nossos vizinhos, e as crianças lá da escola e do lacrosse junto com os pais, e gente do trabalho do papai e várias pessoas que eu não conhecia. Quando eu estava olhando para trás, vi a srta. Russell num banco, e ela ainda parecia muito branca com manchas escuras ao redor dos olhos. Quando ela percebeu que eu estava olhando para ela, deu um sorrisinho para mim e levantou o braço para dar tchau. A princípio pensei que ela estava acenando para mim, mas depois entendi que ela estava balançando a pulseira com todas as medalhinhas da sorte. Isso me lembrou da medalhinha que ela tinha me dado, e me lembrei de que eu tinha deixado a medalhinha num canto do meu esconderijo secreto. Fiquei com vontade de estar com ela ali comigo. Sorri para a srta. Russell e me virei para a frente de novo.

Eu não gostava de sentar na frente. Podia sentir os olhos das pessoas que estavam atrás bem no meu pescoço. A mamãe colocou o braço em volta de mim e me abraçava forte, tão forte que os dedos dela estavam até brancos. A tristeza que vinha dela me fez sentir um aperto no peito. E era como se todas as pessoas na sala trouxessem ainda mais tristeza junto com elas e a sala estava muito cheia de gente e de tristeza, e isso fazia eu sentir o meu peito cada vez mais apertado, até só poder respirar apenas um pouquinho e muito rápido.

O caixão do Andy estava bem em frente de onde estávamos sentados. Eu me perguntava se o Andy lá no céu ou onde quer que ele estivesse sabia que nesse exato momento estava acontecendo o enterro dele e que as pessoas estavam lhe dando o "último adeus", e que depois disso o seu corpo ia ser enterrado lá no cemitério. Será que ele podia ver a gente ali no banco, congelando naquela sala muito fria? Será que ele podia sentir a tristeza das pessoas?

Primeiro o homem da igreja, que estava usando uma roupa preta e um cordão com uma cruz pendurada, falou por muito tempo num microfone, e eu não entendi nada do que ele disse, mas uma boa parte foi sobre Deus. Ele disse coisas sobre o Andy também, e eu não sabia como ele sabia daquelas coisas todas, porque a gente nunca tinha visto aquele homem antes. Ele cantou músicas que eu não conhecia no meio da fala, e as pessoas na sala cantaram essas músicas junto com ele, menos a mamãe e o papai. Os dois estavam bem quietos e em silêncio. Nós três estávamos sentados bem próximos, com as pernas e os braços encostando uns nos outros.

Depois que o homem da igreja acabou de cantar e falar, o papai se levantou. Ele andou até o microfone, e eu não sabia que ele ia fazer isso. Todo o lado esquerdo do meu corpo, o lado onde o papai estava sentado, ficou frio bem rápido.

Todo mundo estava olhando para o papai, menos a mamãe. Ela olhava para baixo, para um pano que ela segurava no colo. Ela apertava esse pano com uma das mãos e com a outra apertava o meu braço. Estava um silêncio enorme na sala, e o papai não disse nada por um bom tempo. Comecei a pensar que ele ia apenas ficar em pé ali, mas então acho que as pessoas começaram a ficar cansadas de esperar, e ele fez um barulho na garganta como se tivesse que abrir espaço para as palavras saírem.

O papai tirou um pedaço de papel do bolso do terno e começou a ler o que estava escrito nele.

– Quero agradecer a todos por terem vindo hoje e nos ajudarem a dar adeus ao nosso filho Andy.

O papel nas mãos do papai tremia muito, e eu não sabia como ele estava conseguindo ler. A voz dele estava esquisita, parecia que ele tinha alguma coisa na garganta. O papai ficou sem falar por tanto tempo que eu achei que ele fosse terminar assim mesmo, mas aí de repente ele começou a falar novamente em voz baixa, e as palavras saíam bem devagar:

– Há uma semana a vida do meu filho foi interrompida da maneira mais terrível que alguém jamais pôde imaginar.

O papai parou de falar de novo.

– Nunca nem sequer imaginei que uma coisa dessas pudesse acontecer conosco... com a nossa família. Com o nosso filho! E, no entanto, estamos aqui. É difícil de acreditar que aconteceu de verdade e que temos que continuar vivendo nossas vidas de alguma maneira... sem ele...

O papai abaixou o papel e fez o barulho na garganta de novo, várias vezes.

– Eu... Eu... sinto muito. Vou ser breve. Agora há um grande vazio nas nossas vidas no lugar onde uma semana atrás havia o nosso menino inteligente, engraçado e amigo, cheio de personalidade. O Andy sempre nos fazia rir e nós tínhamos... muito orgulho dele, todos os dias... Ele era um filho maravilhoso e um irmão amoroso, nós nunca nem sonhamos com um filho tão bom assim. Ainda não comecei a pensar em como será a vida sem ele, com esse vazio imenso no lugar do meu filho. Ele nos foi tirado... e eu não sei como as coisas farão sentido de novo, sem ele por perto.

O papai olhou para baixo, para o pedaço de papel, como se estivesse procurando onde exatamente tinha parado. Eu podia ver que o queixo dele tremia. Ele continuou olhando para o papel e disse:

– Quero pedir a todos vocês para guardarem o Andy e as lembranças que têm dele na memória para sempre.

A mamãe começou a tremer ao meu lado. Ela me soltou e cruzou os braços na frente da barriga, e se curvou para a frente, de modo que a sua cabeça quase encostou nas pernas, e os seus ombros subiam e desciam porque ela estava chorando de novo. Todo mundo à nossa volta estava chorando, e a tristeza parecia um cobertor bem grande e pesado em cima de nós.

Pensei no que o papai falou, e fiquei vendo a mamãe e todo mundo em volta chorando, e aquilo tudo não parecia de verdade. Porque o papai fez aquilo também, ele não tinha falado do Andy como ele realmente era. E todo mundo chorava e estava triste não por causa do Andy de verdade, mas por causa de um outro Andy, tipo um fantasma. Tive vontade de me levantar e gritar para todo mundo que parassem de mentir sobre o meu irmão.

O cobertor da tristeza não saiu de cima de nós nem quando deixamos a sala. E ficou ainda mais pesado quando fomos para o cemitério. Ficamos parados em volta do túmulo do Andy, molhados por causa da chuva e com os nossos sapatos na lama. Tentei não olhar para o buraco escuro e profundo no chão para onde o caixão do Andy estava indo. Tentei ficar olhando para a árvore grande que estava bem do lado do túmulo. Ela estava cheia de folhas amarelas e laranja que brilhavam por causa da chuva. Era como se a árvore inteira estivesse pegando fogo. Pensei que aquela era a árvore mais bonita que eu já tinha visto, e fiquei feliz porque ela ia ficar ali, bem do lado do túmulo do Andy.

Depois que o caixão do Andy entrou naquele buraco, foi como se a tristeza ficasse pesada demais para a mamãe e ela não conseguisse mais ficar em pé. O papai e a Mimi tiveram que segurar a mamãe pelos braços e colocar a mamãe no carro. A tristeza pesava em cima dos meus ombros também e foi difícil subir a escada quando voltamos para casa. Eu só podia ficar lá em cima um pouco, disse a vovó, porque as pessoas viriam para a nossa casa, e não gostei nada disso porque tudo o que eu queria era ficar no meu esconderijo.

Sentei de pernas cruzadas no saco de dormir do Andy e não me mexi nem disse nada. Só fiquei esperando. Esperei que a tristeza saísse de cima dos meus ombros para que eu parasse de sentir o meu peito tão apertado. Eu só queria ver se agora seria diferente, se depois do enterro ia parecer que o Andy tinha ido mais embora do que antes.

Fiquei me perguntando de novo se o Andy tinha visto a gente no enterro dele de algum lugar, e se ele percebia que as pessoas estavam falando dele como se fosse de outra pessoa – até mesmo o papai não tinha dito a verdade sobre ele. O Andy provavelmente ia achar aquilo engraçado, que todas as coisas erradas que ele tinha feito agora não importassem mais. Mas se fosse comigo, eu ficaria com medo de que as pessoas não estivessem se lembrando de mim, do meu verdadeiro eu, direito, e aí seria como se eu tivesse ido embora da face da Terra para sempre.

– Andy – falei baixinho. – Sou eu, o Zach.

Esperei como se ele fosse me responder, mas é claro que não ia. Acho que fiquei esperando para ver se eu percebia alguma coisa que me desse a certeza de que ele podia me ouvir.

– Eu estou dentro do seu armário. É o meu esconderijo agora. É segredo, ninguém sabe que estou aqui. Bem, acho que o papai sabe.

Eu estava contando coisas para o Andy, mas, se ele pudesse me ver naquele momento, ele já saberia de tudo o que eu estava contando, mas eu não me importava e contava assim mesmo.

– Aposto que você está zangado porque eu estou no seu quarto e você não pode fazer nada. Você tentaria me matar se estivesse aqui agora, e não morto e enterrado.

Achei que aquilo era uma coisa muito ruim de se dizer para alguém que estava morto, mas eu só estava dizendo a verdade. E dizer a verdade para o Andy era bom.

– Você sempre foi um idiota comigo.

Idiota. Era um xingamento. Mas o Andy dizia isso um monte de vezes, então agora eu ia dizer também. Ouvi alguém chamando meu nome lá embaixo, então me levantei rápido. Antes de sair do esconderijo me virei e disse:

– Ainda estou zangado com você por causa disso.

23
Fuzilando com os olhos

– Ouvi dizer que ele tinha problemas já há um bom tempo e que a família não sabia como lidar com isso.

A sra. Gray, nossa vizinha, e a srta. Carolyn, filha da sra. Gray, estavam em pé na frente da pia da cozinha, lavando os pratos. A sra. Gray entregou um prato molhado para a srta. Carolyn, e ela pegou o prato, enxugou e depois guardou no armário. Por trás elas pareciam a mesma pessoa – o mesmo corpo, o mesmo jeito de andar, o mesmo cabelo comprido e cacheado –, e a gente só dizia que a sra. Gray era a mãe porque o cabelo dela era meio castanho e meio branco, e o da srta. Carolyn era todo castanho.

– É, ele nunca se formou e vivia no porão dos pais nos últimos dois anos, fazendo sabe-se lá o quê no computador. Como é que eles podiam não saber o quanto ele estava doente?

A srta. Carolyn pegou um outro prato das mãos da sra. Gray, e as duas balançaram juntas a cabeça de cabelos compridos e cacheados, todo castanho e meio castanho e meio branco, dizendo que não.

– Não é?! – disse a sra. Gray. – É estranho. Quero dizer, é isso que o Charlie anda falando. E a Mary! Eles são pessoas tão boas... O Charlie é tão maravilhoso com as crianças, agora... o filho... Que coisa horrível para um pai!

– É, mas, mãe, ele não devia ter armas. Por causa do problema mental dele! E eles não sabiam que ele tinha todas aquelas armas em casa?

Fiquei assistindo enquanto a sra. Gray e a srta. Carolyn lavavam e secavam os pratos, ouvindo as duas falarem sobre o Charlie e o filho dele, que era o homem com uma arma, e elas não sabiam que eu podia ouvir tudo, sentado ali na cadeira amarela na sala da tevê. A cadeira amarela era a minha cadeira de espionagem. As pessoas nunca percebiam que eu estava sentado lá, então eu podia ficar ouvindo tudo o que elas diziam na cozinha ou na sala da tevê.

Depois do enterro, um monte de pessoas veio para a nossa casa, e elas ficaram lá bastante tempo. Tinha muito sussurro e choro por toda a parte. Eu me sentei na minha cadeira de espionagem porque não queria falar com ninguém, e o papai disse que eu não podia voltar lá para cima.

– Ele comprou as armas pela internet. De onde é que ele tirou dinheiro para isso? Faz a gente pensar, não faz? – disse a sra. Gray. – Não consigo esquecer a mensagem que ele postou no Facebook. Me dá arrepios.

– Ouvi dizer que a Mary viu o post e tentou avisar ao Charlie, mas era tarde demais... – disse a srta. Carolyn.

Fiquei pensando em como deve ter sido quando o Charlie deixou o filho dele entrar na escola naquele dia. O Charlie tem uma tevê pequena na mesa dele, e, quando alguém toca a campainha da entrada, ele consegue ver quem é na tevê porque tem uma câmera lá fora. Então o filho dele provavelmente tocou a campainha e o Charlie deve ter pensado "Ah, o meu filho veio me visitar", e abriu a porta, e então era como se fosse culpa dele também tudo aquilo ter acontecido.

– Deixe eu ver se alguém mais já acabou de comer – disse a srta. Carolyn, se virando e andando na direção da sala da tevê.

Eu não queria que ela me visse ali na cadeira da espionagem, então me levantei rápido, e bem naquele momento ouvi a campainha da nossa casa tocar. Fui abrir a porta e o meu coração deu um pulo grande porque bem ali na porta da frente estavam o Charlie e a mulher dele, e apenas um minuto antes a sra. Gray e a srta. Carolyn falavam deles na cozinha.

Durante todo o jardim de infância e todo o primeiro ano até agora, eu tinha visto o Charlie quase todos os dias da minha vida, e ele sempre me pareceu igual. Os mesmos óculos, a mesma camisa da nossa escola com o nome dele, Charlie Ranalez, escrito nela, e o mesmo rosto com um sorriso bem grande. O Charlie sempre fala um pouco alto e brinca com todo mundo, e, quando a gente entra no jardim de infância, ele logo aprende os nossos nomes, e é um monte de nomes para lembrar. Toda vez que eu passo pela mesa dele perto da porta de entrada, ele grita para mim: "Ei, Zach, meu melhor amigo! Como vão as coisas?" Ele chama as outras crianças de "amigo" ou de "princesa", mas "meu melhor amigo", isso é só para mim.

O Charlie que estava parado ali na nossa porta não era o mesmo Charlie brincalhão de sempre. Tudo nele tinha mudado. Ele estava mais velho e dava para ver os ossos do rosto dele. O Charlie não estava sorrindo como sempre, e a mulher do Charlie estava ao lado dele, e ainda segurava o guarda-chuva aberto, embora eles estivessem debaixo do teto da porta da frente e não estivesse chovendo ali.

Por um tempo fiquei olhando fixamente para o Charlie e ele ficou olhando fixamente para mim. Eu não sabia se devia dizer oi ou alguma outra coisa, porque o filho dele tinha matado o Andy e talvez isso fosse culpa do Charlie também, porque ele tinha deixado o filho entrar na nossa escola.

Depois de um tempo, a mulher dele perguntou:

– Meu querido, será que seus pais podem nos atender?

E, quase ao mesmo tempo, a vovó apareceu atrás de mim e colocou uma das mãos no meu ombro e me empurrou um pouco para a frente, e com a outra mão fechou a porta atrás dela.

– Mas... Pelo amor de Deus... Como vocês se atrevem...? – disse a vovó, começando várias frases, mas não terminando nenhuma.

A mão dela segurava o meu ombro com força.

O Charlie e a mulher olhavam como se eles tivessem medo da vovó, e os dois deram alguns passos para trás, mas não saíram da nossa entrada.

Então o Charlie falou, mas com uma voz que não parecia a voz dele, porque ele falava baixo e devagar:

– Minha senhora, sinto muito incomodar...

– Sente muito incomodar??! – disse a voz da vovó bem alto, e o Charlie continuou falando ainda mais baixo.

– Sim, sinto muito. Viemos dar os nossos pêsames à Melissa e...

– Ah... Vocês vieram dar os pêsames?

Comecei a ficar zangado com a vovó. Tudo o que ela estava fazendo era repetir o que o Charlie dizia, e esse não era um jeito educado de falar com alguém. A mulher do Charlie puxava o Charlie pelo braço, tentando tirar o Charlie dali, e vi que ela estava chorando.

Atrás de nós, a porta se abriu novamente, e dessa vez eram a mamãe e o papai. A vovó chegou para o lado para dar espaço para eles. Pelo canto do olho pude ver que a mamãe estava fuzilando o Charlie e a mulher dele com os olhos.

Fuzilar com os olhos é quando você olha para alguém como se tivesse vontade de matar essa pessoa. Como se os seus olhos fossem armas, tipo um fuzil de verdade, que é uma espécie de espingarda, mas também pode ser um raio laser invisível ou coisa parecida. Eu sei o que é fuzilar com os olhos porque era isso que a mamãe dizia que o Andy fazia quando ele costumava olhar para ela daquele jeito, o que acontecia muitas vezes. Quando o Andy tinha os ataques de raiva, depois, quando toda a briga e a gritaria já tinham acabado, mas ele ainda estava muito zangado, às vezes ele olhava para a mamãe desse jeito.

– Nossa! Você está me fuzilando com os olhos... – dizia a mamãe, tentando brincar.

Eu estava ali na porta, entre a mamãe e o papai e o Charlie e a mulher dele, e podia sentir a mamãe e o papai bem ali, atrás de mim.

Senti uma sensação esquisita na minha barriga, como se uma coisa ruim estivesse para acontecer. As lágrimas escorriam pelo rosto do Charlie. Ele estava olhando para um ponto acima da minha cabeça, talvez para o rosto da mamãe.

A mamãe era a aluna favorita do Charlie quando ela estava na escola McKinley. A mamãe me contou uma vez que teve uma corrida de saco de pai e filha, quando ela estava no quinto ano, e o Charlie correu junto com ela. O pai da mamãe tinha morrido num acidente de carro quando ela estava no terceiro ano, então a mamãe não tinha ninguém para participar da corrida de saco junto com ela. Mas o Charlie disse que iria com ela e a mamãe ficou muito feliz. Toda vez que a mamãe vai à escola por algum motivo, o Charlie sempre me diz:

– Não conte para ninguém, mas a sua mãe era a minha favorita quando ela estava na escola. E você é uma versão em miniatura dela.

Ele sempre diz isso e pisca para a mamãe.

O Charlie levantou as mãos e deu um passo à frente, e chegou bem perto, como se quisesse abraçar a mamãe, que estava atrás de mim.

– Ah, Me... lissa...

E foi como se ele tivesse que forçar o nome da mamãe a sair, e logo atrás do nome dela um vulcão de tristeza entrou em erupção, porque o Charlie começou a chorar, e não só com o rosto, mas com o corpo todo. Eu nunca tinha visto ninguém chorar daquele jeito antes. Parecia que ele mal conseguia se manter em pé, seu corpo inteiro tremia e ele chorava muito alto. Parecia que tudo isso tinha vindo de algum lugar, lá bem dentro dele.

Ele deixou os braços caírem ao lado do corpo, e a mulher do Charlie segurou um dos braços dele novamente. Por um tempo todos nós ficamos ali parados, vendo o Charlie chorando com o corpo inteiro, e ninguém fez nada em relação a isso. Eu podia sentir o corpo do Charlie tremendo bem ali, na minha frente, e a minha garganta começou a doer. Eu queria abraçar o corpo do Charlie e fazer com que ele parasse de tremer.

Quando eu estava quase indo na direção dele, a mulher do Charlie começou a falar:

– Nós sentimos muito por incomodar vocês – disse, a mesma coisa que o Charlie tinha dito antes. Ouvi a vovó fazer um barulho com a boca como se estivesse soltando o ar com força, mas dessa vez ela não interrompeu a mulher do Charlie nem repetiu a frase que ela tinha dito. – Nós... Nós... queríamos vir aqui e ver vocês pessoalmente para... Nós sentimos muito...

Parecia que ela tinha se esquecido do que queria dizer, e então ficou em silêncio de novo.

– Vocês sentem muito?... – disse a mamãe atrás de mim, e ela disse isso bem baixinho.

A maneira que ela tinha dito aquilo me fez sentir uns arrepios na parte de trás do meu pescoço, e a sensação ruim na minha barriga estava certa.

– Vocês sentem muito? E vocês queriam vir até aqui... até a nossa casa... o nosso lar... para nos dizer isso? – disse a mamãe, ainda em voz baixa, mas parecia que as palavras espetavam e ela tinha que falar devagar.

Ela estava atirando aquelas palavras como se fossem lanças, e o Charlie e a mulher dele se encolhiam como se lanças de verdade atingissem os dois.

– O psicopata do seu filho matou o meu Andy, o MEU filho. E vocês querem vir até aqui e dizer que sentem muito? – disse a mamãe, falando mais alto agora, e então ela começou a gritar.

Eu senti que mais pessoas estavam atrás de nós agora, aglomeradas no corredor de entrada da nossa casa. Eu me virei para trás para ver quem estava lá e para olhar para a mamãe.

O papai estava agarrando o braço dela.

– Melissa, não vamos...

– Não, Jim, vamos, sim. Vamos! – disse a mamãe, puxando o braço.

Ouvi a vovó falar:

– Meu Deus do céu!

A mamãe deu a volta pelo meu lado, indo na direção do Charlie e da mulher dele como se fosse bater neles. A mulher do Charlie deu outro passo para trás, e provavelmente esqueceu que tinham degraus atrás dela, aí tropeçou no primeiro degrau e quase caiu. Ela ficou atrás do Charlie como se estivesse tentando se esconder.

– Não me digam que sentem muito. É muito pouco... Muito tarde... Vocês não acham?! E não me digam que vocês não sabiam de nada. Todo mundo sabia que o Charles era esquisito... Era só vocês olharem para ele! Por que vocês não impediram que ele fizesse isso?! Por que diabos vocês não impediram que ele fizesse isso?!

A mamãe agora estava gritando, e parecia mesmo que ela queria bater no Charlie, não apenas com as mãos, mas também com aquelas palavras.

– Acredite, Melissa, se tivesse uma maneira de voltar no tempo e desfazer tudo o que aconteceu... Eu daria a minha vida, sem hesitar...

E o Charlie novamente levantou as mãos na direção da mamãe, mas ela se afastou dele como se tivesse sido atingida por alguma coisa.

– Não me chame de Melissa – disse ela, e não estava mais gritando agora.

Ela olhou para o Charlie com um olhar malvado, ela fuzilou o Charlie com os olhos.

– Afastem-se da minha casa e da minha família... Do que restou da minha família.

E então a mamãe agarrou a minha mão e me puxou para dentro de casa. Eu não queria ir, mas ela agarrou a minha mão com tanta força e me puxou tão forte que não tive escolha. Ela abriu caminho pelo meio das pessoas que estavam paradas no corredor de entrada, e, quando me virei para olhar para o Charlie, tinha muita gente na frente e eu não pude mais ver nada.

Mas eu me lembro da maneira que o Charlie olhou para a mamãe quando ela disse aquelas palavras malvadas para ele. Os olhos dele ficaram muito grandes naquele rosto que parecia mais velho, com os ossos aparecendo por debaixo da pele. Foi o rosto mais triste que eu já tinha visto na minha vida inteira.

O papai estava errado quando disse que o Charlie não tinha se machucado. Ele tinha se machucado, sim. O filho dele tinha morrido também, então ele provavelmente estava tão triste quanto a gente estava por causa do Andy, mas era ainda pior para o Charlie, porque o filho dele tinha matado os seus anjos, e isso era muito pior do que apenas ter morrido.

24
Cutucar uma cobra com um pedaço de pau

A toalha embaixo de mim estava molhada quando acordei hoje de manhã. Ontem à noite, a Mimi colocou uma toalha sobre o colchão porque chegou a hora de dormir e os meus lençóis ainda estavam na banheira, molhados de xixi. A mamãe tinha se esquecido de lavar.

Tirei a toalha molhada do colchão e o meu pijama, molhado também, e me vesti. Passei pelo quarto do Andy para dar uma olhada na cama da parte de cima, e depois desci a escada e fui procurar a mamãe. Ela estava na cozinha, conversando com a Mimi.

– Está dizendo aqui, mãe, ele tinha Síndrome de Asperger – disse a mamãe, mostrando alguma coisa no iPad para a Mimi. – Quer dizer, ele foi oficialmente diagnosticado quando ainda estava no segundo ciclo do fundamental. Parece que teve todo tipo de problemas na escola e largou os estudos de vez no primeiro ano do ensino médio. Não tinha amigos. Não tinha trabalho. E não saía do porão dos pais desde então. Por dois anos!!

– Bem, mas acho que a Síndrome de Asperger não deixa as pessoas violentas, deixa? – perguntou a Mimi. – Isso deve explicar por que vimos tão pouco o Charlie e a Mary nos últimos anos.

A Mimi olhou para a porta da cozinha e me viu. Ela colocou a mão no braço da mamãe, mas a mamãe não prestou atenção.

– Alguns vizinhos achavam que ele tinha outros problemas também, que não eram relacionados à síndrome, e até perguntaram ao Charlie e à Mary sobre isso. Escuta só: "Algumas vezes eu o vi pela vizinhança, agindo de um jeito estranho, andando pela rua, para baixo e para cima, gesticulando, falando sozinho. E ele apavorou a dona Louisa, uma senhora idosa que mora do outro lado da rua, no ano passado, quando gritou com ela para que não colocasse decorações de Natal." Quem falou isso foi a vizinha de porta deles. Eu sabia que tinha alguma coisa errada. Eu soube disso quando o vi na festa do Charlie. Sempre achei que ele era engraçadinho quando criança e eu tomava conta dele, mas agora, quando penso nisso, acho que ele já era estranho mesmo quando criancinha. Na festa do Charlie, ele estava simplesmente assustador. Ficava lá, parado, encarando as crianças e...

– Melissa... Filha... – interrompeu a Mimi e apontou para mim com a cabeça.

A mamãe se virou, me viu parado ali na porta e disse:

– Ele ia escutar essas coisas por aí de qualquer maneira.

– Mamãe, desculpa, eu molhei a toalha e o colchão – falei, andando na direção da mamãe.

Eu me sentei no colo dela e ela me abraçou, mas só com um dos braços, porque com a outra mão ela estava segurando o iPad.

– Mamãe?...

– Ah, querido, não se preocupe – disse a Mimi. – Venha, vamos limpar tudo lá em cima – continuou, pegando a minha mão.

Desci do colo da mamãe, que continuava olhando para o iPad. Ela estava com rugas na testa e fazia uns barulhinhos, estalando os dentes.

Sabe uma coisa que você não deve fazer nunca? Cutucar uma cobra com um pedaço de pau. O cara da cobra que foi lá na nossa escola, um dia antes do homem com uma arma aparecer, nos disse isso. Quando a gente sai para caminhar ou fazer uma trilha e vê uma cobra... Bem, onde a gente mora, não é muito comum a gente ver cobras, porque não existem cobras aqui, pelo menos não das perigosas, mas pode ser que a gente saia de férias e vá para algum lugar onde existam cobras perigosas. Então, quando a gente sai para caminhar ou fazer uma trilha e vê uma cobra, mesmo que ela pareça pequena ou estar dormindo, a gente não deve cutucar a cobra com um pedaço de pau ou com a ponta do tênis, isso é uma péssima ideia. Ele até nos mostrou o porquê com uma das cobras que levou, não a jiboia-verde, mas uma outra com listras vermelhas, pretas e amarelas. Esqueci o nome dessa, mas o cara das cobras disse que algumas cobras com listras são venenosas e outras, não. Ele até ensinou uma rima para a gente se lembrar de quais são perigosas: "Vermelho e preto, amiga do Hermeto. Vermelho e amarelo, fuja, Marcelo!"

Essa outra cobra que o cara das cobras levou tinha listras vermelhas e amarelas, ou seja, era perigosa. No começo, ela apenas ficou lá parada, parecia que estava dormindo mesmo. O cara das cobras tirou um pedaço de pau e cutucou a cobra com ele. Ela pulou no pedaço de pau bem rápido e ficou pendurada nele com os dentes. Todo mundo se assustou, algumas crianças até começaram a chorar, o que foi meio idiota porque a gente estava bem longe da cobra, então não tinha perigo nenhum.

Esse negócio da cobra surgiu na minha cabeça ontem quando eu estava sentado na bancada da cozinha, comendo o sanduíche que a Mimi tinha feito para o almoço. Eu estava observando a mamãe. Ela tinha subido numa escada e estava limpando a parte de cima dos armários da cozinha. A mamãe me lembrou a cobra que foi cutucada com um pedaço de pau. Quando o Charlie e a mulher dele vieram até a nossa casa no dia do enterro do Andy, três dias atrás, ela pulou em cima deles como a cobra tinha feito com aquele pedaço de pau, mas aí eles foram embora... Só que a maluquice da mamãe não foi embora. Ela passou de triste à maluca num segundo e ficou pendurada no pedaço de pau.

A Mimi estava observando a mamãe limpar a parte de cima dos armários também, com um rosto triste que parecia ter muito mais rugas agora.

– Filha, por que você não me deixa fazer isso? Será que é realmente necessário limpar aí em cima agora?

– O quê? Não... Claro que é! – disse a mamãe, subindo mais um degrau na escada e esfregando a parte de cima dos armários com força. – Está tudo imundo!

A mamãe achava que tudo na nossa casa estava imundo de repente, e limpava e limpava, mesmo nos lugares onde eu não via sujeira nenhuma e que pareciam bem limpos.

Quando a mamãe começou a limpar, um dia depois que o Charlie e a mulher dele apareceram aqui, tentei ser o ajudante dela, assim podíamos ficar juntos e fazer a faxina. A mamãe me dizia quando dar um novo pedaço de papel toalha ou quando abrir o saco de lixo para ela colocar a sujeira dentro. Mas, algumas vezes, eu não consegui abrir o saco rápido o bastante e os papéis toalha sujos caíam no chão, aí a mamãe ficou chateada e disse que era melhor eu encontrar alguma outra coisa para fazer. Ela continuou limpando sem mim.

Depois que ajudei a Mimi a lavar o colchão com uma esponja úmida e colocamos a toalha e o pijama na máquina de lavar que ficava no porão, voltei para o meu quarto e fiquei olhando para os livros na minha estante. Eu tenho muitos livros, e os meus favoritos são os da coleção "A Casa da Árvore Mágica". Eu tenho todos eles na minha estante, do número 1 ao 53, porque eu gosto muito mesmo! Esses livros eram do Andy. Ele leu tudo sozinho faz muito tempo. Agora ele não queria mais aqueles livros, e aí a mamãe colocou todos eles na minha estante.

Esta semana ainda não ia ter aula. O papai disse que, na semana que vem, as outras crianças iam voltar às aulas, mas não na nossa escola, por enquanto. Elas estavam sendo dividas em grupos e iriam para escolas diferentes, mas ali mesmo no nosso bairro. Eu, não. O papai disse que eu não precisava ir para a escola na semana que vem, porque éramos a família de uma das vítimas. Talvez na semana seguinte, a gente veria. Fiquei feliz com isso, com o fato de não ter que voltar agora, de saber que a gente ainda veria quando eu voltaria, mas que não seria por enquanto. Toda vez que eu pensava na escola, sentia uma sensação esquisita na minha barriga, como se não quisesse voltar lá nunca mais.

Quando fiquei olhando para os meus livros, pensei na escola e lembrei que tinha um saco plástico com livros que ainda estava na minha mochila. Fiquei com vontade de poder pegar a minha mochila de novo, porque, um dia antes de o homem com uma arma aparecer, a srta. Russell me deixou pegar livros novos emprestados, e eu ainda não tinha lido nenhum deles. Fiquei me perguntando se as nossas mochilas ainda estavam nas estantes que a gente usava para colocar as nossas coisas. Eu esperava que sim, porque o meu álbum de figurinhas da Copa e as minhas figurinhas repetidas estavam lá também.

Os livros da coleção "A Casa da Árvore Mágica" são os meus favoritos porque contam as aventuras de dois irmãos, um menino e uma menina, em vários lugares e tempos diferentes. As aventuras acontecem até no passado, porque eles podem ir para lá por causa da casa da árvore mágica. Eles são corajosos, principalmente a menina, mesmo sendo mais nova. Ela não tem medo de nada. Quando a gente lê as histórias dessas aventuras, parece que estamos lá juntos com eles e que somos corajosos também.

Ah, e por falar nisso, o nome do menino é Jack e o da menina é Annie. Jack e Annie... Parece Zach e Andy, não parece? A mamãe e eu percebemos isso quando estávamos nos revezando, lendo em voz alta na hora de dormir uma noite.

A gente tem esse hábito, a mamãe e eu. A gente lê os livros juntos, em voz alta, e vamos trocando, uma hora eu leio em voz alta e noutra hora a mamãe lê. No começo, quando eu ainda não conseguia ler tão bem quanto ela, eu lia uma frase e aí a mamãe lia várias outras, e depois eu lia mais uma frase e assim por diante. Mas agora eu já consigo ler bem mais do que uma frase. Consigo ler uma página inteira, até mais, então a gente se reveza.

Quando percebemos esse negócio de Jack-Zach e Annie-Andy, a mamãe disse: "Ei, podemos fingir que são você e o seu irmão que estão saindo juntos em busca de aventuras." E eu falei: "É, mas a gente não sai juntos em busca de aventuras, são só os nomes que são parecidos, mas não o resto." E a mamãe olhou para mim com um rosto triste.

Decidi pegar um dos livros da coleção "A Casa da Árvore Mágica" e ver se a mamãe queria ler em voz alta, se revezando comigo. Quem sabe agora ela já tinha acabado de ler aquelas coisas no iPad e tivesse tempo para ler uma história também junto comigo. Fui até a cozinha procurar a mamãe, mas ela já não estava mais lá. Achei que talvez ela tivesse começado a fazer faxina de novo, mas pela porta de vidro vi que ela estava no escritório do papai. Eu estava quase entrando quando ouvi os dois conversando, e o jeito que eles falavam me fez não abrir a porta. O papai estava sentado na cadeira marrom na frente da escrivaninha que ficava ao lado da janela, e a mamãe estava em pé ao lado dele, então eu só conseguia ver as costas deles.

– Não, não posso esperar e ver como as coisas se desenrolam! – ouvi a mamãe dizendo. – Porra, você é advogado. Nosso filho foi assassinado por um maluco e você só sabe ficar aí sentado. Estou cansada de ver você sentado. Temos que fazer alguma coisa!

O papai ia afastando a cadeira como se quisesse se livrar da mamãe.

– Eu não estou dizendo que não vamos fazer nada. Eu não disse isso. Eu...

A mamãe interrompeu o papai.

– Você disse, sim.

– Não disse, NÃO! – falou o papai, e a voz dele ficou mais alta. – Tudo o que eu disse é que só faz duas semanas, Melissa, só isso. Nem isso.

– Exatamente. É por isso que é hora de fazermos alguma coisa!

Agora a mamãe estava gritando, e comecei a sentir um aperto no meu peito.

– Você pode, por favor... – disse o papai em voz baixa e depois fez um gesto com a mão como se empurrasse o ar para baixo.

A voz da mamãe ficou ainda mais alta.

– Não me mande falar baixo! É culpa deles, Jim! É culpa deles! O meu filho está morto por culpa deles, e eu não vou ficar sentada, com a bunda na cadeira, e deixar eles se safarem.

De repente, a mamãe se virou e eu não tive tempo de me esconder. A mamãe ia ficar ainda mais brava agora porque eu estava ouvindo a briga deles.

A mamãe abriu a porta.

– O que foi, Zach?

Levantei o livro e disse:

– Você quer ler comigo?

A mamãe ficou me encarando por um minuto. Achei até que ela não tinha ouvido, mas aí ela falou:

– Não posso. Agora não, tá bom, Zach? Mais tarde, tá bom?

E então ela saiu do escritório do papai, passou por mim e voltou para a cozinha. Ouvi a tevê ligada na sala de estar. O papai puxou a cadeira para a frente, apoiou os cotovelos na escrivaninha e colocou o rosto entre as mãos de novo.

Eu estava errado. Achei que tudo fosse ficar melhor depois que o choque e a tristeza da mamãe passassem. Mas, não. Ainda tinha briga, mesmo sem o Andy. Subi a escada e fui para o meu esconderijo. Eu me sentei bem confortável no saco de dormir do Andy, peguei a lanterna do Buzz, abri o livro no primeiro capítulo e li tudo em voz alta até o fim, sem me revezar com ninguém.

25
Os segredos da felicidade

"– Parece que estou vendo a primavera pela primeira vez – disse Jack.

– Eu também! – concordou Annie.

– Não pela primeira vez neste ano – continuou Jack. – Mas pela primeira vez em toda a minha vida.

– Eu também! – concordou Annie novamente.

Jack estava feliz, feliz de verdade, e ele e Annie voltaram para casa na luz cintilante da manhã."

Fechei o livro e depois coloquei de volta na pilha dos outros que eu tinha lido nos últimos dias, ali no meu esconderijo, e me levantei para esticar as pernas. Elas estavam doendo porque fiquei sentado de pernas cruzadas por muito tempo, e o meu pescoço também doía de ficar olhando para baixo. A minha garganta arranhava porque eu fiquei lendo em voz alta. Quando comecei a ler sozinho os livros da coleção "A Casa da Árvore Mágica", eu lia em silêncio, ouvindo as palavras na minha cabeça, mas depois comecei a ler em voz alta. A srta. Russell diz que é bom praticar a leitura em voz alta. A gente pode ler para outra pessoa ou então fingir que está lendo para outra pessoa, e aí o nosso cérebro grava o som das palavras e aprende mais rápido.

Então comecei a fingir que estava lendo para outra pessoa.

E essa outra pessoa... era o Andy.

Não sei por que comecei a fazer isso, mas depois do enterro, na primeira vez que falei com o Andy ali no esconderijo e disse umas verdades para ele, que ele tinha sido sempre um idiota comigo, eu me senti bem. Então decidi que ia continuar falando com o Andy. Comecei sussurrando, não sei bem por quê. Ninguém ia me ouvir mesmo, com o papai trancado no escritório dele e a mamãe lendo no iPad o tempo todo e limpando sujeiras invisíveis. E a Mimi não passava mais as noites lá em casa, para que a gente ficasse mais à vontade, ela disse, mesmo que lá em casa tivesse espaço o bastante para ficarmos bem longe um do outro.

Mas eu sussurrava no começo:

– Oi... Voltei para o seu armário.

E eu quase podia ouvir o Andy respondendo:

– *Dããã*! – E depois: – Posso ver que você está sentado aí, seu mané!

– Você não devia falar desse jeito comigo – falei, e aí disse a ele mais umas verdades, sobre todas as coisas más que ele fazia comigo e com a mamãe, e foi estranho porque foi como se eu nunca tivesse falado com ele em toda a minha vida.

Mas aí comecei a me sentir mal por só ficar dizendo coisas ruins sobre ele e nada de bom, porque ele estava morto e, vai saber, talvez estivesse triste e sozinho onde ele estava agora, então quis dizer outras coisas, mas eu não sabia o quê, e foi aí que decidi começar a ler em voz alta para ele. Não sussurrando, porque, depois de um tempo sussurrando, a garganta da gente começa a arranhar.

Comecei com o livro número 30 da coleção "A Casa da Árvore Mágica" – que foi o que eu tinha escolhido para ler junto com a mamãe – e li esse livro todo, e depois o 31, o 32, o 33, o 34, o 35 e o 36. Eu levava um dia inteiro para ler um livro desses para o Andy, portanto eu estava lendo em voz alta já fazia uns dias. O livro que terminei hoje foi o 37, *O dragão da madrugada vermelha*. Tinha 106 páginas e poucas ilustrações.

Eu gostava de ler para o Andy, mesmo que fosse só de faz de conta. Quando estava lendo, não parecia de faz de conta. Eu sentia como se ele estivesse bem ali, me ouvindo, e eu ia junto com o Jack e a Annie em suas aventuras, e o Andy também ia, íamos nós quatro.

Quando terminei de ler, me levantei um pouco para esticar as pernas, e depois me sentei de novo e fiquei olhando para as pinturas dos sentimentos que tinha feito. Uns dias antes eu tinha pendurado outra coisa na parede do armário também, uma foto minha e do Andy. Eu encontrei essa foto numa pilha que estava na sala de jantar e levei lá para cima. Eram as fotos do velório.

Quando eu parava de ler, eu olhava muito para aquela foto. Era de quando a gente foi para a casa de praia da vovó no verão, não neste ano, mas no ano passado. O tio Chip ainda estava vivo, mas já estava muito doente e, nesse mesmo ano, logo depois, no outono, ele morreu. A vovó quis que nós dois usássemos roupas iguais, camisa branca e calça bege, e um fotógrafo veio e tirou um monte de fotos nossas na praia. Teve muita briga porque o Andy correu na beira do mar e sua calça ficou molhada, e assim não ficava bom nas fotos. E ele também não parava de ficar fazendo caretas engraçadas em quase todas as fotos.

Nessa foto, nós estamos sentados na duna de areia que ficava em frente à casa da vovó, e o Andy não está fazendo careta, mas uma cara bem séria. Eu estou sentado perto dele, mas tem um espaço entre nós dois. Eu estou fazendo "xiiiis", mas o Andy está olhando para alguma coisa ao lado da câmera. Sua calça molhada está enrolada até os joelhos, e ele está sentado com as pernas dobradas enquanto segura os joelhos com os braços.

Ele parecia triste, e essa foi a primeira vez que percebi o rosto triste dele, e a minha garganta começou a doer. Coloquei a foto em cima da pintura da tristeza, cinza, e ela não parecia combinar muito bem ali por causa do céu azul e do dia ensolarado, mas, ao mesmo tempo, combinava, sim, por causa do rosto do Andy e de como eu me sentia olhando para ela.

Eu nunca vi o Andy com um rosto triste quando ele estava vivo. Só via as caretas engraçadas que ele fazia ou o rosto muito zangado, quase sempre o rosto muito zangado. Mas eu talvez nunca tenha olhado para o rosto dele por muito tempo como agora.

Gostei muito do final do *Dragão da madrugada vermelha* e de como o Jack e a Annie estavam no fim da história. Nesse livro, o Jack e a Annie saem numa aventura para encontrar um dos segredos da felicidade para ajudar o mago Merlin. Eles querem encontrar o primeiro segredo, e existem quatro ao todo. É porque o Merlin não estava se sentindo bem, não comia nem dormia direito e estava muito cansado. Os segredos da felicidade podiam fazer ele se sentir melhor. O Jack e a Annie viajam na casa da árvore mágica para o Japão, e encontram um poeta famoso chamado Matsuo Bashô. Esse poeta inventou um tipo de poema chamado haicai, e o Jack e a Annie aprendem a fazer haicais também.

E aprendem que o primeiro segredo da felicidade é: *prestar atenção nas pequenas coisas na natureza à nossa volta.*

Repeti isso várias vezes para não esquecer.

– Prestar atenção nas pequenas coisas na natureza à nossa volta.

Eu não sabia que isso podia deixar a gente feliz, mas quando o Jack e a Annie voltaram para casa eles estavam felizes, então deve funcionar mesmo.

– Eu queria que a gente tivesse saído em muitas aventuras juntos também, como o Jack e a Annie – falei para o Andy na foto. – Antes de você morrer. Tipo, fazer mais coisas divertidas.

Tentei olhar para as pequenas coisas à nossa volta na foto da praia, mas não vi nada. Mas aí lembrei que tinham pedras e conchas na areia, e elas são bonitas. E também tinha a grama que cresce na areia e fica bem alta e que corta, e a gente tem que prestar muita atenção quando arranca um pedaço dela porque pode se machucar, mas de qualquer maneira é uma coisa bonita também.

Percebi que, naquele lugar em que estávamos sentados na foto, o vento ou o mar tinham deixado desenhos na areia que eram bem legais também. Isso eu não reparei quando estávamos lá na praia para tirar as fotos. Talvez se a gente tivesse tentado perceber todas essas pequenas coisas ao nosso redor, todo mundo teria se sentido mais feliz e não teria tido tanta briga. E talvez a cara do Andy não estivesse tão triste na foto.

Eu quis testar o primeiro segredo da felicidade com o papai e com a mamãe. Eu poderia contar a eles sobre isso e poderíamos testar juntos, então talvez a gente ficasse feliz de novo.

– Daqui a pouco eu volto – falei para o armário antes de sair.

Toda vez que eu saía do meu esconderijo, os meus olhos doíam, porque era escuro lá dentro, só tinha a luz da lanterna do Buzz. Quando a gente sai de um lugar escuro, acha tudo muito claro do lado de fora e leva algum tempo para se acostumar e ver as coisas direito.

Não ouvi nenhum barulho. A nossa casa parecia a casa da árvore mágica que gira bem rápido e depois de um tempo para num lugar novo. Tem sempre a mesma frase em todos os livros: "E então tudo ficou em silêncio de repente. Totalmente em silêncio." Quando desci para procurar o papai e a mamãe, achei que a nossa casa tinha girado e parado num lugar novo depois que o homem com uma arma apareceu, só que não paramos num lugar onde uma aventura divertida ia começar. Nós paramos num lugar bem silencioso. E todo mundo estava triste ou zangado, e a gente não fazia coisas juntos, como o Jack e a Annie quando iam para algum outro lugar. Cada um ficava fazendo coisas no seu canto a maior parte do tempo.

Passei pelo escritório do papai, mas ele não estava, e ouvi a voz da mamãe na cozinha.

– Acho que vai ser bom começar com essa entrevista... É... Deixar as pessoas verem a minha família e o que isso... O que eles fizeram conosco. Só quero começar a falar sobre isso, fazer perguntas, você me entende? Exatamente... Não pode apenas ser assim, ah, uma coisa horrível dessas acontece e todo mundo fica chateado por um tempo e então as pessoas seguem em frente e nada muda... Quero pelo menos começar a falar sobre eles, como eles podem ter deixado isso acontecer. Colocar as coisas em movimento... Exatamente...

E a mamãe ficou em silêncio por um tempo, ouvindo o que a outra pessoa estava falando.

– Está certo... Parece bom... Exatamente! – disse ela depois dos intervalos para escutar, e depois disse: – Zach?

Fui na direção dela porque achei que ela estava falando comigo.

– Mamãe...

Mas a mamãe ainda estava falando no telefone, e, quando eu chamei o nome dela, a mamãe se levantou rápido de onde estava sentada e foi para a sala da tevê, ficando de costas para mim como se não quisesse que eu escutasse o que ela estava dizendo, mas ela nem se afastou muito, então eu ainda podia escutar.

– Não tenho certeza. Não sei se devemos envolvê-lo... – falou a mamãe, se virando para trás, e achei que ela ficou irritada quando viu que eu ainda estava olhando para ela.

– Mamãe...

– Eu... Eu tenho que ir. Mas está bem, podemos tentar, ver como as coisas funcionam. Obrigada. Vamos nos falando.

A mamãe desligou o telefone.

– O que houve, Zach? Você não viu que eu estava falando no telefone? Por que você ficou me interrompendo?

– Onde está o papai? – perguntei.

– No trabalho. Ele... foi trabalhar.

– Mas ele não disse tchau para mim – falei, sentindo vontade de chorar.

– Ah, sinto muito, Zach. O que você quer com o seu pai? – perguntou a mamãe.

– Você se lembra do primeiro segredo da felicidade do *Dragão da madrugada vermelha*?

A mamãe franziu a testa.

– O quê?

– O primeiro segredo da felicidade que o Jack e a Annie aprenderam com um homem no Japão e que fez o Merlin se sentir melhor. O segredo que diz que a gente deve prestar atenção nas pequenas coisas na natureza à nossa volta.

– Zach, meu filho... Eu não sei do que você está falando, mas estou cheia de coisas na cabeça agora. Podemos falar sobre isso depois? – disse a mamãe, e ela foi andando, passou por mim e foi de novo para a cozinha, e achei que ela ia dar outro telefonema.

Senti uma onda quente que vinha da minha barriga até a minha cabeça, uma onda de raiva.

– NÃO! – falei, e percebi que eu tinha dado um grito.

Fiquei surpreso, e a mamãe também, porque ela se virou rápido e olhou para mim.

– Eu quero que eu, você e o papai, que a gente faça um teste do primeiro segredo. Vamos tentar, para a gente se sentir bem de novo. A gente podia fazer isso lá no jardim. A gente tem que prestar atenção em todas as pequenas coisas que a gente vir. Aí a gente vai ficar mais feliz. Se a gente fizer isso depois, vai estar escuro e não vamos ver nada. Eu quero fazer isso AGORA. Tem que ser AGORA.

Eu não sabia por que as minhas palavras estavam saindo tão alto, parecia que aquela onda de raiva tinha chegado à minha boca também. Eu não podia me controlar, e não queria parar porque de repente era bom gritar.

A mamãe olhou para mim apertando os olhos e disse bem baixinho:

– Zach, agora a mamãe precisa que você pare de gritar assim. Eu não sei o que está acontecendo com você, mas você não pode falar comigo desse jeito.

O meu coração estava batendo muito rápido. Encarei a mamãe, e pude sentir que os meus olhos estavam cheios de lágrimas, então tentei não piscar.

– *Porta da frente!* – disse a voz do nosso alarme e nós dois demos um pulo. E então a Mimi entrou na cozinha e colocou as sacolas do supermercado e uma pilha de correspondência gigantesca em cima da bancada. E ela olhou para nós dois.

– Está tudo bem? – perguntou a Mimi.

– Está todo mundo ficando maluco nesta casa – disse a mamãe, e olhou para mim apertando os olhos, e depois foi para a sala da tevê com o telefone.

Fui para o jardim, batendo a porta da cozinha atrás de mim, e isso foi bom também. Tentei não me sentir tão zangado porque provavelmente, quando a gente está com raiva, não é legal tentar fazer o primeiro segredo da felicidade. Mas mesmo assim tentei prestar atenção em tudo que estava à minha volta, mas era difícil de enxergar as coisas com aquelas lágrimas idiotas nos olhos. E também tinha uma chuva idiota que estava me deixando todo molhado e com frio.

Coloquei as mãos dentro das minhas luvas e fiquei olhando em volta. Vi as folhas que caíram na grama por toda a parte, vermelhas e marrons e amarelas, e algumas verdes ainda. Vi a casca de uma noz que os esquilos tinham aberto; eles comem o que está dentro, mas deixam a casca. E vi a árvore grande no meio do nosso jardim, e tinha uns desenhos no tronco dela que me lembraram dos desenhos do vento e do mar na areia na foto da praia. Olhei para todas as pequenas coisas que vi, mas a raiva não foi embora e eu não estava me sentindo feliz.

– Meu anjo, se você quer ficar aí do lado de fora, tem que colocar um casaco, está bem? Você está ficando todo encharcado – gritou a Mimi lá da cozinha.

Voltei para dentro de casa e bati de novo a porta da cozinha. O primeiro segredo da felicidade não funcionou.

26
Trabalhando na tevê

Ontem o papai me disse que o pessoal do noticiário da tevê viria hoje. Ontem foi terça, e foi o dia número dois que o papai me levou para a escola antes de ir para o trabalho. Não para a minha escola, porque ela ainda ia ficar fechada por algum tempo, mas para uma nova escola, a escola que eu deveria frequentar por um tempo, a Escola Fundamental Warden.

No primeiro dia, na segunda, quando o papai disse que me levaria para a escola, fiquei muito zangado porque eu não queria ir. Todo mundo já tinha voltado para a escola, menos eu. E todo mundo ia ficar olhando para mim porque eu estava voltando para a escola depois deles, e também por causa do que tinha acontecido com o Andy.

– Você não tem que ir – disse o papai, e ele me prometeu que eu não precisava ir até me sentir pronto. – Vamos só até a porta, pode ser?

Então nós fomos, e, quando descemos do carro na frente da nova escola, ela se parecia com a minha outra escola, só que o prédio era marrom, e não esverdeado, e tinha um playground do lado direito que parecia bem divertido. A porta da frente era igualzinha à da minha outra escola, com pequenas janelas também, e pensei que o homem com uma arma entrou no prédio porque o Charlie tinha deixado que ele entrasse, e talvez um homem com uma arma, não o filho do Charlie, porque ele estava morto, mas um outro, também pudesse entrar por ali.

O papai perguntou:

– Você quer entrar?

E eu disse:

– Não.

– Tá bom, quem sabe amanhã, então... – disse o papai, e voltamos para casa.

O papai me deixou em casa e foi para o trabalho.

Quando fomos de carro até a escola ontem, na terça, ele me disse que hoje a gente não iria até a escola porque o pessoal do noticiário da tevê viria à nossa casa. Eles queriam fazer uma entrevista com a gente. Entrevista é quando a moça do jornal faz perguntas para uma pessoa e a pessoa responde às perguntas. Seria sobre o que aconteceu com o Andy, o pessoal da tevê ia filmar tudo e passar na hora do jornal.

– E todo mundo vai ver a gente na tevê, no jornal? – perguntei ao papai.

Isso não era bom, eu não queria aparecer na tevê e que um monte de pessoas me visse.

– Bem, nem todo mundo vê. Olha, isso é muito importante para a mamãe... Mas não precisamos pensar nisso agora, tá bom? Eu só queria que você soubesse o que vai acontecer amanhã. Podemos falar sobre isso depois. Ei, talvez seja interessante ver como é que eles fazem o jornal da tevê, não é?

Chegamos à escola, e o papai estacionou o carro na porta dela, mas não desligou o motor.

– É... Mas, papai?

– O quê?

– Sobre o que a moça do jornal vai perguntar na entrevista? Sobre o Andy?

– Hum... Bem, acho que ela vai perguntar sobre o Andy e sobre como nós estamos nos sentindo depois que ele foi... Depois que ele morreu. A mamãe vai responder a maior parte das perguntas e conversar com a moça na maior parte do tempo. Talvez a moça faça uma ou duas perguntas para você. Que tal se nós esperássemos até amanhã para ver como vai ser? – disse o papai, virando-se no assento do carro e olhando para mim. – Você vai entrar hoje?

Balancei a cabeça que não.

– Tá legal – disse o papai, e começou a se afastar da escola.

– Na entrevista a gente tem que dizer a verdade? – perguntei.

– A verdade? A verdade sobre o quê?

– Sobre o Andy.

O papai olhou para mim rapidamente e depois de novo para a frente.

– O que você quer dizer?

– É que no funeral você disse que o Andy fazia a gente rir e que isso deixava você muito orgulhoso todos os dias, mas isso não era verdade.

O papai ficou olhando para frente e não disse nada por um bom tempo. Chegamos em casa.

– Pode saltar agora, filho. Entre logo, tá bem?

Foi tudo o que ele disse, e parecia que havia alguma coisa presa na garganta dele.

Hoje depois do café da manhã fui lá para cima e coloquei uma camisa bonita, como a mamãe pediu, e estava entrando no meu quarto quando ouvi o papai falando no quarto dele e da mamãe. Cheguei mais perto da porta, que estava meio aberta. Vi o papai na janela, falando no telefone.

– ...eu sei. Eu também não acho isso certo. Tentei falar com ela, mas ela não está nem um pouco racional neste momento... Não... Sim, eu sei, mãe. Olhe, eu já disse que concordo, o Zach não deve participar da entrevista. Vou ver o que eu consigo fazer. Eu tenho que ir. Eles vão chegar daqui a pouco.

Percebi que o papai ia desligar o telefone, então me afastei da porta e fui para o meu quarto sem fazer barulho. Coloquei a camisa e sentei na janela para ficar vigiando e ver quando a van da tevê chegasse. O céu ainda estava cinza e ainda estava chovendo, e a chuva formava riozinhos ao longo do meio-fio. Todos os dias depois que o homem com um arma apareceu, toda vez que eu olhava pela janela estava chovendo.

Fiquei de olho na van da tevê e na chuva caindo, caindo e caindo e isso me fez lembrar de uma história que eu ouvi sobre uma época em que choveu sem parar durante muito tempo. A terra inteira ficou debaixo d'água e todas as pessoas e animais se afogaram. Um homem ficou sabendo disso antes e construiu um barco bem grande, aí colocou dois animais de cada tipo lá dentro, um menino e uma menina, para que os dois pudessem começar uma vida nova depois da chuvarada e ter filhos e não sumissem da face da Terra. Olhei para os riozinhos correndo ao longo da calçada e fiquei me perguntando quanto mais teria que chover até que a terra inteira ficasse debaixo d'água. Será que a gente podia construir um barco para começar uma nova vida depois dessa chuva toda?

A van da tevê deveria chegar logo depois do café da manhã, mas eles não chegaram. Tive que esperar muito tempo, e fiquei torcendo para que eles não aparecessem, mas apareceram. Vi uma van subindo a nossa rua e sabia que era a van da tevê, porque tinha uma antena enorme em forma de tigela no teto. A van parou na frente da nossa casa e na porta dela estava escrito "Canal 4", em letras vermelhas bem grandes, e outros carros pararam logo atrás da van. Fiquei observando quando as portas da van se abriram e algumas pessoas saíram de dentro e andaram até a entrada da nossa casa. Um segundo depois, a campainha tocou.

Eu queria ficar lá em cima e me esconder para não ter que ir à entrevista, mas também queria ver como eles faziam o jornal da tevê. O papai disse que seria interessante. Eu estava curioso, que é quando você quer saber mais sobre alguma coisa, e era engraçado eu estar curioso hoje porque tinha lido sobre isso uns dias atrás. No livro 38 da coleção "A Casa da Árvore Mágica", que se chamava *O gênio louco da segunda-feira*, no fim da história, o Jack e a Annie descobrem que ser curioso é o segundo segredo da felicidade.

Mais cedo, no telefone, o papai disse que ia tentar que eu não participasse da entrevista, mas a minha curiosidade me disse para descer e ver o que o pessoal da tevê estava fazendo na nossa casa. Lá embaixo, o papai falou para eu apertar a mão de uma mulher de cabelos curtos muito vermelhos. O nome dela era Tina, ela tinha um headphone em volta do pescoço como se fosse um colar. O papai disse que a Tina era a produtora da tevê, mas eu não sabia o que isso significava. Ela parecia a chefe, dizendo para todo mundo o que fazer. Fiquei parado na porta da sala de estar, observando.

– Caralho, como pesa!

Um homem de roupa preta e com um cabelo grande num rabo de cavalo e com uma barba fina e comprida estava tentando puxar a mesa de centro para um canto da nossa sala. A mesa era muito pesada, porque tinha um retângulo de pedra bem em cima dela. Eu já tentei, mas não consigo empurrar essa mesa nem um pouquinho.

– Dexter, olha o vocabulário... – disse a Tina, apontando para mim.

– Ih, foi mal, carinha, foi mal... – disse o cara piscando o olho para mim e voltando a empurrar a mesa. – Puta que pariu! – falou ele bem baixinho, e isso me fez ficar com vontade de rir.

Outras pessoas estavam entrando e saindo da nossa casa. Elas iam até a van e voltavam trazendo caixas pretas grandes que tinham rodinhas embaixo e uma mesa, que também tinha rodinhas embaixo, e um monte de coisas dentro e em cima delas. Eles trouxeram tudo para a nossa sala, e as rodinhas deixaram marcas no chão. Todos os móveis que estavam na nossa sala foram empurrados para o lado, esse era o trabalho do Dexter.

– Ei, cara, quer vir aqui dar uma olhada?

Depois de empurrar a mesa de centro, o Dexter começou a colocar as câmeras em frente ao sofá, que ficou onde sempre ficava, e ele acenou para mim. Tinham duas câmeras, e o Dexter estava colocando as câmeras sobre uns negócios chamados tripés.

– Veja só, a gente coloca a câmera assim de lado e depois gira até ouvir um clique. Quer tentar?

Ele me deu a câmera. Era uma câmera bem grande, muito maior do que a nossa, e eu não tinha permissão para segurar a nossa câmera, só quando ela estava pendurada no meu pescoço. A câmera que o Dexter me deu tinha uma coisa comprida na frente e um monte de botões do lado. Tentei levantar a câmera, mas ela era muito pesada e começou a escorregar da minha mão. O Dexter foi rápido e segurou antes que ela caísse no chão.

– Tá legal, deixe eu ajudar você.

O Dexter era legal. Ele disse que eu era o assistente dele e me mostrou para que serviam todas aquelas coisas. Tinham suportes com microfones que pareciam esquilos peludos. A gente acendeu luzes, tinham três tipos diferentes, e o Dexter disse que a gente tinha que colocar as luzes no ponto certo para que tudo ficasse perfeito na entrevista. Tinha um monte de cabos por toda a parte. Fiquei encarregado de prender esses cabos no chão com fita adesiva para que ninguém tropeçasse. O Dexter se sentou no chão ao meu lado. Ele cortava os pedaços da fita adesiva preta e me passava.

– Ei, sinto muito pelo seu irmão, cara – disse o Dexter.

Ele continuou cortando pedaços da fita, e eu continuei colocando os pedaços da fita em cima do cabos.

– Eu também – falei.

– Isso é uma droga, não é mesmo? – disse Dexter.

– É – respondi.

Aí a gente acabou e se levantou do chão e olhou para a sala. Parecia uma outra sala agora.

– O que você acha? – perguntou o Dexter.

– Acho que tá legal!

– Muito legal! – disse o Dexter e bateu com a mão nas minhas costas.

Aí a Tina entrou na sala e a mamãe e a moça da tevê também. Eu sabia quem ela era porque já tinha visto aquela moça na tevê antes. Aquela era a primeira vez que eu via uma pessoa da tevê na vida real. A mamãe estava usando uma das antigas roupas dela, de quando ela trabalhava fora, e estava toda maquiada e com batom. Normalmente ela não usa batom como a vovó, porque sabe que eu não gosto de batom. A mamãe se sentou no sofá.

O Dexter ligou as luzes por um tempo e umas pessoas mexeram nas câmeras e nos microfones que ele e eu colocamos. A moça da tevê se sentou numa cadeira em frente ao sofá, perto de uma das câmeras.

– Tá legal, Melissa, acho que estamos prontos para começar. Lembre-se: olhe para mim e não para a câmera, tá bom?

A mamãe apertava as mãos no colo.

– Por favor, vá para o meio do sofá. Aí o Jim e o Zach podem vir se juntar a você mais tarde, e ficam um de cada lado.

Eu queria dizer à mamãe que não queria me sentar no sofá mais tarde com as câmeras apontando diretamente para mim e aquelas luzes todas, que eu não queria participar da entrevista. Achei que o papai ia dizer que eu não precisava fazer isso.

– Mamãe?

A mamãe olhou para a frente, mas uma das luzes entrava direto nos olhos dela, e ela não conseguiu me ver.

– Mamãe? – chamei de novo.

Senti a mão de alguém no meu ombro e olhei para trás. Era a Tina, que sorria para mim.

– Oi, carinha, você não quer vir comigo e ficar com o seu pai lá na cozinha por enquanto?

Eu e o papai ficamos na cozinha enquanto a moça da tevê começou a entrevistar a mamãe. A gente ouviu a voz de um homem que disse bem alto:

– Tudo pronto! Silêncio, por favor! – E todas as pessoas na sala fizeram "psiu" ao mesmo tempo.

O papai estava sentado com as costas muito retas, como a vovó, no banco da bancada da cozinha e fez uma cara bem séria, de mentira, para mim e fingiu que puxava um zíper para fechar a própria boca.

27
Virando notícia

Gostei de ficar sentado na cozinha com o papai. Era como se a gente tivesse se metido em encrenca juntos e estivesse ali de castigo. A gente tinha que ficar sentado em silêncio sem permissão para sair do castigo. Umas duas vezes, o papai fingiu que tinha pegado no sono porque aquilo tudo estava muito chato e me fez ficar com vontade de rir. Abaixei a cabeça no meu braço em cima da bancada para não fazer barulho.

A Tina voltou para a cozinha e acabou com a nossa diversão.

– Tá legal, gente, agora vocês vão entrar!

O papai seguiu a Tina até a sala, e fiquei esperando que ele disses-se a ela que eu não ia participar da entrevista, mas ele não disse nada.

Na sala, a mamãe estava com o rosto todo vermelho, como se ela tivesse chorado, mas ela não estava chorando naquela hora.

– Jim, por favor, sente-se aqui, e Zach, sente-se do lado da sua mãe, ali – disse a Tina, apontando para o sofá.

O papai se sentou e eu me sentei. Pude sentir que todo mundo na sala estava olhando para mim, e as câmeras pareciam olhos muito, muito grandes olhando para mim também.

– Zach, querido, você pode, por favor, não olhar para as câmeras? Pode olhar para mim? – pediu a moça da tevê.

Olhei para ela e percebi que ela tinha cabelos pretos encaracolados que brilhavam debaixo de todas aquelas luzes como se estivessem molhados. Mas aí meus olhos voltaram a olhar para as câmeras.

– Você pode... Será que ele pode não olhar para as câmeras? – pediu a moça da tevê para a mamãe, e o jeito que ela falou não foi muito legal, o rosto dela também não parecia nada legal.

– Zach, você pode, por favor, olhar apenas... – a voz da mamãe também não parecia legal. Eu estava tentando fazer os meus olhos não olharem para a câmera, mas eles continuavam fazendo justamente o contrário. – Zach, pare com isso! – disse a mamãe, apertando a minha perna com força. Foi como se ela tivesse me dado um beliscão com toda a força, e os meus olhos ficaram cheios de lágrimas.

– Melissa... – tentou dizer o papai.

– Ei, carinha!

De repente, o Dexter estava atrás da moça da tevê, e ele estava bem baixinho porque estava de joelhos, e aquilo ficou engraçado. Ele piscou para mim e sorriu.

– Dá para você tentar olhar para mim? Eu fico aqui se você quiser, tá legal? Olhe direto para mim por alguns minutinhos, tá bom?

Balancei a cabeça que sim e as lágrimas foram embora.

– Ótimo! Pronto. Vamos começar – disse a moça da tevê.

E o homem ao lado da câmera disse em voz alta de novo:

– Atenção! Silêncio, por favor.

E todo mundo na sala repetiu o "psiu" outra vez. Aí ficou tudo em silêncio por um tempo antes que a moça da tevê começasse a falar.

– Jim, você soube da morte do Andy enquanto estava esperando notícias na igreja de Saint Paul, certo? Pode nos contar como foi?

O papai demorou um pouco para responder.

– Isso. Tá... Eu... Eu fiquei na igreja onde as crianças estavam esperando seus familiares para aguardar os boletins da polícia sobre as crianças... as crianças desaparecidas. A Melissa foi com o Zach para o hospital West-Medical para tentar saber se o Andy tinha dado entrado lá.

O papai tossiu baixinho e depois ficou calado.

– Você pode descrever como estavam as coisas na igreja?

– Tá... A igreja já estava mais vazia nesse momento. Estava um caos no começo quando os pais chegavam, gritando o nome dos filhos, mas aos poucos as famílias foram saindo e restaram apenas alguns de nós. Eu não tinha recebido nenhuma notícia da Melissa ainda, e esperar os boletins da polícia foi difícil. Nós já sabíamos que algumas pessoas tinham morrido no local, e ainda não tinha conseguido encontrar o Andy. Aquilo não era um bom sinal. Fiquei esperando por bastante tempo.

– Como você ficou sabendo que o Andy era uma das vítimas fatais? – perguntou a moça da tevê.

– Num determinado momento alguns religiosos entraram na igreja, um padre e um rabino, e eles vieram até o sr. Stanley, o diretor assistente. Eu entendi tudo quando vi aqueles homens entrando. Entendi naquele exato momento.

Eu não me mexia e continuava olhando para o Dexter. E o Dexter olhava para mim. Deu para ver que a barba dele, que era bem comprida, estava tremendo um pouco.

– E você deu aquela notícia terrível para sua mulher e seu filho... – disse a moça da tevê. Foi estranho porque ela falou "notícia", mas eu achava que notícia era uma coisa só de jornal.

O papai tossiu de novo.

– É. Fui até o West-Medical e encontrei os dois na sala de espera. Quando a Melissa me viu entrar... entendeu imediatamente o que aquilo significava.

Eu me lembrei de quando o papai chegou ao hospital e do jeito que o rosto dele estava, e de como a mamãe começou a gritar e dar socos nele e a vomitar. Minha garganta começou a doer muito.

– Zach, você se lembra de como foi quando o seu pai chegou ao hospital para contar a você sobre o seu irmão?

De repente a moça da tevê estava falando comigo, e eu não sabia que ia ser a minha vez na entrevista, e de repente comecei a sentir muito calor. E esqueci o que ela tinha me perguntado.

– Zach? – disse ela outra vez. – Você se lembra de como foi quando o seu pai contou a você sobre o seu irmão?

Agora ela estava falando comigo com uma voz muito suave.

– Sim – falei bem baixinho.

A minha garganta doía muito, e senti o banho de suco vermelho se espalhando pelo meu rosto e pescoço. Estava muito quente ali. Todo mundo na sala estava vendo aquilo, e depois todo mundo ia ver na tevê também. O Dexter disse alguma coisa para mim, só mexendo a boca, sem deixar sair som, e pareceu que era "Está tudo bem", mas não tive certeza.

– Como é que foi, Zach? – continuou perguntando a moça da tevê.

Olhei para baixo porque não queria que as pessoas vissem o meu rosto todo vermelho. Eu queria esperar o banho de suco vermelho acabar.

– Eu não quero falar – falei, sussurrando.

– O que você disse, querido?

Continuei olhando para baixo, mas comecei a sentir uma raiva imensa dentro de mim, acho que na minha barriga. Eu queria que ela parasse de me perguntar aquela pergunta idiota. Eu não queria falar.

A mamãe deu uma cutucada com o braço na minha barriga.

– Zach? – disse ela.

E aí não sei o que aconteceu. A raiva aumentou. Como acontece com o Hulk.

– EU NÃO QUERO FALAR! EU NÃO QUERO FALAR! – gritei um monte de vezes.

– Tá bom, você não precisa...

Ouvi a voz da mamãe ao meu lado. Ela tentou colocar o braço dela em volta de mim, mas eu empurrei a mamãe. Era tarde demais.

Quando o Hulk fica zangado, ele fica zangado. Todo mundo na sala olhava para mim, até o Dexter, e umas lágrimas idiotas voltaram para os meus olhos.

– PAREM DE OLHAR PARA MIM! – gritei, e gritar fazia eu me sentir bem.

Olhei em volta e todo mundo continuava olhando para mim, e então vi as câmeras. Agora eu ia aparecer assim na tevê, com muita raiva e gritando. Então me aproximei da câmera que ficava ao lado da moça da tevê e dei um chute nela. A câmera caiu. O homem que sempre pedia silêncio tentou segurar, mas ele não chegou a tempo e a câmera bateu no chão e fez um barulho enorme. Algumas peças saíram dela. Acho que quebrou.

De repente, senti que alguém começou a me segurar bem forte. Eu não podia me mexer, e vi que era o papai que estava me segurando e comecei a gritar:

– ME LARGA! ME LARGA! ME LARGA! ME LARGA!

Mas o papai não me largou. Ele me tirou da sala e me levou lá para cima, e o tempo todo fiquei gritando e tentando chutar o papai.

O papai me deitou na cama, mas continuou me abraçando bem forte. Depois de um tempo, eu parei de gritar e de chutar e comecei a chorar, e o choro fez aquela raiva toda ir embora.

28
Gostosuras ou travessuras!

Eu me sentei na escada no escuro e fiquei ouvindo os risos e gritos na rua. O Halloween é a minha festa favorita. Bem... Acho que o Natal é a minha festa favorita número um, mas o Halloween é, sem dúvida nenhuma, a número dois. Eu adoro ir pegar doces pelo nosso bairro e a gente ganha fantasias novas todos os anos, e durante o ano inteiro fico pensando no que eu vou ser no próximo Halloween, mas a mamãe deixa para comprar a fantasia mais perto do dia, porque eu mudo de opinião várias vezes.

Esse ano não vai ter Halloween aqui em casa. Não tenho fantasia nova e não vou pegar doces pelo bairro. O papai disse que podemos sair um pouco, mas eu não quero ir de Homem de Ferro outra vez, e além disso tem um rasgão bem grande na calça da fantasia, e provavelmente ela já está pequena para mim, como o terno que usei no enterro do tio Chip. Eu queria ir de Luke Skywalker este ano. Essa seria a minha decisão final.

Algumas crianças vieram até a nossa casa e tocaram a campainha mesmo que a luz da varanda estivesse apagada e isso fosse um sinal de que a gente não estava dando doces este ano. E a nossa casa também não estava enfeitada para o Halloween, isso era outro sinal.

Eu tinha uma tigela de doces ao meu lado no degrau da escada que a Mimi tinha trazido mais cedo. No início, quando começou o "gostosuras ou travessuras!", me sentei na escada com o papai, e quando a campainha tocou pela primeira vez, fomos abrir a porta.

– Feliz Halloween!

Algumas criancinhas estavam ali na porta, bem na minha frente, gritando alto, e as mães delas sorriam logo atrás. Aquela sensação ruim voltou dentro da minha barriga porque não era um Halloween feliz, e eu não queria ver como todo mundo estava feliz.

– Podem pegar, mas só um, hein! – falei para as criancinhas de um jeito mau e meio que empurrei a tigela na cara delas.

O sorrisão das mães desapareceu. Quando elas foram embora, o papai me disse:

– A gente não precisa fazer isso, você sabe, não é, filho?

Então decidimos desligar todas as luzes dentro de casa também. O papai se sentou no degrau da escada junto comigo por mais algum tempo e depois voltou para o escritório.

– Gostosuras ou travessuras! – gritou alguém bem do lado de fora da porta.

Subi e fui para o meu esconderijo. Eu me sentei no saco de dormir e apontei a lanterna do Buzz para a foto minha e do Andy.

– Feliz Halloween idiota! – falei para ele.

Ano passado, no fim do Halloween, teve uma briga. O papai não saiu com a gente para pegar doces porque teve que ficar no trabalho até tarde, então a mamãe foi comigo e com o Andy antes de escurecer. A mamãe usava o mesmo chapéu de bruxa roxo que ela usa em todos os Halloweens, e o Andy estava de zumbi com uma máscara assustadora.

Depois da segunda casa encontramos com o James e outros garotos da escola. Eles estavam sozinhos, sem nenhum adulto, e estavam indo para a rua Erickson para pedir doces lá. O Andy implorou para a mamãe deixar que ele fosse com os outros garotos. O Ricky e a mãe dele encontraram a gente e o Ricky também quis ir com os outros garotos, como o Andy. A mamãe disse não, disse que tínhamos que ir juntos, como uma família, mas aí a mãe do Ricky disse sim, e falou que o Andy e o Ricky já estavam muito grandes para irem com as mães, então a mamãe deixou o Andy ir também. Depois disso, a mamãe parecia muito zangada.

O Andy só voltou para casa quando estava bem escuro, e a mamãe já estava a ponto de sair de novo para ir procurar por ele.

– Vem ver a quantidade de coisas que eu peguei! – disse o Andy, entrando em casa correndo.

Ele nem notou que a mamãe estava zangada porque ela apenas voltou para a cozinha e foi preparar o jantar.

A gente despejou os sacos de doce no tapete da sala de estar para ver tudo o que ganhamos.

– Deixe a sua pilha desse lado para não misturar com a minha – falou o Andy, afastando a pilha dele para bem longe.

A pilha dele era enorme, tipo o dobro da minha, porque ele tinha ficado na rua o dobro de tempo que eu fiquei, e também porque ele sempre pega mais de um doce, e a gente não deve fazer isso.

– Maneiro! Peguei um monte de pacotes de M&M's grandes! – disse o Andy.

Os M&M's eram o doce favorito dele. Eu não podia comer M&M's porque eles podiam conter amendoim. O Andy começou a fazer pequenas pilhas em volta dele separando os doces por tipo – M&M's, Skittles, Kit Kats... Ele começou a comer uma barrinha pequena de Snickers, e ela era tão pequena que dava para comer em duas mordidas. Ele colocou o papel no bolso para que a mamãe não visse.

Comecei a empilhar os meus doces também.

– Posso comer esse aqui? – perguntei, segurando uma bala redonda que tinha um olho no papel, mas que não dizia o que tinha dentro.

O Andy veio e pegou a bala de mim.

– Não sei o que é. Então é melhor não comer – disse ele, e colocou a bala na pilha dele.

– Este aqui você não pode comer de jeito nenhum. E este, e este também... – disse o Andy, separando alguns dos meus doces e colocando tudo no lado dele.

– Ei, para! – gritei. – Esses são meus. Não fique pegando todos eles.

– ANDY!

Uma voz gritou bem alto atrás de nós. Era o papai, e a gente levou um susto porque não ouviu ele chegar do trabalho.

– Largue agora a droga desses doces! – disse o papai, vindo na direção do Andy.

O papai agarrou o Andy pelo braço e puxou com força.

– O que você está fazendo? Olhe para sua pilha e para a do seu irmão. Por que você está roubando os doces dele?!

– Eu não estava roubando... – começou a dizer o Andy, mas o papai ficou ainda mais bravo porque o Andy estava respondendo.

Ele disse para o Andy parar de mentir e começou a arrastar o Andy pelo braço para fora da sala.

Nesse momento, a mamãe entrou.

– Jim, largue ele! O que você está fazendo? – perguntou ela ao papai, e segurou o outro braço do Andy, e agora os dois estavam ali em pé com ele no meio; parecia que eles iam puxar o Andy, cada um para um lado.

– Estou levando o Andy para o quarto dele. Há muito tempo que ele está pedindo um bom castigo!

– Não é assim que lidamos com esse tipo de situação – disse a mamãe, e ela e o papai ficaram se encarando por cima da cabeça do Andy.

– Tá legal, e como é que a gente lida com esse tipo de situação, Melissa? Está funcionando à beça... – disse o papai, soltando o braço do Andy. – Estou tão feliz de ter corrido para casa para passar o Halloween com a minha família – e em seguida ele andou para o hall de entrada, abriu porta e bateu com toda a força quando saiu. Um minuto depois ouvi o motor do Audi do papai ligar e o carro sair pela estradinha da nossa casa.

– É isso que eu ganho por ajudar você, seu dedo-duro – disse o Andy e me deu um empurrão.

E a mamãe disse:

– Tá legal, agora chega! – e levou o Andy lá para cima para ficar de castigo.

Eu me abaixei para pegar os meus doces que o Andy tinha deixado cair. Eram todos Reese's e Butterfingers, todos com amendoim.

Fiquei pensando sobre o nosso último Halloween e aquela briga, e olhei para o rosto triste do Andy na foto. Eu queria dizer alguma coisa para ele, queria pedir desculpa porque ele tinha levado a culpa naquele dia, queria dizer que eu sabia que ele estava mesmo tentando não deixar que eu comesse doces com amendoim. Mas eu não disse nada em voz alta, as palavras ficaram todas na minha cabeça.

29
Neve e milk-shake

No dia depois do Halloween, logo de manhãzinha, começou a nevar, e foi uma surpresa ver a neve e não a chuva. O céu estava branco e o ar também estava branco por causa da neve que caía, e todo o cinza da chuva tinha ido embora. Primeiro teve chuva, chuva e mais chuva por dias e semanas depois que o homem com uma arma apareceu, e agora, simples assim, a chuva tinha parado e começou a nevar, embora ainda não fosse inverno. Era dia primeiro de novembro.

A mamãe não estava na cama de novo. Era como se ela estivesse muito zangada para deitar e dormir. Ela passou de "dormir o tempo todo" para "não dormir de jeito nenhum". O papai estava na cama, e tentei contar a ele sobre a neve, mas ele virou para o outro lado.

– Me deixe dormir mais um pouco, filho – disse ele com uma voz sonolenta, e então fui procurar a mamãe lá embaixo.

Ela estava na sala de estar, colocando todas as almofadas que ficavam em cima do sofá numa linha reta.

– Mamãe, está nevando!

Fui para a janela da sala de estar ver a neve caindo em cima das folhas no chão.

– Eu vi – disse ela. – Finalmente aquela chuva nos deu uma trégua. Mas não fique muito animado. Essa neve não vai durar.

– Tá bom, mas se ela durar pelo menos um pouquinho, podemos andar de trenó?

– Não vai durar. Não fique cheio de esperanças. E, de qualquer maneira, estarei ocupada hoje, o dia inteiro – disse a mamãe, saindo da sala. – Zach, venha tomar o café da manhã. Depois quero que você vá trocar de roupa. Umas pessoas vêm aqui em casa hoje, e quero que esteja tudo nos lugares.

– Que pessoas?

– Pessoas com quem eu preciso conversar.

A campainha tocou quando eu estava descendo a escada depois de trocar de roupa. Fui abrir a porta e a mãe do Ricky estava do lado de fora. Dessa vez ela estava de casaco, mas ainda parecia com frio. O rosto dela estava muito branco e notei umas manchas meio marrons, meio vermelhas no nariz e nas bochechas dela, e um pouco de neve no cabelo, que também era meio marrom, meio vermelho, menos na parte de cima, onde parecia que o cabelo saía da cabeça dela meio cinza. Da última vez que a mãe do Ricky esteve na nossa casa, o papai disse que ela não podia mais vir aqui, mas ela tinha voltado agora. Fiquei pensando se o papai não ia ficar zangado com isso.

A mamãe veio por trás de mim e deu um abraço na mãe do Ricky. Foi um abraço longo, fiquei observando os cabelos delas se misturando, o marrom e vermelho do cabelo da mãe do Ricky e o castanho brilhante do cabelo da mamãe. Olhei para a escada. Quando desci, o papai estava no chuveiro, então achei que talvez ele não fosse descer logo e não visse a mãe do Ricky ali na porta.

– Nancy, entre, por favor. Vamos até a sala – disse a mamãe, e as duas foram e se sentaram no sofá, uma bem perto da outra.

Eu me sentei na cadeira em frente a elas e tipo uns dois segundos depois ouvi a voz do papai no corredor.

– Ei, Zach, você não quer... – disse o papai, entrando na sala de estar. Assim que o papai viu a mãe do Ricky sentada no sofá com a mamãe, parou de andar e terminou a frase bem devagar: – ...dar uma...

saída... comigo? – Mas ele não estava olhando para mim, ele olhava para a mãe do Ricky como se ela fosse um fantasma ou coisa parecida. A mãe do Ricky olhava para ele também, e vi que o queixo dela estava subindo e descendo rápido. – O que é isso? – perguntou o papai.

– Pelo amor de Deus, Jim. Que falta de educação! Você se lembra da Nancy Brooks, certo? – disse a mamãe, e quando ela terminou de falar a campainha da porta tocou de novo. – E tem mais gente chegando!

A mamãe se levantou e foi abrir a porta.

O papai deu alguns passos na direção da mãe do Ricky, depois parou e olhou para mim, e depois voltou a olhar para ela.

– O que está acontecendo aqui? – perguntou ele à mãe do Ricky baixinho.

– A Melissa, hã..., me chamou – disse a mãe do Ricky. Pela voz ela parecia estar um pouco sem ar, como se tivesse corrido muito rápido. – Ela me pediu para vir aqui hoje, e outros pais de... vítimas também. Para uma reunião.

Ouvi pessoas conversando no corredor.

– Uma reunião? – perguntou o papai. – Uma reunião sobre o quê? E você aceitou? Vir aqui?

Pensei que a mãe do Ricky fosse ficar zangada pelo jeito que o papai estava falando com ela. Ela respondeu, e já não parecia mais estar sem ar.

– É, Jim, eu aceitei, sim. Ela quer falar sobre... as nossas opções. Se podemos fazer alguma coisa em relação à família do Charlie para... responsabilizá-los. Acho que ela está certa. Não tem nada a ver com...

– Certo, pessoal, por favor, entrem e sentem-se – disse a mamãe voltando para sala de estar. Três mulheres e um homem entraram atrás dela e se sentaram no sofá e nas cadeiras. – Vocês já se conhecem?

Uns disseram que sim, e outros, que não, e então a mamãe disse o nome de todo mundo.

– Nancy Brooks, mãe do Ricky; Janice e Dave Eaton, pais da Juliette; Farrah Sanchez, mãe do Nico; e Laura LaConte, mãe da Jessica.

Juliette, Nico, Jessica eram todos da sala do Andy e foram atingidos pelo homem com uma arma também. Vi a foto deles na tevê.

– E esse aqui é meu marido, Jim, e Zach, meu outro filho.

A mamãe apontou para o papai e para mim. O papai não disse nada e não apertou a mão de ninguém.

– Vocês aceitam alguma coisa? Algo para beber? – perguntou a mamãe, e depois ela foi até a cozinha porque algumas pessoas disseram "Água, por favor".

A sala ficou em silêncio total quando ela saiu. Vi que a mãe do Ricky estava olhando para o papai. O rosto dela parecia muito triste.

A mamãe voltou com uma bandeja com copos de água e colocou na mesa de centro.

– Certo, acho que agora podemos começar. Jim, você poderia...? – disse ela, apontando para mim com a cabeça.

O papai olhou para a mamãe por alguns segundos e disse:

– Venha, Zach, vamos.

Mas eu queria ficar para ouvir o que a mamãe e as outras pessoas iam falar naquela reunião.

– Venha, Zach, por favor – disse o papai outra vez, e a voz dele ficou daquele jeito que ele faz quando é melhor a gente escutar.

Eu me levantei e fui saindo da sala atrás do papai.

– Vou pegar um suéter lá cima. Está frio lá fora – disse o papai, subindo a escada. – Coloque o tênis.

Eu me sentei no corredor do lado de fora da sala de estar para colocar o tênis, e assim ainda podia escutar o que as pessoas falavam.

– Vamos repassar as informações que já temos... e também as que ainda não temos, o que talvez seja até mais importante – ouvi a mamãe dizer. – Só gostaria antes de confirmar que estamos do mesmo lado. Todo mundo nesta sala quer tomar uma atitude, certo?

As pessoas responderam "Sim" e "Acho que sim".

– Ótimo. Acho que seria bom comparar nossas anotações e tentar ter uma ideia de como vamos agir contra eles, os Ranalez. Na minha opinião, devemos começar dando declarações públicas, entrevistas, como a que dei para a tevê. E devemos procurar meios de tomar uma atitude contra eles, legalmente...

– Zach, deixe de ser enxerido – disse o papai do meu lado de repente quando eu estava tentando espiar dentro da sala.

Saímos de casa, entramos no carro e o papai arrancou bem rápido, e o Audi dele fez um barulhão, acelerando pela nossa rua. Depois que viramos na esquina, o papai desacelerou um pouco e olhou para mim pelo retrovisor.

– Temos duas paradas: a lavandeira e o supermercado ao lado dela – me disse ele. – Mas está quase na hora do almoço. Que tal se nós almoçássemos depois?

Quando paramos no estacionamento do restaurante, ainda tinha neve no ar. Tentei pegar um pouco com a mão, mas ela derretia assim que encostava na minha pele. Dentro do restaurante, a gente se sentou na minha mesa favorita, de onde eu podia ficar vendo o posto de gasolina em frente. Nesse posto, também tinham carros sendo consertados, e eu gostava de ficar vendo como os mecânicos levantam os carros para poder consertar embaixo.

O Marcus, o dono do restaurante, veio até a nossa mesa. Ele já nos conhecia, porque a gente vinha muitas vezes tomar café da manhã nos fins de semana, mas fazia muito tempo que isso não acontecia.

– Oi, Jim! – disse o Marcus para o papai (e o jeito que ele dizia o nome do papai, Jiiim, era engraçado). E para mim ele disse: – Oi, Bob!

Ele sabia que aquele não era o meu nome, mas ele fazia essa mesma brincadeira todas as vezes, e depois ria bem alto da própria brincadeira. Mas dessa vez ele apenas sorriu, um sorriso triste.

– Jiiim, sinto muito pelo seu filho. Sinto muito, muito mesmo. Todos nós aqui – e ele fez um movimento com a mão passando por todo o restaurante, e vi que algumas pessoas estavam olhando para nós. – O almoço hoje é por minha conta, Jiiim – disse o Marcus e deu um tapinha nas costas do papai.

– Tá bom... Obrigado... É... muito gentil da sua parte – disse o papai e parecia um pouco envergonhado.

Eu também estava com vergonha, com todas aquelas pessoas olhando para nós.

Pedimos a mesma coisa: cheesebúrgueres, batatas fritas e milk-shakes de chocolate. A gente não podia pedir aquilo quando a mamãe estava junto, mas o papai disse:

– Bem, a mamãe não está aqui agora, está? Tomar milk-shake no primeiro dia de neve é uma tradição.

Ficamos esperando pela comida e observando os mecânicos no posto de gasolina e a neve voando. Nós não falamos muito, e eu gostei de ficar sentado ali em silêncio. A comida chegou, e a primeira coisa que fizemos foi pegar uma batata frita e mergulhar no milk-shake. O papai sorriu.

– Papai?

– O que foi?

– Por que a mamãe está fazendo uma reunião na nossa casa? Para falar do Charlie?

O papai estava indo dar uma mordida no cheesebúrguer dele, mas aí colocou o cheesebúrguer de volta no prato e limpou as mãos com o guardanapo.

– É... Bem, a sua mãe está muito triste por causa do Andy, certo? Todo mundo está. Ela, eu, você.

– É – falei.

– A mamãe está... Ela acha que se as coisas tivessem sido diferentes com... com o... atirador... o filho do Charlie, talvez ele não tivesse feito o que fez.

– Diferentes como? – perguntei.

– Ah... É meio complicado, Zach – disse o papai.

Olhei para o papai e esperei que ele dissesse mais alguma coisa.

– Tá legal. É que o atirador, o filho do Charlie, era doente. Ele tinha... problemas... comportamentais – disse o papai.

– Que doença que ele tinha? Era parecida com a que o Andy tinha?

– Ah, não, claro que não. Era uma que fazia ele ficar deprimido... triste o tempo todo. E acho que ele não sabia o que era imaginação e o que era realidade, o que era certo e o que era errado. Mas não tenho certeza.

– Então foi por isso que ele atirou no Andy e nas outras pessoas, porque ele não sabia que era errado? – perguntei.

– Não sei, filho. Algumas pessoas acham que a família dele devia saber que ele era perigoso para os outros, que ele podia machucar alguém. E que eles deviam ter dado a ele um tratamento adequado. Que talvez pudesse ter impedido que isso tudo acontecesse – disse o papai.

– Você acha o Charlie sabia que o filho dele ia fazer aquilo? – falei, pegando a embalagem de ketchup para colocar um pouco mais no meu prato e no do papai também.

– Obrigado – disse o papai, e mergulhou uma batata frita no ketchup. – Não. Acho que o Charlie não sabia o que o filho ia fazer, mas acho que ele e a mulher dele não tomaram conta do filho do jeito que ele precisava. Acho que eles não queriam enxergar como ele estava doente. Estavam negando a situação toda. Você entende o que eu quero dizer?

– Não – respondi.

– Quero dizer que eles... que provavelmente eles sabiam que havia alguma coisa muito errada com o filho, mas não queriam admitir isso. Ou não sabiam como lidar com isso – explicou o papai.

– E isso não foi muito legal, certo?

– Não, não foi legal.

– É por isso que a mamãe está zangada com eles, certo?

– Certo.

– E ela quer que eles se metam em encrenca por causa disso? A polícia vai colocar o Charlie na cadeia? – perguntei.

– Não, isso... Acho que não, filho – disse o papai.

– Que bom, porque isso não seria nem um pouco justo, eu acho que não – falei para o papai.

– Não?

– Não – falei. – Olha só a minha vencedora, papai – falei, levantando a batata frita mais comprida do meu prato. Esse era um jogo que eu e o Andy sempre fazíamos quando íamos a algum lugar e comíamos batatas fritas: ver qual delas era a maior.

– O quê? Nããããooo! Tá legal, essa aí é mesmo muito grande – disse o papai e ficou olhando para o prato dele. – Mas esta aqui bate a sua – falou, segurando a dele, mas vi que ele estava roubando, segurando duas batatas juntas para fazer uma bem grande.

Esse era o truque do Andy. Nós dois rimos por causa disso e, quando olhei para os lados, vi que um monte de gente no restaurante estava olhando para nós. Rir não parecia mais uma coisa legal para se fazer.

30
O Hulk

O problema do Hulk é que ele odeia ficar zangado. Eu tenho um livro sobre os Vingadores, e o Hulk é um deles. Eu adoro os Vingadores, eles são os meus super-heróis favoritos. Eles lutam contras os caras maus e salvam as pessoas. O nome verdadeiro do Hulk, quando ele é uma pessoa comum, é Bruce Banner. Ele é um cientista que fez uma bomba, a bomba explodiu sem querer e ele ficou bem no meio da explosão, e foi por isso que ele virou o Hulk.

Então era como se ele fosse duas pessoas diferentes numa só, porque quando ele é um cientista, ele é calmo e uma boa pessoa, mas quando ele fica zangado, se torna um homem muito grande e barulhento que se chama Hulk. Ele não quer virar Hulk, mas não consegue se controlar. E aí ele grita "Hulk quebra!" e fica maluco.

É assim que é comigo agora. Num minuto, eu sou o Zach Taylor normal e me comporto bem, e aí alguma coisa acontece e me torno um outro menino, bem diferente do Zach Taylor. Eu me torno um menino zangado e mau. Eu já tinha ficado muito zangado ou com raiva antes, tipo quando eu tinha que fazer determinadas coisas ou quando ficava zangado com o Andy porque ele tinha sido idiota comigo, mas agora é uma sensação de raiva totalmente diferente.

É sempre uma surpresa quando começa, tipo uma coisa que vem se arrastando, disfarçada, e pula em cima de mim, e eu não percebo até que ela esteja em cima de mim, mas aí é tarde demais porque eu viro outra pessoa. A primeira coisa que acontece é que começam a escorrer lágrimas dos meus olhos, mas não são lágrimas normais, elas são quentes. Lágrimas quentes e muito zangadas. E aí tudo em mim fica quente e apertado, e essa sensação de calor e de aperto me faz gritar e me comportar mal.

Hoje o Zach Taylor Hulk já apareceu duas vezes. A primeira vez foi quando eu desci de manhã para procurar o papai para a gente ir até a escola, e a mamãe disse que ele teve que sair cedo, o que significava que nós não iríamos até a escola hoje.

– Ah, Zach, tanto faz, você não entra na escola mesmo – disse a mamãe, e aquilo era verdade, mas fiquei muito zangado. Gritei com ela e me joguei no chão, esperneei e chutei as coisas em volta de mim. A mamãe ficou ali parada, me olhando. Ela parecia surpresa e triste.

Eu me comportei mal e como um maluco por um tempo, e a minha cabeça começou a doer por causa de todos aqueles gritos e do choro. A mamãe tentou algumas vezes falar comigo, mas eu não conseguia ouvir o que ela dizia porque estava gritando. E eu nem queria ouvir. A mamãe tentou me pegar, mas não deixei. Então a mamãe se sentou nos degraus da escada e abraçou as pernas e colocou a cabeça entre os braços. Pensei que ela estava chorando porque eu estava me comportando daquele jeito, tipo do jeito que o Andy se comportava um monte de vezes quando tinha aqueles ataques de raiva.

Essa foi a primeira vez, e a segunda vez aconteceu mais tarde quando a Mimi chegou.

– Ei, meu anjo, olhe só o que eu peguei para você – disse ela, segurando a minha mochila da escola. – Você está com vontade de ler os livros que pegou, não está? Eles estão aqui! E a srta. Russell me deu alguns deveres de casa para você fazer. Você quer fazer agora, junto comigo? – perguntou a Mimi, com um sorriso bem grande.

Eu fiquei muito zangado. Não queria mais ler esses livros idiotas, só os da coleção "A Casa da Árvore Mágica".

– NÃO! – gritei. – Não quero fazer nenhum dever de casa idiota – berrei, e as lágrimas quentes começaram a escorrer pelo meu rosto, e senti aquela sensação ruim que apertava o meu corpo inteiro e, BUM!, o Zach Taylor Hulk estava de volta.

A Mimi colocou a mochila no chão do corredor e eu dei um chute nela, e um dos meus chinelos saiu voando do meu pé e bateu na perna da Mimi, que fez uma cara de que tinha doído. Mas eu nem pedi desculpa, apenas subi a escada correndo.

Bati a porta do meu quarto com muita força porque eu queria fazer um barulho bem alto, mas acabou que não foi nada alto e a porta abriu de novo. Isso me fez ficar mais zangado ainda, então bati a porta com toda a força mais uma vez, e aí, sim, ela ficou fechada, mas o pôster do dia em que fui presidente da minha turma que fica na parede em cima da minha cama ficou meio torto depois do BAM! alto que a porta fez. Era um pôster idiota de qualquer maneira, então fui lá e arranquei aquele pôster idiota da parede e amassei e joguei do outro lado do quarto.

Todos os meus caminhões estavam no chão misturados, e também fiquei muito zangado por causa disso, então pulei da cama e chutei todos eles, um por um. Chutar coisas fazia aquela sensação de aperto no meu corpo inteiro melhorar, então continuei chutando e chutando.

– Zach, meu anjo, posso entrar? – perguntou a Mimi do lado de fora.

Fiquei parado no meio do quarto e olhei para aquela bagunça toda com os meus caminhões espalhados por toda a parte.

– NÃO! – gritei sem abrir a porta.

– Tudo bem, não tem problema – disse a Mimi. – Mas, meu anjo, tente não quebrar tudo aí dentro, tá bom? A Mimi não quer que você se machuque.

Eu não disse nada, apenas ouvi a Mimi se afastando da porta, indo em direção à escada.

Passei para o quarto do Andy pelo banheiro e entrei no meu esconderijo. Liguei a lanterna do Buzz, mas a luz não estava mais tão brilhante. Da próxima vez tinha que me lembrar de trazer pilhas novas, porque essas estavam ficando fracas. No começo, achei que eu queria ler, mas as minhas mãos ainda estavam tremendo por causa da raiva. Movimentei o círculo de luz da lanterna do Buzz pela parede com as pinturas que eu tinha feito, e percebi que as folhas de papel eram do mesmo tamanho, e isso não estava certo, porque os meus sentimentos não eram todos do mesmo tamanho.

Agora, por exemplo, a minha raiva era enorme. Muito maior do que todos os outros sentimentos. Devia estar numa folha de papel bem grandona, do tamanho de toda aquela parede verde. E os outros sentimentos deviam ficar numa parede diferente, juntos.

A tristeza devia ficar na mesma parede que a raiva.

– Acho que agora sei por que você está fazendo uma cara triste na foto – falei para o Andy. – Acho que é porque quando a raiva vai embora, a tristeza sempre começa, certo? É assim: raiva, tristeza, raiva, tristeza.

Coloquei a lanterna do Buzz em cima do saco de dormir, e isso fez o armário ficar mais escuro. Peguei todas as folhas com as pinturas que eu tinha feito dos sentimentos e coloquei na parede do meu lado, menos a raiva e a tristeza. Essas duas folhas ficaram uma ao lado da outra no meio da parede verde e cinza, debaixo da foto minha e do Andy. Então peguei a lanterna do Buzz de volta e olhei aquelas duas pinturas e a foto.

– Eu me comportei mal hoje, deixei a mamãe triste. E a Mimi também – contei para o Andy.

Prestei atenção naquelas duas palavras: raiva e tristeza. Apontei a luz para a folha toda verde e disse:

– Raiva.

Depois apontei a luz para a folha cinza e disse:

– Tristeza.

Depois eu disse:

– Menino mau – e primeiro olhei para o Andy na foto, e depois para mim. – Um menino mau. Eu não percebi que você estava triste lá na praia.

A minha garganta ficou apertada quando eu disse isso para o Andy e quando pensei no rosto triste dele. Acho que, naquele dia, ele estava se sentindo triste como eu estava agora, mas ninguém sabia disso. E agora o Andy tinha morrido, mas, quando ele estava vivo, todo mundo só percebia quando ele ficava zangado, e não triste.

A luz da lanterna do Buzz começou a apagar e ligar sozinha, e isso significava que as pilhas estavam acabando mesmo, então peguei a lanterna e saí do meu esconderijo para ir pegar pilhas novas lá embaixo na cozinha. Quando cheguei ao último degrau da escada, ouvi a Mimi e a mamãe conversando. A mamãe parecia chateada, então eu me sentei no degrau e fiquei ouvindo.

– Ele está precisando muito de mim agora – disse a mamãe. – Essa coisa de fazer xixi na cama e ter esses acessos... Ele fica muito zangado, e não consigo trazê-lo de volta. É como o Andy, tudo de novo.

Era de mim que ela estava falando, de como eu estava me comportando mal. Como o Andy. Eu estava começando a ser como ele. Ou como eu e ele juntos.

– Mas eu não consigo... lidar com ele. Eu não consigo, mãe. Eu queria conseguir, mas não sei como, pelo menos não agora. Como é que eu posso ajudá-lo se eu... não... consigo... lidar com ele? – disse a mamãe, e as palavras dela saíam junto com uns gritos. – EU NÃO SEI!

– Acho que você tem apenas que tentar fazer o melhor que puder. Para ser sincera, estou até um pouco aliviada que ele esteja enfim demonstrando alguma emoção. Aquele jeito que ele estava antes... Ele nem chorou nos primeiros dias. Isso me assustava – disse a Mimi.

– Mas é justamente isso. Estou cansada de fazer o meu melhor. Sabe, eu quero fazer como o Zach, quero gritar e chutar. Quero ficar zangada com o mundo. Mas tenho que me controlar. Está tudo em cima de mim, sempre. O Jim pode sair. Pode desaparecer, com a desculpa do trabalho. Ele não tem interesse na ação contra os Ranalez. E a única coisa que peço a ele, a única coisa, fazer o Zach voltar para a escola, nem isso ele consegue fazer... – disse a mamãe, falando muito alto.

– Eu sei, filha, tudo isso é muito duro para todos nós – disse a Mimi. – Sabe, acho que vocês deveriam considerar aquele aconselhamento que o sr. Stanley mencionou. Ou fale com o dr. Byrne. É muito importante que o Zach receba alguma ajuda e que tenha alguém a quem recorrer, alguém de fora, alguém para falar. É muita coisa para você ter que lidar sozinha. Você não deve cobrar tanto de si mesma o tempo todo. E você devia também pensar em ter algum tipo de ajuda. Não há vergonha nenhuma em admitir...

A mamãe interrompeu a frase da Mimi e a voz dela parecia muito zangada.

– Não preciso de ajuda nenhuma! O que eu preciso mesmo é sair daqui, tá bom? Eu não aguento mais ficar nesta casa. Não consigo respirar dentro desta casa. Estou tentando fazer justiça para a nossa família, para o MEU FILHO. E todo mundo só fica me dizendo o que eu devo e o que eu não devo fazer. Você não devia fazer isso, você devia fazer aquilo... Estou enojada de tudo isso e cansada, muito cansada.

Ouvi o rangido do banco da bancada da cozinha sendo arrastado.

– Você pode ficar aqui com ele por um tempo? – perguntou a mamãe. – Se eu não sair um pouco, vou ficar louca de verdade.

– Está bem, filha – disse a Mimi. – Mas você acha que é uma boa ideia?... No seu estado?... Você pode, ao menos, me dizer aonde vai? Só para eu ficar sabendo.

– Eu não sei ainda, mãe.

A mamãe veio andando e saiu da cozinha rápido, e parou quando me viu sentado ali no degrau da escada. O rosto dela estava todo vermelho de tanto chorar.

– Eu... eu... vou voltar daqui a pouco, tá bom, Zach? – disse ela para mim, e depois pegou as chaves do carro da mesa e começou a andar de costas, se afastando de mim.

Ela abriu a porta que dava na garagem e desapareceu. Ouvi a porta da garagem se abrir, o carro da mamãe começar a funcionar e depois sair andando. A porta da garagem se fechou novamente. A mamãe foi embora. Ficou tudo em silêncio. Era como se a mamãe tivesse fugido de casa.

31
Dividindo o mesmo espaço

Coloquei pilhas novas na lanterna do Buzz e liguei a luz. A luz era forte e brilhante novamente. Procurei pelo livro número 39 da coleção "A Casa da Árvore Mágica" na minha pilha de livros. O título era *Um dia assustador em alto-mar*. Na parte de trás da capa do livro, dizia que o Jack e a Annie iam achar o terceiro segredo da felicidade para salvar o Merlin, e a casa da árvore mágica aterrissou numa ilha bem pequena no meio do oceano. Eu queria saber o que ia acontecer com eles naquela ilha bem pequena e como eles iam sair de lá, e também qual era o terceiro segredo da felicidade, então comecei a ler o livro.

Eu estava na página trinta quando a porta do meu esconderijo secreto abriu um pouquinho e deixou entrar um pouco de luz. Dei um pulo, porque eu não estava esperando que aquilo acontecesse.

– Zach? – era o papai, e foi uma surpresa, porque normalmente o papai não chegava tão cedo em casa. Ainda não era nem perto da hora do jantar. – Será que dá para eu entrar aí um pouquinho?

Apontei o feixe de luz da lanterna do Buzz em volta do esconderijo. O papai ia ver tudo, as pinturas dos sentimentos, a foto minha e do Andy e tudo o mais. Talvez ele já tivesse visto tudo antes, quando me encontrou no dia em tive aquele pesadelo em que eu tinha acertado o Andy com a minha flecha, mas eu achava que não. A gente não tinha conversado sobre o esconderijo depois que ele me encontrou ali, então achei que ele talvez tivesse esquecido.

Achei que eu ia ficar com vergonha de mostrar o meu esconderijo para o papai. Mas talvez fosse bom também que isso não fosse mais um segredo.

– Tá bom – falei para o papai, e então a porta abriu toda e o papai entrou e fechou a porta de novo.

Ele não podia entrar como eu porque ele era muito alto, então veio engatinhando até o fundo do armário onde eu estava.

– Nossa! É meio apertado aqui, não? – disse ele e veio se sentar em cima do saco de dormir ao meu lado.

Ele começou a olhar em volta, e os olhos dele pararam na foto minha e do Andy, aí ele soltou uma respiração profunda pela boca. O papai se aproximou para olhar melhor a foto, e apontei a lanterna do Buzz para ela. Ele ficou olhando para a foto por um tempo, e depois olhou para as pinturas de sentimentos, e aí apontou para elas.

– O que é isso? – perguntou ele.

– Pinturas de sentimentos – respondi e olhei para o rosto do papai para ver se ele ia rir, mas ele não riu. Ele estava com um cara bem séria, como se estivesse pensando.

– Pinturas de sentimentos... – disse ele. – E o que são pinturas de sentimentos?

– Elas mostram os sentimentos que estavam dentro de mim. Eu consigo pintar os sentimentos separados, e aí fica mais fácil porque eles não estão mais misturados – contei a ele.

– Hum... Então os sentimentos estão todos misturados?

– Estão – respondi. – É muito complicado assim.

– É, entendi – disse o papai. – E como é que você imaginou as cores que eles têm?

– Não sei. Fui sentindo. As cores vêm junto com os sentimentos.

– Vêm? Eu não sabia disso.

O papai apontou para o verde e o cinza.

– Esses aqui são o quê?

– Raiva e tristeza.

O papai balançou a cabeça fazendo que sim. Então apontou para as folhas de papel na parede do outro lado.

– Essas também são sentimentos? O vermelho é para quê?

– Vergonha.

– Vergonha? Vergonha de quê?

– De fazer xixi – respondi, e o meu rosto começou a ficar quente.

– E o preto?

– Medo.

– E o amarelo? – era como se o papai estivesse fazendo um quiz comigo.

– Felicidade – falei e olhei para o papai de novo para ver se ele achava que era ruim eu ter feito uma pintura para a felicidade mesmo que o Andy tivesse morrido, e achei que, agora, eu nem queria que aquela folha ficasse ali mais.

– O que é esse sentimento com um buraco no meio? – perguntou o papai.

– É quando uma pessoa se sente solitária – expliquei. – Quando ficamos solitários, é como se a gente ficasse invisível, como se as outras pessoas no mundo não vissem a gente, e olhassem através da gente. Aí eu fiz um buraco porque não tem cor para isso.

– Você está se sentindo sozinho? Por causa do Andy? – perguntou o papai e fez um barulhinho na garganta.

– Não é sozinho, é solitário. É diferente, a mamãe me ensinou. Aqui dentro do meu esconderijo eu não me sinto solitário, não – falei.

– Não? Por que não? – perguntou o papai.

Eu não sabia se eu devia contar ao papai que lá dentro eu conversava com o Andy e lia livros para ele. Ele ia pensar que isso era meio esquisito.

– Eu... É porque... eu finjo que o Andy pode me ouvir aqui dentro – falei, e apontei a luz para o outro canto do armário porque eu não queria que eu e o papai, que a gente visse a cara um do outro.

– Você fala com ele? – perguntou o papai em voz baixa.

– Falo – respondi. – E leio para ele, em voz alta.

O papai queria descobrir tudo de uma vez sobre o meu esconderijo, e eu não sabia o que ia acontecer depois disso.

– Eu sei que isso não é de verdade, porque o Andy morreu, e as pessoas mortas não podem ouvir a gente – falei. – É um pouco idiota, eu sei.

O papai pegou a minha mão que estava segurando a lanterna do Buzz e colocou a luz no meio de nós dois, então não estávamos mais conversando no escuro, e aí ficou mais difícil falar, porque dava para ver o meu rosto todo vermelho.

– Eu não acho que isso seja uma coisa idiota – disse o papai.

– Eu me sinto bem quando digo coisas para ele, é só isso – falei sacudindo os ombros.

– Então por que você fez uma pintura para quando se sente solitário? – perguntou o papai.

– Porque, quando estou fora do meu esconderijo, eu me sinto solitário.

– Fora daqui você se sente solitário?

Sacudi os ombros novamente.

– Às vezes.

Por um tempo não falamos mais nada. Ficamos apenas sentados lá no meu esconderijo em silêncio, e eu gostei muito de ficar assim.

– Papai? – chamei depois de um tempo.

– O que foi, filho?

– Acho que tem que ter mais uma para quando a gente sente que deve pedir desculpa.

– Tem que ter o quê?

– Uma pintura.

– Pedir desculpa? Pelo quê?

– Porque eu estou me comportando mal e a mamãe fica chateada. Ela fugiu de casa por minha culpa. Desculpa por ter feito isso. Eu quero que a mamãe volte para casa para eu dizer isso a ela.

Os meus olhos ficaram cheios de lágrimas.

O papai olhou para mim, e aí ele pôs o braço em volta de mim e me apertou bem de leve.

– Zach, meu filho – disse ele, e parecia que tinha alguma coisa presa na garganta. – Não é culpa sua a mamãe estar chateada. Está me ouvindo?

As lágrimas começaram a escorrer pelo meu rosto.

– Ela não fugiu de casa. Ela... está precisando de um tempo, ficar longe um pouco. Ela vai voltar mais tarde, tá bom? – disse o papai, e colocou a testa dele na minha testa e soltou uma respiração profunda pela boca. Eu senti a respiração do papai no meu rosto, mas isso não me incomodou. – Nada disso é culpa sua.

– Tá bom... Mas, papai?

– Sim?

– Eu às vezes ainda sinto vontade de pedir desculpa. Para o Andy. Eu quero pedir desculpa para ele.

– Por que você quer pedir desculpa ao Andy, filho? – perguntou o papai afastando a testa dele da minha para olhar para mim. Agora mais lágrimas caíam dos meus olhos, e eu tentava enxugar com a mão, e isso fez a luz da lanterna do Buzz passear pelo esconderijo.

– Quando o homem com uma arma apareceu lá na escola, eu nem pensei nele – contei ao papai. – Quando a gente estava sentado dentro do armário lá na escola e a gente ouvia o TÁ TÁ TÁ lá fora, e aí a polícia veio e depois a gente andou pelo corredor e eu vi que tinha sangue no chão, e depois fomos para a igreja... Durante todo esse tempo eu não pensei no Andy – falei, chorando tão alto que era muito difícil de falar, mas eu queria contar tudo para o papai. – Eu só pensei nele quando a mamãe veio e me perguntou.

– Ah, meu Deus, Zach – disse o papai. Ele me pegou por debaixo do braço e me puxou para o colo dele. – Você não tem que pedir desculpa por isso. Você estava assustado, filho. Você é só uma criança, você só tem seis anos.

– Eu ainda não terminei, papai. Ainda tem mais coisa para pedir desculpa ao Andy – falei. – A outra coisa é muito ruim.

– Tá bom, me conte – disse o papai com a boca encostada na parte de cima da minha cabeça.

– Depois que o homem com uma arma matou o Andy, no começo eu fiquei feliz algumas vezes. Quer dizer, não fiquei superfeliz, mas eu me lembrei das coisas ruins que ele fazia, e pensei que ia ser melhor sem ele aqui. Achei que as brigas tinham acabado, e que o Andy não ia poder ser malvado comigo de novo. Foi isso que eu pensei, e foi por isso que eu fiquei um pouco feliz por ele não estar mais aqui.

Esperei o papai falar alguma coisa, mas ele ficou em silêncio. Eu sentia o peito dele subindo e descendo, e quando a respiração dele saía, eu sentia um calor no meu cabelo.

– Isso é uma coisa muito ruim, não é? – perguntei ao papai.

– Não. Não é uma coisa ruim – disse o papai em voz baixa. – Você ainda fica feliz porque o Andy não está mais aqui?

– Não, porque não foi isso que aconteceu. Não ficou melhor sem ele. O Andy... Ele não fazia só coisas ruins. Eu me lembrei de coisas boas também. E não queria que o Andy fosse embora para sempre.

Depois de um tempo o papai começou a se mexer e disse:

– Está ficando quente aqui dentro, não está?

– Está – respondi. – Mas é bom. Eu gosto de ficar aqui.

– Eu também – disse o papai. – Sei que esse é o seu esconderijo secreto, mas que tal se eu vier visitar você às vezes?

– Tá bom – falei.

32
Vingança furiosa

Quando fui para a cama, a mamãe ainda não tinha chegado. Fiquei deitado, repetindo para mim mesmo:

– Eu não vou ficar zangado amanhã. Eu vou me comportar amanhã.

Eu disse isso um monte de vezes para não esquecer quando dormisse, para me lembrar no dia seguinte.

E eu me lembrei disso no dia seguinte. E me comportei bem até o jantar, mas aí esqueci. Esqueci porque a mamãe me disse que ela ia sair no dia seguinte de novo, e ela tinha acabado de voltar para casa. Fiquei com muita raiva. A mamãe me contou que ia para Nova York no dia seguinte para dar mais entrevistas e que essas entrevistas começavam muito cedo de manhã, então ela ia sair de casa antes de eu acordar e ia dormir num hotel na cidade, porque daria entrevistas o dia inteiro e também na manhã seguinte.

Nós estávamos sentados na bancada da cozinha, como sempre fazíamos agora. A gente não jantava mais na mesa de jantar, como antes, quando o Andy ainda estava vivo. A mamãe coloca os pratos, facas e garfos na bancada da cozinha, sem toalha mesmo. A gente estava comendo o bolo de carne que a tia Mary trouxe ontem, e que era bem gostoso, mas só eu estava comendo. A mamãe, não. O prato dela ainda estava cheio.

– Por que você tem que dar essas entrevistas idiotas? – perguntei à mamãe quando ela me contou que ia para Nova York.

Empurrei o meu prato com força, e ele bateu no meu copo de leite e derramou um pouco.

– Eu... Porque é importante que as pessoas ouçam a nossa história – disse a mamãe falando bem devagar e baixo como se ela estivesse falando com uma pessoa idiota, e isso fez a minha raiva piorar.

– Por quê? – perguntei bem alto, quase gritando.

– Por quê? Porque uma coisa terrível aconteceu com o seu irmão. E conosco. E isso não é culpa sua, isso foi... culpa de outra pessoa. É importante falar sobre isso. Você está me entendendo?

Senti as lágrimas quentes no meu rosto. Eu não estava com vontade de responder.

– Foi culpa do filho do Charlie! – falei depois de um tempo, e fiquei com raiva do filho do Charlie.

– É, mas ele era quase uma criança também. É... é meio complicado tudo isso.

A mamãe olhou para o relógio do micro-ondas, se levantou e levou o prato dela, que ainda estava cheio, para a pia.

– Por que ele fez isso com o Andy e com as outras pessoas? Por que ele matou todo mundo? – perguntei.

– Ele não era... normal. Na cabeça – disse ela. – Então não foi culpa dele. Foi... Não estavam cuidando dele direito.

– Quando o Charlie e a mulher dele vieram aqui, foi por isso que você ficou com raiva deles e falou de um jeito malvado – falei.

– Eu não falei... – começou a dizer a mamãe, mas aí ela sacudiu os ombros e virou de costas e começou a lavar a louça.

– Mas eu quero que você fique aqui comigo! – falei para mamãe e mais lágrimas quentes escorreram pelo meu rosto. – Quem vai tomar conta de mim quando você estiver em Nova York e o papai no trabalho?

– Zach, vão ser apenas dois dias, tá bom? E a Mimi vai ficar aqui com você. Vocês podem fazer o dever de casa que ela pegou juntos.

E vocês podem brincar e... ler. A Mimi pode ler junto com você. Não vai ser divertido?

– Não! Eu quero que você esteja aqui na hora de dormir. Quero que você me coloque na cama, e que você cante comigo a nossa música. Esse tempo todo você nunca mais cantou a nossa música, e eu não gosto de dormir sem a nossa música! – falei.

– A Mimi pode cantar a música com você. Quer saber de uma coisa? Vocês podem ligar para mim na hora de dormir e nós podemos cantar juntos no telefone. O que você acha? – perguntou a mamãe.

– NÃO QUERO! Quero que você fique aqui! – gritei, e me levantei rápido do banco da bancada da cozinha, que caiu, fazendo um barulho bem alto.

A mamãe veio para o meu lado e segurou o meu braço com força. As unhas dela estavam entrando na minha pele, e doía muito. Ela colocou o rosto próximo do meu e falou bem perto do meu ouvido, sem abrir a boca, com os dentes juntos, como se estivesse com muita raiva também.

– Escute uma coisa, Zach. Eu não vou cantar com você hoje nem amanhã. Já expliquei que é importante que eu vá para Nova York, e ponto final. Você está me entendendo?

Ela apertou o meu braço mais ainda enquanto dizia isso, e senti um calor na minha barriga por causa do jeito que a mamãe falou comigo. Ela nunca tinha falado comigo daquele jeito.

– Entendi! – falei, e a minha voz saiu muito estridente.

– Ótimo – disse a mamãe, e largou meu braço com força. – Eu tenho que fazer a mala. Um carro vai me pegar bem cedo amanhã de manhã.

Dessa vez ela abriu a boca para falar, mas ainda parecia com muita raiva.

– Vamos ligar a tevê. Seu pai deve chegar do trabalho daqui a pouco.

Segui a mamãe até a sala da tevê. Ela ligou o aparelho e me deu o controle remoto, depois olhou para mim como se fosse dizer mais alguma coisa, mas não disse nada. Ela apenas se virou e foi andando, e ouvi ela subindo a escada. Eu me sentei no sofá e olhei para o meu braço, e vi marcas vermelhas e um pouco roxas onde a mamãe enfiou as unhas na minha pele. Quatro marcas na parte de trás e uma na frente, onde o dedão dela ficou. Ainda doía muito. Eu me levantei e fui até a cozinha pegar a minha bolsa de gelo do Homem de Ferro no freezer. O tempo inteiro mais lágrimas escorriam pelo meu rosto, e eu limpava as lágrimas com o outro braço que não estava doendo.

Vi que o banco onde eu estava sentado ainda estava caído no chão. Levantei o banco e pus o meu prato na pia. O meu prato ainda estava cheio, mas eu não queria comer mais. Limpei o leite derramado na bancada. A sensação de calor na minha barriga foi embora. E as lágrimas pararam de cair também. Na sala da tevê comecei a ver *Patrulha Canina*. Era um desenho animado de criancinhas, mas eu tinha voltado a gostar dele.

Depois de um tempo, quando o primeiro *Patrulha Canina* estava quase acabando, o papai entrou na sala da tevê.

– Oi, filho – disse o papai, e veio me dar um beijo bem no alto da minha cabeça. – Onde está a mamãe?

– Lá cima, fazendo a mala.

– O que aconteceu? – perguntou ele, apontando para o meu braço.

Eu não queria que ele soubesse que eu tinha deixado a mamãe zangada de novo, aí respondi:

– Eu me arranhei.

O papai franziu a testa.

– Posso ver outro desenho? – perguntei.

– Pode, claro. Vou falar com a mamãe lá em cima, tá bom?

– Tá bom – respondi. – Papai?

Ele parou na porta da cozinha.

– O que foi, filho?

– Você alguma vez quis que eu tivesse morrido? Quero dizer, no lugar do Andy? Aí ele poderia estar aqui com você e a mamãe, e não eu – falei e comecei a sentir as lágrimas voltando para os meus olhos.

O papai ficou me encarando por um instante e abriu a boca algumas vezes, mas nenhuma palavra saiu, como se ele tivesse que fazer várias tentativas antes de conseguir falar. Ele se aproximou de mim de novo, bem devagar, e me fez levantar em cima do sofá, e desse jeito nós dois ficamos quase da mesma altura.

– Não, Zach – disse ele, e parecia que ainda tinha uma coisa presa na garganta. – Não... – disse ele de novo. – Por que... por que você acha isso? Eu nunca ia querer... uma coisa dessas.

– E a mamãe? – perguntei, e as lágrimas começaram a escorrer pelo meu rosto quando me lembrei de como ela tinha falado comigo um pouco antes, lá na cozinha.

– Não, a mamãe nunca ia querer uma coisa dessas – disse o papai. Ele levantou o meu rosto e enxugou minhas lágrimas. – Você está me ouvindo? Você ouviu o que eu disse?

Balancei a cabeça que sim.

– Que bom – disse o papai e me deu um abraço.

Eu me sentei de novo no sofá, e o papai continuou em pé, atrás de mim por um tempo. Ele passou a mão na minha cabeça algumas vezes e depois subiu.

Comecei a ver um novo episódio de *Patrulha Canina*, "O novo filhote". Eu gosto desse episódio porque o Ryder surpreende os filhotes com o patrulheiro da neve, e ele tem um caminhão muito legal! Eles encontraram uma cachorrinha nova, o nome dela é Everest, e ela vira membro da Patrulha Canina. Vi o episódio inteiro e logo em seguida começaria outro, mas olhei as horas no aparelho da tevê a cabo e já eram 20:30, ou seja, muito tarde. Subi para ver o que o papai e a mamãe estavam fazendo e se eles não iam me dizer que era hora de ir para a cama.

Quando terminei de subir os degraus da escada, ouvi as vozes deles e percebi logo que os dois estavam brigando de novo. A porta do quarto deles estava fechada, mas eu podia ouvir a briga assim mesmo. Eu me aproximei bem devagar, para não fazer o chão ranger, e me sentei na frente da porta do quarto deles, com as costas na parede.

– Tudo o que estou dizendo é que isso é um problema nosso, particular, e que não devemos ficar nos exibindo para todo o mundo! Será que não podemos esperar um pouco? – ouvi o papai falar.

A mamãe deu uma gargalhada, uma gargalhada do tipo malvada.

– Não, NÓS não podemos esperar um pouco. Essa é a questão, eu não quero que esse problema seja particular. Não devemos mantê-lo privado. E, para ser sincera, eu não dou a mínima para o que a sua mãe acha.

– Isso não tem nada a ver com a minha mãe – disse o papai. – Ela só chamou minha atenção para o que as pessoas estão falando.

– Pessoas? Que pessoas? Daqui a pouco ninguém mais vai ligar para o que aconteceu, Jim! A vida continua, e vamos ficar aqui, com a nossa vida destruída, e as pessoas não vão se importar. Você não vê isso? E aí vai ser tarde demais para tentar falar sobre isso – disse a mamãe, e as palavras saíam muito rápido. – Eu sei que você está preocupado com o que as pessoas estão pensando – disse ela, engrossando um pouco a voz quando falou "o que as pessoas estão pensando". – Eu, na frente das câmeras, me expondo, certo? Mas, sinceramente, não dou a mínima para isso mais, Jim. Sinceramente não dou a mínima.

– Não seja ridícula. Não tem nada a ver com isso – disse o papai.

– Tem tudo a ver com isso! Estou cansada de fingir. Estou muito cansada de tudo isso. E nada mais importa. Será que você não consegue ver?

– Pelo amor de Deus, Melissa, nós todos estamos no limite. Temos que pensar no Zach. Você viu a reação dele na entrevista. Não devíamos ter deixado ele aparecer nem dar essa entrevista, em primeiro lugar. Eu disse! – falou o papai mais calmamente agora, mas a mamãe, não.

– Você ficou constrangido, não foi? De ver o Zach agindo daquele jeito na frente das pessoas? A nova versão do Andy... E na frente das câmeras! Bem, eles acabaram não mostrando a cena na tevê, então por que você está tão preocupado?

– Isso não é justo – disse o papai. – Não é com isso que eu estou preocupado. Ele está muito triste. Eu nunca vi o nosso filho agindo dessa maneira. E os pesadelos, e o xixi na cama...

– Ele perdeu o irmão, ora essa! – gritou a mamãe. – É claro que você nunca o viu desse jeito. Nós estamos tentando lidar com as nossas emoções, da melhor maneira possível.

– Eu sei disso. Mas você sabe o que ele acabou de me perguntar lá embaixo? Se você queria que ele tivesse morrido no lugar do Andy – disse o papai.

Fiquei com lágrimas nos olhos de novo, só de ouvir aquilo.

A mamãe ficou calada por um tempo. Depois disse:

– Eu... eu perdi um pouco a cabeça com ele mais cedo. Ele agora está com tanta raiva o tempo todo, e já é demais para mim ter que lidar com a minha própria raiva. Eu estou sofrendo também. Todo mundo parece ter se esquecido disso.

– Eu sei que está, Melissa. E eu queria que você procurasse alguma ajuda. Quando você sumiu ontem... o Zach achou que era culpa dele, que ele tinha feito algo errado.

– Quando... eu... sumi...? – disse a mamãe, fazendo um intervalo entre as palavras. Ela parecia muito brava. A voz dela me deu arrepios. – Você está falando sério? Quando eu sumi...?? Ah, isso é sensacional, sen-sa-cio-nal. VOCÊ correu de volta para o trabalho na primeira oportunidade que teve. Você não estava aqui, como sempre. Eu não sumi. Eu estou aqui. Eu estou sempre aqui. Eu lidei com tudo, com todas as coisas difíceis. Com o Andy... tudo ficava em cima de mim. Então não ouse dizer que eu sumi! – gritou a mamãe bem alto nessa última parte.

– Você fez as coisas do seu modo. Você escolheu ficar em casa – gritou o papai. – E não havia lugar para mim nisso tudo!

– Isso é uma tremenda bobagem e nós dois sabemos disso. Você queria que ele ficasse sempre convenientemente medicado para não termos que lidar com ele.

– Eu nunca disse isso. Nunca disse nada disso! Não era o que eu queria. Era o que o médico queria, o médico que VOCÊ escolheu para ele. Você quis levá-lo nesse médico. Ele nos disse o que fazer, e aí você não quis fazer o que ele mandou. Tudo é com você. Tudo é decisão sua. Você dava as cartas, eu não tinha chance de participar de nada, nunca!

A mamãe fez um barulho que parecia um ronco.

– A parte triste da história é que você acredita mesmo nisso! Você queria participar, mas eu não deixei?! Então devo ter deixado você ficar fodendo por aí, não é?

O papai começou a dizer alguma coisa, mas a mamãe interrompeu.

– Por favor, eu não sou estúpida, Jim. Sei que tem alguma coisa acontecendo. Pode parar de mentir agora.

Depois que a mamãe disse isso, eles ficaram em silêncio por um tempo. E aí a mamãe começou a falar de novo:

– Você não queria lidar com... isso. Você não queria lidar com o Andy. Um filho com transtorno desafiador de oposição não era parte do plano. Você me deixou completamente sozinha. Como é que eu podia ficar aqui? E agora... agora... eu ainda estou sozinha com tudo isso. Eu sei que o Zach está sofrendo. Você acha que eu não sei disso? Estou tentando...

A mamãe parou de falar, e eu ouvi que ela começou a chorar.

– Melissa, posso, por favor... – disse o papai baixinho.

– Não! Não!... Não – disse a mamãe no meio do choro. – Eu não sei como viver assim, Jim, você está me entendendo?! Como é que eu vou viver assim? Preciso fazer alguma coisa... Preciso fazer justiça.

– Como é que a gente vai fazer justiça? – perguntou o papai, e pareceu igualzinho a quando ele falou comigo lá no armário e ficou dando tapinhas nas minhas costas depois do pesadelo que eu tive com o Andy e ele queria me acalmar.

Mas a mamãe não se acalmou. A voz dela ficou muito alta de novo e o choro também.

– Pelo Andy. Não posso não fazer nada, não posso deixar que eles escapem. Se eu não fizer alguma coisa, então não vou conseguir mais viver.

– Sair em busca de uma vingança furiosa não vai trazer o Andy de volta... – começou a dizer o papai, e a mamãe o interrompeu.

– Vingança furiosa?? Vingança furiosa?? Vá se foder! – gritou ela.

Tapei os ouvidos para não escutar. Os meus ouvidos estavam doendo de tantos gritos e nomes feios. O meu coração doía também.

– Me desculpe, eu não quis dizer isso – disse o papai.

– Você disse isso, sim! – gritava a mamãe. – Você, sempre tão sereno o tempo todo, certo? Não mostra suas emoções, ou melhor, não tem nenhuma! Como é que você consegue? Não vejo você chorar... Como isso é possível? Como é que você não está chorando? Isso não é normal!

Eu podia ouvir a tristeza da mamãe bem alto, mesmo do outro lado da porta. Mas eu podia ouvir a tristeza do papai também. Não era tão barulhenta quanto a da mamãe, mas era tristeza também. Uma tristeza silenciosa. Talvez a mamãe não conseguisse ouvir porque ela estava fazendo muito barulho. E a mamãe não tinha visto o papai no carro como eu vi, quando a gente saiu do hospital, quando parecia que a tristeza estava machucando o corpo dele todo, e ele chorava sem fazer nenhum som.

– Você sabe de uma coisa, Jim? – perguntou a mamãe. – Você quer uma chance de participar? Bem, então por que você não assume as coisas pelo menos uma vez? Não posso tomar conta do Zach agora. Não consigo mais fazer isso. Não sei como. Não consigo mais, não consigo – disse a mamãe e ela não estava chorando agora. Só parecia cansada. Depois de um tempo, ela continuou: – Preciso terminar de fazer a mala.

Ouvi passos se aproximando da porta, então me levantei rápido e desci correndo a escada. Na minha cabeça eu só me lembrava do que a mamãe tinha dito no fim da briga: "Não posso tomar conta do Zach agora. Não consigo mais fazer isso." Quando entrei na cozinha, chutei o banco da bancada com muita força.

33
Uma vida impossível de viver

De manhã, o lado da cama da mamãe ainda estava arrumado, e o papai também não estava lá. Fui para o meu quarto e olhei pela janela. O Audi do papai não estava parado na nossa entrada, então isso queria dizer que ele já tinha saído para o trabalho.

Não teve mais neve depois daquele dia em que eu e o papai tomamos milk-shakes no almoço, mas também não choveu mais. Só ficou muito frio. Eu podia ver o branco do frio por cima da grama e dos carros na rua. Encostei a mão no vidro da janela e senti um arrepio no meu corpo inteiro.

Quando desci a escada, ouvi o barulho da tevê ligada e vi a Mimi sentada no sofá que ficava bem em frente à tevê.

– A mamãe já está aparecendo? – perguntei, e a Mimi se virou rápido porque ela não sabia que eu já estava ali.

– Bom dia! Não, ainda não, meu anjo – disse a Mimi, pegando o controle remoto e desligando a tevê.

– Posso assistir com você? – perguntei, me sentando ao lado dela no sofá.

– Ah... Hã... Acho que não, meu anjo. Não tenho certeza... – disse a Mimi, olhando para o aparelho desligado.

– Mas eu quero ver a mamãe! – falei, e comecei a sentir aquela sensação quente da raiva na minha barriga. E então gritei para a Mimi: – EU QUERO VER A MAMÃE NA TEVÊ!

– Zach, meu anjo, por favor, não fique zangado. Eu... eu não sei se a mamãe ia querer que você assistisse... – disse a Mimi.

Eu interrompi a Mimi e contei uma mentira.

– A mamãe me prometeu que eu ia ver ela falando na tevê. Você não pode quebrar a promessa dela.

– Ela prometeu? Eu não falei com ela sobre isso... Bem... Tá bom, acho que já vai começar... – falou a Mimi pegando o controle remoto e ligando a tevê novamente.

Um homem com um sapato preto brilhante estava sentado num sofá vermelho comprido entre duas mulheres. Ele começou a falar:

– *Apenas um mês se passou desde o ataque à Escola Fundamental McKinley. Enquanto eu e todo o nosso país ainda estamos tentando entender uma tragédia dessa magnitude, temos que nos lembrar de que dezenove famílias estão lidando com suas perdas, e que em particular quinze dessas famílias estão lidando com uma perda quase impossível de se imaginar.*

As duas mulheres no sofá fizeram umas caras tristes. O homem continuou:

– *Quinze famílias em particular estão tentando lidar com a perda de crianças, levadas deste mundo de uma maneira trágica e violenta.*

O homem se virou para o lado e falou com uma das mulheres no sofá.

– *Jennifer, poucas famílias aceitaram falar sobre suas perdas, mas você conseguiu falar com algumas delas nas últimas semanas, certo? Mais cedo, nesta manhã, você teve a chance de sentar e conversar com uma das mães, Melissa Taylor, que perdeu o filho de dez anos, Andy, no ataque à McKinley.*

– *Isso mesmo, Rupert* – respondeu a mulher chamada Jennifer. – *É realmente devastador ver ao vivo o que essas famílias estão passando. Elas estão tentando achar uma maneira de lidar com essa perda diariamente, e esperam encontrar algum conforto na lembrança dos seus filhos. Especialmente agora, com as férias do fim do ano se aproximando, você sabe, elas estão apenas tentando viver um dia depois do outro... Às vezes por causa das outras crianças da família, os irmãos.*

O homem e a outra mulher balançaram a cabeça fazendo sim.

– *Os Taylor são uma dessas famílias de que você falou, Rupert. Eles perderam o filho Andy naquele trágico dia. O Andy estava no quinto ano, tinha dez anos, e estava no auditório quando o atirador entrou na escola. Como você provavelmente já sabe, o auditório da escola foi o primeiro lugar onde o atirador abriu fogo e foi onde a maioria das vítimas estava. A mãe do Andy, Melissa Taylor, gentilmente concordou em conversar comigo nesta manhã. Ela me deu, como você pode imaginar, uma visão muito comovente e vívida do calvário pelo qual ela e sua família estão passando. Vamos dar uma olhada.*

E então, de repente, a imagem da tevê mudou do homem com as duas mulheres no sofá para a mamãe. Ela parecia diferente. O cabelo dela estava diferente, maior no alto da cabeça, e ela estava toda maquiada, o que deixava o rosto dela muito diferente. Ela usava um casaco e uma saia vermelhos que eu nunca tinha visto antes, e estava sentada numa cadeira marrom que fazia com que ela parecesse menor. Ela parecia a garotinha da história dos três ursinhos sentada na cadeira errada, na cadeira do papai ou da mamãe-urso, muito grande para ela. Era estranho ver a mamãe na tevê. Eu estava aqui, na nossa casa, no nosso sofá, e a mamãe estava dentro da tevê como se ela não fosse uma pessoa de verdade no mundo de verdade.

A mulher chamada Jennifer estava sentada numa cadeira marrom grande também, um pouco longe da mamãe, e tinha uma mesa entre as duas com uma caixa de lenços de papel e duas xícaras.

– *Sra. Taylor, o seu filho Andy foi uma das quinze crianças que perderam a vida naquele dia terrível na escola McKinley. Obrigada por estar aqui hoje e ter concordado em compartilhar a história da sua família e as suas lembranças do Andy conosco.*

Na tevê, a imagem mudou da mamãe e da mulher chamada Jennifer para uma foto do Andy, aquela do dia da gincana, em que ele estava fazendo uma cara engraçada e parecia que ia pular da tela. Eu podia ouvir a voz da mamãe enquanto mostravam a foto.

– *O Andy era uma força da natureza. Ele era incrivelmente inteligente e tinha muita energia, sabe?*

Ouvi um barulho e achei que a mamãe estava chorando.

– *Ele tinha acabado de fazer dez anos, algumas semanas antes de... morrer. Eu queria fazer uma festa na nossa casa como sempre fazíamos, mas ele não queria festa. Ele disse que não era mais criança...* – disse a mamãe, e a voz dela ficou alta de repente e meio fina, e a imagem da tevê mudou para ela de novo; o rosto dela ficou enorme na tela.

Eu pude ver as lágrimas escorrendo pelo rosto da mamãe, junto com uma coisa preta que devia ser da maquiagem. A mamãe enxugou os olhos com um lenço de papel e voltou a falar.

– *O Andy achava que não era mais criança para fazer uma festa. Agora que ele tinha "dois dígitos"..., ele adorava dizer isso, queria convidar os amigos para fazer alguma coisa diferente. E nós fizemos, fomos andar de kart e ele adorou e se divertiu muito, mas eu queria que tivéssemos feito uma grande festa para ele pela... última vez...*

Ouvi um barulho ao meu lado. Era a Mimi chorando. Ela estava olhando para a tevê e todo o rosto dela estava enrugado.

– *Como você e a sua família estão lidando com essa perda? Você e o seu marido? E eu sei que vocês têm um outro filho, o Zach, de seis anos* – disse a mulher chamada Jennifer.

O meu rosto ficou quente de repente quando ouvi a mulher dizer o meu nome.

– *Acho que tudo o que podemos fazer é viver um dia depois do outro* – disse a mamãe, e chegou para a frente na cadeira e segurou um lenço com as duas mãos. – *Porque... temos que seguir em frente, não temos opção.*

Mais lágrimas escorriam pelo rosto da mamãe, mas ela não usou o lenço para enxugar, apenas deixou que elas caíssem.

– *Quero dizer, toda manhã eu acho que não vou conseguir. Acho que não vou conseguir passar por mais um dia, mas aí eu passo, de alguma forma, porque tenho um outro filho que precisa de mim. E aí faço isso no dia seguinte de novo e no outro... Cada dia que passa é um dia a mais que eu não abracei o meu filho, que eu não vi o meu filho, que não olhei para o rosto e o sorriso lindos dele. A lacuna que existe entre o tempo presente e a última vez que estivemos juntos continua crescendo, e não posso fazer nada para impedir. Eu queria parar o tempo e ficar o mais perto dele que puder. Porque isso... isso...* – a mamãe fez uma pausa, as suas mãos estavam tremendo muito – *...agora é o mais próximo que vou ficar do meu filho. Eu não posso aguentar acordar de manhã e sentir que essa lacuna está só aumentando. Que o meu filho está se afastando de mim cada vez mais.*

A mamãe levantou o lenço e assoou o nariz.

– *A vida sem o meu filho é impossível de viver, mas eu tenho que continuar vivendo todos os dias.*

As últimas palavras da mamãe saíram emboladas no choro, e a mulher chamada Jennifer chegou para a frente e deu à mamãe um outro lenço de papel, e também deu uns tapinhas na mão dela.

A Mimi fez um som de "Ah" e cobriu o rosto com as mãos.

A imagem da tevê trocou para a mamãe mais afastada da câmera, e ela não estava mais chorando. Aquilo era estranho, como se a gente piscasse e de repente ela parasse de falar e de chorar.

A mulher chamada Jennifer disse:

– *Sra. Taylor, a senhora e algumas das outras vítimas se juntaram e estão começando a levantar suas vozes contra esse trágico acontecimento que na opinião de vocês podia ter sido evitado. Você pode falar um pouco sobre isso?*

– *Sim, é isso mesmo* – disse a mamãe. – *Eu... Nós... acreditamos que não podemos seguir em frente sem... se as pessoas que acreditamos serem responsáveis não forem responsabilizadas.*

A mamãe falava rápido, e fiquei observando as mãos dela amassando o lenço de papel como se fosse massinha de modelar.

– *Quando você diz "as pessoas que acreditamos serem responsáveis", você quer dizer...* – disse a mulher chamada Jennifer.

– *A família do atirador. Os pais dele* – disse a mamãe.

Agora ela tinha dito aquela coisa sobre o Charlie e a mulher dele, e ela disse aquilo na tevê. Todo mundo ia ouvir, talvez até o Charlie estivesse vendo aquilo na tevê naquela hora.

– *Você acha que os pais de Charles Ranalez devem ser responsabilizados pelo que o filho deles fez? Você acha que eles são parcialmente culpados?* – perguntou a Jennifer.

– *Ah, eu acho que eles são mais do que parcialmente culpados* – disse a mamãe, e a voz dela ficou alta de repente de novo.

A Mimi fechou os olhos e soltou o ar devagar. Senti vontade de fechar os meus olhos também. Eu não sabia por quê, mas eu não gostava da maneira que a mamãe estava falando, queria parar de ver aquilo.

– *O filho deles era doente, já havia muitos anos. E parece que eles tiveram todo o tipo de sinais de que ele podia fazer... algo ruim. No entanto, até onde sabemos, não havia supervisão médica nem qualquer intervenção profissional nos últimos anos. Ninguém faz uma coisa dessas do nada. É algo que vai se construindo com o tempo. E o meu filho... o meu filho ainda poderia estar aqui se... se as coisas tivessem sido tratadas de um modo diferente.*

A Mimi se levantou e apontou o controle remoto para a tevê e abaixou o volume.

– Tá bom, Zach, acho que já é o bastante – disse ela.

Eu ainda estava olhando para a tevê, e vi a mamãe falando ainda por algum tempo, e a mulher chamada Jennifer disse alguma coisa mais algumas vezes, e aí a imagem voltou para o homem, a mulher chamada Jennifer e a outra mulher sentados no sofá. Eles estavam falando, eu via os lábios deles se mexendo, e eles balançavam a cabeça bastante também, fazendo sim e não.

– Vamos tomar café, meu anjo? – perguntou a Mimi e desligou a tevê.

Eu a segui até a cozinha e fiquei vendo a Mimi preparar o meu café da manhã. O tempo todo eu tinha uma sensação estranha na minha barriga, uma sensação ruim, como se eu estivesse sentindo dor, e aí percebi que eu estava com vergonha. Mas eu não estava com vergonha por minha causa. Eu estava com vergonha por causa da mamãe.

34
Compaixão, empatia e amor

A porta se abriu e eu sabia que era o papai. Quando olhei por entre as camisas e casacos do Andy, vi a mão dele balançando um pacote de cookies pela abertura da porta. E o pacote começou a falar comigo.

– Olá, rapazinho. Eu gostaria de saber se você está interessado em comer alguns dos cookies que estão dentro de mim.

O papai estava fazendo uma voz engraçada para fingir que era o pacote falando comigo. Eu respondi fazendo uma voz engraçada também.

– Sim, sr. pacote, estou interessado em comer os cookies que estão dentro do senhor. Obrigado.

E me inclinei para a frente e arranquei o pacote da mão do papai.

A porta do armário se abriu completamente e o papai estava lá sorrindo. Aí ele me perguntou:

– Posso entrar? Para a gente comer cookies juntos aí dentro?

Eu disse que sim, e ele veio engatinhando para dentro do esconderijo.

– Da próxima vez, você tem que trazer um saco dormir, um cobertor ou coisa parecida para você, porque esse aqui é pequeno demais para duas pessoas – falei.

– Sim, senhor – respondeu o papai, colocando a mão na testa e fazendo aquele gesto dos soldados.

Depois ele se sentou de pernas cruzadas igual a mim, abriu o pacote de cookies e colocou o pacote entre nós dois. Nós pegamos um cookie quase ao mesmo tempo.

– O que você está fazendo? – perguntou o papai.

– Lendo.

– Para o Andy? – perguntou outra vez o papai, olhando para a foto na parede.

– É...

– Posso ouvir também? O que você está lendo?

Mostrei a ele a capa de *Um dia assustador em alto-mar*.

– Já estou na página 78, então você não vai entender a história – falei.

– Você não pode me contar o que aconteceu até aqui? – perguntou o papai.

– Tá bom. O Jack e a Annie aterrissaram com a casa da árvore mágica numa ilha bem pequena e um navio chamado *HMS Challenger* veio, cheio de exploradores e cientistas. Eles deixaram o Jack e a Annie subirem no navio, e a tripulação contou aos dois que estava procurando um monstro marinho que parecia um ninho de serpentes flutuantes.

– Caramba! – disse o papai.

– É... E aí veio uma tempestade enorme e o Jack e a Annie foram levados do barco pelas ondas, mas foram resgatados por um polvo gigante. O polvo gigante era o monstro marinho que a tripulação do navio estava procurando, mas ele não era um monstro de verdade, ele salvou o Jack e a Annie de morrerem afogados no oceano. Mas a tripulação não sabe disso, e aí tenta capturar o polvo para matar. E agora o Jack e a Annie estão pensando em como eles podem salvar o polvo. Eu parei nessa parte, e agora só faltam dois capítulos para acabar.

– Parece muito bom. Vá em frente – disse o papai, pegando um outro cookie, depois encostou a cabeça na parede e fechou os olhos.

Peguei um outro cookie também e comecei a ler em voz alta.

O Jack e a Annie usam a varinha mágica e fazem o polvo falar, e a tripulação do navio entende que o polvo não é um monstro, aí deixa que ele vá embora. No fim, o Jack e a Annie descobrem que o terceiro segredo da felicidade é ter compaixão por todas as criaturas vivas. Eu não sabia o que compaixão queria dizer, mas aí o Jack explicou para a Annie.

– "*Compaixão é quando a gente sente empatia e amor pelas criaturas vivas.*" O que quer dizer empatia? – perguntei ao papai, porque essa é uma palavra difícil também.

O papai abriu os olhos.

– É quando a gente se importa com os outros e consegue perceber como eles estão se sentindo. A gente tenta entender o que os outros estão sentindo. É difícil de explicar.

– É como se a gente sentisse a mesma coisa que uma pessoa está sentindo?

– É, é isso. Acho que é isso que o texto quer dizer... – disse o papai.

– Mas como é que isso vai fazer a gente ficar feliz? No começo achei que a gente podia tentar usar os segredos da felicidade que o Jack e a Annie estão descobrindo, mas esse é sobre as criaturas vivas, a natureza e os animais e coisas parecidas, então acho que ele não vai funcionar com pessoas.

– Hum... Esse é o terceiro segredo da felicidade, é? Quais são os dois primeiros? E para que eles servem? – quis saber o papai.

– O Jack e a Annie estão tentando descobrir os quatro segredos da felicidade para ajudar o Merlin. Ele é um mago e não está se sentindo muito bem. Ele está triste e precisa dos segredos para se sentir melhor. O primeiro era prestar atenção em todas as pequenas coisas na natureza à nossa volta. E ser curioso foi o segundo. Mas eu tentei os dois e eles não funcionaram.

O papai pensou um pouco antes de me responder.

– Bem, as pessoas também são criaturas vivas. Eu acho que faz sentido o que eles estão dizendo. A gente pode se sentir feliz se não pensar apenas em si mesmo, mas pensar nos outros e se importar com eles. Quando a gente tenta sentir empatia, talvez consiga entender por que as pessoas agem de determinada maneira. A gente não vê apenas o comportamento delas, mas tenta entender de onde esse comportamento está vindo. O que você acha?

Pensei um pouco sobre o que o papai disse. Nós dois pegamos outro cookie e só restaram mais dois no pacote.

– Acho que a gente devia ter feito isso com o Andy – falei.

– O que você quer dizer?

– Eu só percebia que o Andy se comportava mal o tempo todo e que ele era malvado comigo. Um monte de vezes eu não gostava dele por isso, e não tentei sentir em...patia – falei. – Talvez o Andy não se comportasse tão mal um monte de vezes se percebesse que a gente estava sentindo em...patia... dele.

– Por ele – corrigiu o papai.

– Por ele – repeti e sacudi os ombros.

O papai colocou o cookie em cima do saco de dormir e olhou para mim. Ele abriu a boca como se fosse falar alguma coisa, mas nenhuma palavra saiu.

– Por que você acha que ele estava fazendo isso? – perguntei.

– O quê? – perguntou o papai, e a voz dele estava diferente.

– Se comportando daquela maneira o tempo todo – falei. – Se comportando mal.

O papai fez um barulho com a boca como se fosse tossir e ficou olhando para as mãos, puxando aquelas pelezinhas que ficam em volta das unhas.

– Não sei, filho.

– Eu acho que era por causa do Hulk – falei.

– Do Hulk? – perguntou o papai, levantando os olhos e olhando para mim.

Ele estava com umas rugas na testa.

– É, o Hulk fica muito zangado e então fica maluco de raiva, mesmo que, bem lá dentro dele, não tenha vontade fazer isso, mas não consegue se controlar. Depois, quando ele volta ao normal, quando ele é Bruce Banner de novo, se sente mal pelo que fez. Eu acho que era isso que acontecia com o Andy, e agora isso acontece comigo também.

– Por que você acha que isso acontece? – perguntou o papai.

– Não sei. É uma sensação estranha que vai entrando dentro de mim muito rápido e eu não consigo fazer nada.

– Mas quando ela entra dentro de você assim rápido, o que aconteceu antes? – perguntou o papai.

Pensei nisso por um instante.

– A primeira vez foi na entrevista, quando eu não queria falar.

– É, você ficou muito zangado mesmo.

– É. E agora eu quero ficar junto com você e a mamãe o tempo todo, mas eu não consigo, e aí essa sensação acontece – falei.

– Eu... Isso faz sentido – disse o papai.

Nós dois ficamos em silêncio por muito tempo.

– Papai?

– Sim, filho?

– Você e a mamãe sentiam em...patia... pelo Andy quando ele estava vivo? – perguntei, e olhei para o rosto triste do Andy na foto, e fiquei pensando que devia ter sido muito triste para ele ninguém na família tentar sentir o que ele estava sentindo. Agora o Andy tinha morrido.

– Bem – disse o papai, fazendo de novo aquele barulho como se fosse tossir. – Acho que nós sentíamos. Acho que... nós... tentávamos. Mas... não era fácil, e acho que nós podíamos ter nos esforçado mais. Acho que devo dizer "eu" nesse caso. Eu podia ter me esforçado. Eu devia ter me esforçado mais.

O rosto do papai ficou muito triste quando ele disse isso, e senti uma coisa na minha garganta.

– Você acha que é tarde demais para pensar nisso, porque o Andy morreu e ele não vai mais saber que a gente está sentindo em...patia... por ele? Ou você acha que ele pode sentir, ou coisa parecida, agora? – perguntei.

– Não acho que seja tarde demais, não. Acho que é muito bom mesmo... que você esteja pensando sobre isso. Você é uma criança muito especial, Zach.

– Acho que vou fazer uma pintura para a em...patia – disse.

– Isso é uma boa ideia – respondeu o papai.

– De que cor você acha que ela é?

– Ah, essa é uma pergunta difícil – disse o papai. – É um sentimento bom, certo? Então acho que tem que ser uma cor clara... Que tal branco? O branco é...

– Uma coisa limpa ou coisa parecida.

– É, é isso, limpa, pura. A empatia é um sentimento puro – disse o papai.

– O que é puro? – perguntei.

– Bem, é... limpo, sincero, não egoísta, acho.

– Tá bom, então, branco. Isso é muito fácil de fazer, nem preciso pintar nada, a gente só precisa de uma folha de papel. Vou pegar.

Saí correndo do esconderijo e peguei uma folha de papel no meu quarto e voltei para lá. Peguei a fita adesiva e pendurei a "pintura" da empatia na parede. O papai e eu nos encostamos na parede do outro lado e ficamos olhando para a nova "pintura" junto com as outras.

– Tem um monte de sentimentos, né? – falei.

– É, tem mesmo. Mas você tem razão. É mais fácil olhar para eles assim, separados. Você é muito esperto, Zach – disse o papai, e eu sorri porque me senti bem quando ele disse isso, e pensei que o terceiro segredo da felicidade estava funcionando: eu estava me sentindo um pouquinho mais feliz agora.

35
Voltando para a escola

A mamãe voltou de Nova York, mas não era a mamãe antiga, era uma mamãe nova, uma pessoa diferente, aquela que ela começou a se tornar quando ficou muito zangada com o Charlie e a mulher dele quando eles vieram até a nossa casa. Naquele dia que foi como se ela tivesse sido cutucada com um pedaço de pau igual à cobra lá na nossa escola. Agora, a mamãe era desse jeito o tempo todo. Não tinha sobrado nada da mamãe antiga. Ela só usava sapatos de salto alto, mesmo em casa, e falava no telefone sempre. Ela estava dando mais entrevistas pelo telefone, e também conversava muito com as pessoas que ela chamava de "sobreviventes". Toda vez que ela desligava o telefone por um segundo, ele começava a tocar de novo logo em seguida.

No começo, eu ficava espionando e ouvindo o que ela falava no telefone. Não era bem espionagem aquilo, porque a mamãe não estava tentando manter o que ela dizia em segredo. Ela falava bem alto, na cozinha ou em qualquer lugar da casa. Ela via que eu estava escutando e não dizia que eu não podia escutar ou coisa parecida. Então tecnicamente não era espionagem, mas eu sabia que ficar escutando a conversa dos outros não era uma coisa bonita, só que aí, de repente, perdi a vontade de escutar as conversas dela. Tudo o que a mamãe falava era sobre o Charlie e a mulher dele, e que o que aconteceu tinha sido culpa deles. Ela dizia a mesma coisa de novo e de novo. E estava ficando muito chato escutar aquilo o tempo todo, e isso me fazia ficar com raiva também.

Na manhã seguinte, quando estava esperando o papai descer para a gente ir até a escola, ouvi a mamãe terminando uma ligação lá na cozinha. Aí ela veio para o corredor.

– Tudo certo, essa foi a minha última ligação agora na parte da manhã – disse, sorrindo para mim.

Mas eu não sorri para ela.

– Você não está sentindo compaixão – falei.

O sorriso da mamãe desapareceu e ela olhou para mim com uma cara feia, apertando os olhos. O papai veio descendo a escada procurando por mim.

– O que significa isso? – disse a mamãe, e a voz dela estava tão feia quanto o rosto.

– Isso quer dizer que você não está tentando sentir em...patia pelo Charlie e pela mulher dele. Você não está tentando sentir como eles estão se sentindo – expliquei.

– Mas é claro que não! – disse a mamãe.

– Deixe isso para lá, Melissa – disse o papai.

– Não, não vou deixar isso para lá – disse a mamãe, olhando para nós dois com raiva. – Você dois estão do mesmo lado agora, é? Eu não estou tentando sentir como eles estão se sentindo, não é, Zach? – perguntou a mamãe, e parecia que ela estava querendo rir da minha cara.

Não olhei para a mamãe nem respondi. Fingi que tinha que amarrar o meu tênis de novo, embora ele já estivesse muito bem amarrado.

– Bem, você está certo numa coisa, Zach. Eu não dou a mínima para o que eles estão sentindo – disse a mamãe, e aí voltou para a cozinha.

Continuei olhando para o meu tênis, mas ele estava todo borrado agora, porque os meus olhos estavam cheios de lágrimas por causa da maneira que a mamãe tinha falado comigo. Comecei a achar que ela não me amava mais.

– Vamos – disse o papai, e nós dois saímos de casa.

No carro, a caminho da escola, a gente não falou nada. Mas quando o papai parou na porta da escola com o motor ligado, eu disse:

– Não foi uma boa ideia falar com a mamãe sobre a em...patia. Eu queria ajudar a mamãe a se sentir melhor e a ficar feliz de novo, mas acabou que fiz o contrário, fiz ela ficar com mais raiva ainda. Todos esses segredos idiotas não funcionam.

Olhei para a janela. Tinham crianças entrando pela porta da frente da escola, e eu podia ouvir as vozes delas, gritando, rindo, falando alto. Elas iam ter um dia normal na escola, era fácil para elas entrar.

– Você vai entrar? – perguntou o papai, como sempre.

– Hoje, não – respondi, como sempre.

– Certo – disse o papai, começando a se afastar da escola. Por um tempo, ficamos em silêncio no carro, e aí o papai falou: – Você sabe de uma coisa? Acho que as pessoas têm que estar prontas para deixar os segredos da felicidade funcionarem. Tem que ser no tempo certo.

– Agora não é o tempo certo para a mamãe? – perguntei.

– Acho que não – respondeu o papai.

– Papai?

– O que é, filho?

– Eu sinto falta da mamãe. Da mamãe antiga.

– Eu também – disse o papai, e chegamos de volta em casa.

O papai me levou até dentro de casa dessa vez. A mamãe estava logo ali no corredor de entrada e ainda parecia com muita raiva.

– Ah, não! – disse ela, em voz alta. – Chega, Zach. Você tem que ir à escola. Você já perdeu seis semanas de aula. Entre no carro, eu vou levar você desta vez.

Agarrei o braço do papai.

– O papai disse que eu não preciso ir se não estou pronto.

– Você está pronto – disse a mamãe. – Nós precisamos de um pouco de espaço aqui. Entre no carro.

– Melissa, será que eu posso falar com você lá na cozinha? – disse o papai, e pela voz dele senti que ele estava ficando com raiva também, mas a mamãe não ligou.

– Não, chega de conversa também. Vamos logo, Zach – disse a mamãe e agarrou o meu braço, me puxando com força na direção da porta que dava na garagem.

Eu me virei para olhar para o papai, mas ele só ficou ali parado e não me ajudou.

A mamãe me obrigou a entrar no carro e depois dirigiu rápido de volta para a escola. Ela pisava no freio com força e comecei a ficar enjoado, e eu nunca tinha ficado enjoado antes com a mamãe dirigindo. Comecei a chorar, mas era um choro de raiva. O papai tinha que ter me ajudado. Ele tinha me prometido que eu não precisava ir se não estivesse pronto, mas a mamãe estava me levando para a escola, e o papai estava quebrando a promessa que tinha feito.

A mamãe parou na frente da escola, no mesmo lugar onde eu e o papai tínhamos parado um pouco antes, no carro dele. Ela saiu do carro, deu a volta e abriu a minha porta.

– Saia do carro, Zach – disse ela.

– Eu não quero ir – respondi.

– Eu entendo – disse a mamãe, tentando parecer mais educada. – Mas já está na hora. Eu entro com você.

– Você está tentando se livrar de mim! – gritei. – Você só quer ficar falando naquele telefone idiota! Você não liga mais para mim!

Umas pessoas na frente da escola pararam e ficaram olhando para a gente, e aí eu virei a cabeça para eles não verem o meu rosto. A mamãe disse bem baixinho:

– Pela última vez, Zach, saia do carro!

E percebi que ela não ia desistir, que ela ia me fazer entrar na escola de qualquer maneira. Saí do carro. Eu ainda estava me sentindo enjoado.

Vi que as pessoas ainda olhavam para mim, então abaixei a cabeça e fiquei olhando para o meu tênis. A mamãe foi andando na minha frente.

Na porta da escola, tinha uma guarda de segurança do lado de fora. Era uma mulher, e ela usava um crachá onde o nome dela estava escrito: Mariana Nelson. Ela era baixinha, mas tinha as costas largas. Ela parecia quase um quadrado, e o rosto dela era redondo como uma bola.

– Oi, posso ajudar? – perguntou a guarda para a mamãe.

– Sim, este aqui é o Zach Taylor. Hoje é o primeiro dia dele aqui. O primeiro dia dele depois... depois do caso da escola McKinley – contou a mamãe.

– Ah, certo – respondeu a guarda. – Bem-vindo, Zach. Quem é a sua professora, querido?

Eu não disse nada, porque eu não sabia e também porque não queria falar.

– A srta. Russell, a professora dele na McKinley – disse a mamãe, e eu olhei para ela porque eu não sabia que a srta. Russell seria a minha professora aqui e aquilo era bom, pelo menos.

– Certo, meu colega Dave está lá dentro. Ele vai levar você até a secretaria para confirmar se o seu nome está na lista da turma e depois vai acompanhar você até a sala da srta. Russell – disse a guarda, e sorriu para mim.

Agarrei o braço da mamãe.

– Você disse que ia entrar comigo!

– Será que eu posso, por favor... Ele ainda está... Ele ainda está nervoso. Posso entrar com ele? – perguntou a mamãe.

– Sinto muito, não permitimos pais dentro da escola nos horários de entrada e saída. Uma das novas regras depois... da McKinley.

– Você prometeu! – gritei para a mamãe e agarrei bem forte o braço dela.

– Não se preocupe, nós vamos tomar conta de você – disse a guarda. –Vamos tomar conta de você direitinho. Ela apertou a campainha da porta, que logo se abriu.

– Dave? – gritou ela lá para dentro.

– Sim?

Um guarda de segurança homem veio. Ele era bem diferente da guarda mulher, muito alto e magro.

– Dave, será que você pode acompanhar esse rapazinho até a secretaria primeiro e depois até a sala da srta. Russell? É o primeiro dia dele hoje – contou a guarda mulher.

– Claro – disse o guarda homem. – Vamos lá, campeão.

Eu não me mexi.

– Entre, Zach – disse a mamãe. – Você tem que ser corajoso agora. Estarei aqui para pegar você na saída, tá bom? Tá bom, filho?

Não respondi, apenas fiquei balançando a cabeça fazendo que não muitas e muitas vezes. A mamãe me abraçou, mas eu não abracei a mamãe.

– Às vezes é melhor ser uma coisa rápida, como arrancar um Band-Aid – disse a guarda mulher para a mamãe. – Daqui a dois minutos ele vai estar alegre e feliz como só eles sabem ser.

– É... – disse a mamãe, e a guarda mulher me deu um empurrãozinho para dentro e a porta fechou logo atrás de mim.

A mamãe e a guarda mulher estavam do lado de fora, e eu estava dentro da escola com o Dave, o guarda homem. Eu queria me virar e gritar, e bater na porta chamando pela mamãe, mas um monte de crianças estava ali no corredor, olhando para mim. Por isso não fiz nada.

– Venha por aqui, campeão – disse o Dave, o guarda homem, e começou a andar pelo corredor, e percebi que o corredor era parecido com o da minha outra escola e cheirava parecido também.

O Dave entrou na secretaria que ficava do lado direito do corredor, que também era parecida com a da minha outra escola.

– Claudia – disse o Dave para uma mulher de cabelo cinza, que olhou para nós dois sorrindo. O guarda homem colocou a mão no meu ombro e continuou: – Este aqui é o Zach... Qual é o seu sobrenome, campeão? – perguntou ele para mim.

– Taylor – respondi bem baixinho.

– Este é o Zach Taylor, da turma da srta. Russell.

A mulher de cabelo cinza foi até um armário, tirou uma pasta vermelha e deu uma olhada nos papéis que estavam dentro.

– Ah, sim – disse ela. – Zach Taylor. Estávamos esperando você – continuou, e sorriu para mim de novo.

– Certo, então vamos para a sua sala – disse o Dave.

Fomos andando pelo corredor e viramos à direita. Ele falava comigo o tempo todo, mas eu não dizia nada. Comecei a sentir uma sensação estranha e assustadora de que tinha alguém atrás de mim, me seguindo, e essa sensação foi ficando maior e maior.

Eu estava com medo de me virar e ver o que era, e de repente achei que eram as pessoas mortas que estavam atrás de mim e que tinha sangue por toda a parte no corredor. Comecei a andar mais rápido, e o meu corpo todo ficou muito quente. Vi uma porta no fim do corredor e tive vontade sair correndo, porque a sensação assustadora estava muito maior agora. O guarda homem parou de andar e esbarrei nele.

– Ei, campeão, devagar, devagar. Chegamos! Esta é a sala da srta. Russell.

36
Tempestade de raios e trovões

– Zach! Oi! Eu não esperava ver você hoje! – disse a srta. Russell quando o Dave abriu a porta.

Ela veio lá do fundo da sala, parecendo muito feliz em me ver, e me deu um abraço. Todos os meus amigos da minha turma antiga estavam lá e disseram oi para mim e que estavam felizes também porque eu estava de volta e coisas parecidas. Eu não gostava de ter tanta gente olhando para mim ao mesmo tempo, então a srta. Russell mostrou onde era o meu lugar. Eu estava junto com o Nicholas de novo. Era como se a gente ainda estivesse na Escola McKinley e nada tivesse mudado.

– Muito bem, turma, vamos voltar ao trabalho – disse a srta. Russell, e todo mundo pegou o livro de exercícios e o lápis e começou a responder às questões. – Zach, por que você não vem se sentar aqui comigo um pouco?

Eu me sentei do lado dela na mesa da professora.

– Você ainda tem a medalhinha que lhe dei? – perguntou a srta. Russell baixinho, para que só eu ouvisse o que ela estava perguntando.

– Tenho – respondi. – Está no meu... Coloquei num lugar bem seguro e olho sempre para ela.

A srta. Russell sorriu.

– Que bom! Ela sempre me ajudou quando... quando eu estava triste por algum motivo. Ela me ajudou a imaginar que a minha avó estava olhando por mim em algum lugar, você está me entendendo?

Balancei a cabeça que sim.

– Eu realmente acredito nisso, com todo o meu coração – disse a srta. Russell. – O seu irmão também está. Ele não foi embora, ele está olhando por você também.

A srta. Russell levantou a mão e fez um carinho na minha bochecha, e comecei a sentir alguma coisa bem grande presa na minha garganta.

– Você fez o dever de casa que mandei? Vamos corrigi-lo juntos? – perguntou a srta. Russell, e aí ela parou de fazer carinho na minha bochecha.

Ela pegou uma pasta na mesa e mostrou os deveres que a turma fez durante o tempo em que eu não vim à aula. Eram os deveres que a Mimi levou para mim, e eu tinha feito só uma parte.

Gostei de ficar sentado do lado da srta. Russell. A sala estava em silêncio e todo mundo fazia os exercícios. Mas aí, de repente, alguém, acho que foi a Evangeline, fez alguma coisa, eu não vi o que foi, e a srta. Russell pediu a ela para parar. Quando a srta. Russell falou, a respiração dela foi direto na minha boca. A respiração dela cheirava a café. Então aquela sensação apavorante que senti no corredor minutos antes voltou, e eu me lembrei da respiração da srta. Russell quando a gente estava dentro do armário na outra escola. O meu coração começou a bater muito rápido e fiquei enjoado, como quando estava no carro e a mamãe dirigia daquele jeito.

Comecei a respirar bem fundo porque eu sabia que ia vomitar, e odeio vomitar.

– Está tudo bem, querido? – perguntou a srta. Russell, e a voz dela parecia muito distante, embora ela estivesse sentada ali do meu lado.

Quando ela perguntou isso, senti o cheiro de café da respiração dela de novo, e o vômito saiu da minha boca com força e se espalhou pela mesa da srta. Russell e pela minha camisa. Eu me levantei, e um outro vômito bem grande saiu e foi parar no chão e no meu tênis.

– Eca! Que nojo! – disseram os meus amigos ao mesmo tempo.

– Está tudo bem, querido, está tudo bem. Não se preocupe, isso acontece – disse a srta. Russell, mas ela estava fazendo uma cara de nojo também.

Alguns outros vômitos saíram pela minha boca, e a maior parte foi parar no chão. E aí tinha acabado.

– Você está se sentindo melhor? – perguntou a srta. Russell, esfregando as minhas costas.

Eu não conseguia falar. Tinha vômito na minha boca e no meu nariz, e estava ardendo, aí fiquei com vontade de chorar.

– Nicholas, por favor, leve o Zach até a enfermaria – disse a srta. Russell. – Vou limpar isso aqui, Zach, não se preocupe.

O Nicholas olhou para mim me achando muito nojento mesmo, mas me levou até a enfermaria. A enfermeira me ajudou a limpar um pouco o vômito e telefonou para a mamãe. Eu não estava feliz de ter vomitado na frente de todo mundo, mas estava feliz porque a mamãe viria me pegar. O Nicholas voltou para a sala de aula e eu me sentei na cama da enfermaria enquanto esperava a mamãe. Ainda sentia o cheiro do vômito na minha roupa, e isso estava me deixando enjoado de novo.

Um garoto do quinto ano que eu conhecia da minha outra escola entrou e, quando me viu, tapou o nariz.

– Caramba! Como está fedendo aqui dentro – disse ele bem alto.

– Tá certo, Michael, fale mais baixo – disse a enfermeira. – O que você quer?

Mas o garoto não respondeu. Ele continuou falando comigo bem alto.

– Eca! Isso aí na sua camisa é vômito?

Alguns outros garotos entraram na enfermaria também para ver por que ele estava falando tão alto, e todos eles olharam para mim e taparam o nariz.

– Ei, você não é o irmão do Andy? – perguntou um outro garoto que também era do quinto ano.

Não respondi.

– Muito bem, meninos, agora chega. Se vocês não estão com nenhum problema de saúde, saiam da enfermaria agora mesmo.

O Dave, o guarda homem, apareceu por trás deles e alguns dos garotos saíram. Mas o Michael e outros dois ficaram.

– Não é a mãe do Andy que vive aparecendo na tevê agora?

– É. A minha mãe disse que o que ela está falando do Charlie não está certo – disse um outro garoto, e comecei a sentir a raiva crescendo na minha barriga.

Eu queria dizer para o Michael e os outros garotos pararem de falar da mamãe, mas não consegui abrir a boca. Eu estava apavorado como um idiota de novo.

– Parece que ela está querendo ficar famosa – disse o Michael, e depois olhou para mim e levantou as mãos. – Foi mal aí, pirralho.

Foi aí que a raiva fez o meu corpo todo começar a tremer. O Michael e os outros garotos ainda estavam falando comigo sobre a mamãe, mas eu não podia mais ouvir o que eles estavam dizendo, porque o meu coração estava batendo muito alto nos meus ouvidos, e o Michael estava fazendo uma careta para mim como se ele estivesse dizendo "Ih, o neném vai começar chorar agora", e foi aí que fiquei maluco.

Não me lembro exatamente do que aconteceu, só de me ouvir gritando "Para de falar da minha mãe!", e aí eu estava em cima do Michael e alguém me tirou de cima dele, e, quando eu olhei para baixo, o Michael estava no chão segurando a boca com a mão, e saía sangue da boca dele.

Alguém estava me segurando bem forte por trás, e eu ainda estava tentando chutar o Michael. Eu queria bater mais nele. Ele era bem maior do que eu, mas a raiva me deu uma superforça. Mas a pessoa que estava me segurando era mais forte ainda. Eu me virei e vi que era um homem que eu não conhecia. Ele estava falando comigo, mas eu só conseguia ouvir as batidas bem altas do meu coração.

Aí eu vi o papai entrar na enfermaria e dizer alguma coisa para o homem que estava me segurando. Ele me entregou para o papai, que se sentou no chão e me colocou no colo.

– Tá bom, já chega. Calma, calma, calma, por favor – falou o papai na minha orelha e comecei a escutar o que ele estava dizendo.

– Me solta! – gritei. – Me solta! Me solta!

– Tá bom, eu vou soltar você, mas você vai parar de chutar e de bater, tá bom?

A enfermeira estava ao lado do Michael. Ela ajudou o garoto a se levantar e fez ele se sentar na cama. O Michael estava chorando e a boca dele estava sangrando.

O papai se levantou para falar com o homem que estava me segurando antes.

– Eu peço desculpa, senhor... – disse o papai, e ele e o homem apertaram as mãos.

– Martinez. Lucas Martinez. Eu sou diretor assistente aqui na Warden.

– Jim Taylor – disse o papai. – Eu peço desculpa pelo comportamento do meu filho...

Eu me levantei do chão, saí correndo da enfermaria e pela porta da escola. E cheguei do lado de fora.

– Zach! – ouvi o papai gritando atrás de mim. – Espere por mim, Zach!

Mas eu continuei andando. Vi o carro do papai estacionado na frente da escola e fui na direção dele. O papai veio por trás, abriu a porta e me ajudou a entrar. Eu estava com frio porque as minhas roupas estavam molhadas por causa do vômito e porque a enfermeira tinha tentado me limpar um pouco com uma toalha molhada. Comecei a tremer de frio.

O papai entrou no carro e ficou ali sentado por um tempo.

– Uau, que confusão, hein?! – disse ele, e ligou o carro.

Quando entramos em casa, a mamãe e a Mimi estavam esperando por nós, muito nervosas, e a mamãe me pegou e me levou lá para cima para tomar um banho. Eu ainda estava tremendo debaixo da água quente do chuveiro. Ainda estava com raiva. Com raiva do Michael e do outro garoto, com raiva da mamãe e do papai. Fiquei debaixo do chuveiro por um tempão, e aos poucos a tremedeira foi parando e a raiva foi indo embora. Fingi que a água do banho estava levando a raiva embora e fiquei olhando ela desaparecer pelo ralo.

De tarde, o sr. Stanley veio à nossa casa falar sobre como eu tinha me comportado na nova escola. Ele falou com a mamãe e o papai sobre mim, e eles falavam como se eu não estivesse ali, mesmo que eu estivesse sentado na mesma sala que eles.

– Eu sugiro que vocês deem mais tempo a ele – disse o sr. Stanley.

– Sem dúvida nenhuma – falou o papai.

– Ele está fazendo os deveres, e já estamos quase no Dia de Ação de Graças. Não vejo razão para não adiarmos a volta do Zach à escola até... digamos, depois do recesso de Natal – disse o sr. Stanley.

– Ele vai perder muitos dias de aulas – disse a mamãe. – Não acho que isso seja bom para...

O papai interrompeu a mamãe.

– Pelo amor de Deus, ele está no primeiro ano. Não está se preparando para entrar na universidade. Ele vai ficar bem.

A mamãe olhou para o papai de um jeito bem zangado. O sr. Stanley olhou algumas vezes da mamãe para o papai e parecia não saber o que dizer.

– Certo, eu queria que vocês soubessem que nós não temos pressa nenhuma. Se ele continuar fazendo os deveres de casa e não ficar para trás, não há nenhuma necessidade de pensarmos em repetição de ano ou algo assim. Mas quero deixar bem claro que é muito importante ter um aconselhamento nesse tipo de cenário. Eu... É muito importante. Muito importante mesmo – disse o sr. Stanley, começando a se levantar.

– Muito obrigada, sr. Stanley – disse a mamãe. – Nós vamos conversar sobre isso e lhe daremos a nossa posição – falou, e foi acompanhando o sr. Stanley até a porta.

Depois ela voltou para a sala de estar, mas não se sentou. Foi até a janela ao lado da poltrona onde eu estava sentado e ficou olhando lá para fora. Ela passou a mão no meu cabelo um monte de vezes, e eu ouvi a respiração dela entrando e saindo.

– Por favor, me deixe ligar para o dr. Byrne – disse o papai baixinho.

A mamãe balançou a cabeça que sim bem devagar.

– Eu... É, eu acho que é o melhor a fazer – disse a mamãe e parou de passar a mão no meu cabelo, mas deixou a mão parada no alto da minha cabeça.

O dr. Byrne era o médico do Andy, o médico em que ele ia por causa do TOD e que falava para o papai e a mamãe colocarem o Andy no quarto para pensar. Agora eles queriam que eu fosse nesse médico também, porque eu tinha me comportado mal na escola.

– Eu não quero ir no dr. Byrne – falei, e a minha voz parecia um gemido. – Desculpa por eu ter me comportado mal na escola hoje. Desculpa, mamãe. Eu não vou fazer de novo, eu prometo.

Senti os meus olhos cheios de lágrimas e o meu corpo todo ficou quente. Agarrei a mão da mamãe para ela olhar para mim em vez de pela janela.

– Desculpa, mamãe!

– Ah, meu anjo – disse a mamãe e fez um carinho no meu rosto. – Não fique zangado de novo. Nós ainda não decidimos nada.

– Não, nós já decidimos, sim, filho. Isso não é um castigo. É para o doutor ajudar você a se sentir melhor. Você está entendendo?

– Vamos falar sobre isso depois – disse a mamãe e olhou para o papai.

Eles não falaram nada por um tempo. Só ficaram ali, se encarando com raiva.

– Zach, faça um favor para o papai. Vá lá para cima agora – disse ele.

O papai não olhou para mim quando falou. Continuou olhando para a mamãe, e eu sabia por que ele tinha dito aquilo. Foi igual a quando a gente sabe que vai chover muito: fica tudo muito quieto antes, mas a gente vê as nuvens escuras no céu e elas estão se aproximando, e a gente começa a ouvir os trovões ao longe. E aí esperamos os raios e trovões chegarem bem em cima da gente.

Eu não esperei a tempestade chegar em cima de mim. Saí correndo da sala de estar e fui lá para cima, para o meu esconderijo, e fechei a porta antes que os raios e trovões começassem.

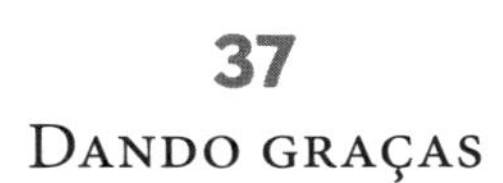

37
Dando graças

A mamãe e o papai fizeram a maior tempestade de raios e trovões do mundo. Ela durou dias. Não acontecia o tempo todo, mas quase sempre que a mamãe e o papai estavam juntos. A tempestade parava quando o papai estava no trabalho, e agora ele ficava muito no trabalho, e quando voltava para casa era como antes, quando ficava no escritório trabalhando o tempo todo, então ele nunca mais apareceu no meu esconderijo.

Quando o papai e a mamãe estavam na mesma sala, logo eu começava a sentir as nuvens da tempestade se formando, bem escuras e pesadas. Eu sei que uma tempestade acontece porque o ar quente sobe e o ar frio desce, e eles se chocam e formam as nuvens escuras e pesadas, e as nuvens fazem a chuva, os raios e os trovões. Na nossa casa era como se a mamãe fosse o ar frio, e o papai, o ar quente, e, quando eles se chocavam, faziam uma tempestade enorme de palavras e gritos, e choro.

Fiquei muito bom em perceber quando a tempestade ia acontecer, e eu tentava escapar dela bem na hora. Lá em cima, no meu esconderijo, com a porta fechada! Às vezes, a tempestade ficava tão alta, que eu podia escutar tudo lá de dentro do meu esconderijo, mas, na maior parte das vezes, a porta do armário mantinha tudo do lado de fora.

Na semana antes do Dia de Ação de Graças, a Mimi apareceu com o jantar, e eu, ela e a mamãe nos sentamos na bancada e comemos. Era linguiça com pimenta, uma das minhas comidas favoritas. O papai ainda estava no trabalho, então não teve tempestade.

– Você já pensou no Dia de Ação de Graças? – perguntou a Mimi. – É daqui a uma semana. Se você quiser fazer alguma coisa, tem que começar a planejar.

A mamãe olhou para baixo, para o prato na frente dela, e mexeu na comida com o garfo. Ela enfiou o garfo num pedaço de linguiça e ficou girando o pedaço pelo molho e pelo arroz como se fosse um carro numa corrida de obstáculos.

– Eu... eu gostaria muito que o feriado não fosse agora – disse a mamãe baixinho, parecendo uma menininha.

– Eu sei, querida, eu sei – disse a Mimi. – E você não tem que fazer nada. Eu só pensei que... por causa do Zach...

– Eu sei – respondeu a mamãe, e ela olhou para mim com lágrimas nos olhos.

Nós sempre comemoramos o Dia de Ação de Graças na nossa casa. É uma festa grande, com a nossa família e amigos. A mamãe fica muito animada e coloca um monte de papeizinhos na porta dos armários da cozinha, com um monte de coisas escritas, o que ela vai fazer para a gente comer, o que precisa comprar e coisas parecidas. Ela arruma uma mesa especial com jogo americano e decoração especiais. A gente coloca uma mesa extra ao lado da mesa de jantar, aí fica uma mesa bem grande e a gente tem que usar três toalhas para cobrir tudo, e o papai tem que trazer cadeiras extras do porão para que tenha lugar para todos os convidados se sentarem.

Ano passado ajudei na decoração. A gente fez cartões com o nome das pessoas para serem colocados na mesa. A mamãe e eu fomos dar uma volta no lago perto da nossa casa e pegamos pinhas, e isso levou muito tempo porque a gente ia receber dezoito pessoas para o jantar e as pinhas não podiam ser nem muito pequenas, nem muito grandes. A gente trouxe uma sacola cheia delas quando voltamos do lago. A mamãe cortou folhas de papel marrom, vermelho e laranja, e eu escrevi o nome de todo mundo nelas. A mamãe tentou fazer o Andy ajudar também, mas ele disse que decoração era coisa de garota. Ele também falou que a minha letra era muito feia e que ninguém ia entender nada e não ia saber onde se sentar, e aquilo não foi nem um pouco justo, porque fiz a minha letra mais bonita e a mamãe disse que estava muito bom.

O Andy só fez uma etiqueta com nome, a dele mesmo, para pelo menos saber onde se sentar, e depois foi jogar Xbox de novo. Aí eu fiz o resto sem ele. A gente amarrou as folhas de papel às pinhas, e a mamãe me deu um mapa onde todo mundo devia se sentar e eu fui colocando as pinhas com as etiquetas de nome em cima dos pratos.

Ano passado, no Dia de Ação de Graças, a mamãe levantou cedo porque tinha que colocar umas coisas dentro do peru, amarrar as pernas dele e depois colocar no forno, porque leva muito tempo para cozinhar um peru. Aí a gente assistiu um pouco à parada da Macy's na tevê e estava tudo em silêncio, só nós dois ali na sala da tevê, porque o papai e o Andy ainda estavam dormindo.

Na hora do jantar, a gente se sentou em volta da mesa, que estava muito bonita com a decoração que eu e a mamãe fizemos, e todo mundo disse que tinha gostado muito das minhas etiquetas com os nomes, aí eu olhei para o Andy com cara de "Tá vendo só?!" e ele me olhou de volta com cara de "Deixa de ser bobão!".

Foi um pouquinho triste no início do jantar porque era o nosso primeiro Ação de Graças sem o tio Chip, e a vovó e a tia Mary choraram quando todo mundo começou a falar por que estava dando graças.

Essa é a única parte de que eu não gosto no Dia de Ação de Graças, porque eu não gosto quando tenho que dizer por que estou dando graças e todo mundo fica olhando para mim. Pelo menos eu sei que isso vai acontecer e posso me preparar, e aí o banho de suco vermelho não é tão ruim assim.

– Eu dou graças pela mamãe e pelo papai – falei, porque todo mundo estava dizendo o nome das pessoas por quem dava graças, então escolhi a mamãe e o papai.

– Ah, muito obrigado, seu cretino! – gritou o Andy do outro lado da mesa, e o papai ficou zangado com ele, e esse não foi um bom momento no jantar, mas eu não quis dar graças pelo Andy, então não disse o nome dele.

– Eu dou graças pelo meu Xbox – foi o que o Andy disse quando foi a vez dele, e aquilo era uma coisa muito idiota de se dizer no Dia de Ação de Graças.

Fiquei pensando sobre o último Dia de Ação de Graças e achei que as coisas não iam ser muito legais este ano, e de qualquer maneira eu não sabia pelo que eu devia dar graças. Pelo meu esconderijo, era a única coisa, mas eu não ia dizer isso na frente de todo mundo porque era segredo.

– *Porta da frente!* – disse a mulher-robô do alarme, e aí o papai entrou na cozinha e a mamãe voltou a olhar para o prato dela.

Um outro carro-linguiça começou a percorrer a pista de obstáculos.

– Olá – disse o papai e sorriu para mim.

A mamãe não disse nada, mas a Mimi, sim:

– Olá, Jim – respondeu ela, com uma voz diferente de quando estava conversando com mamãe.

– Roberta... – disse o papai, e o nome da Mimi soou com se fosse uma pergunta.

A Mimi se levantou e preparou um prato para o papai, e o papai pegou o prato e foi para a sala de jantar. Fiquei triste porque ele ia comer sozinho lá, por isso escorreguei devagarzinho pelo banco, carregando o meu prato, e fui me sentar perto do papai. Percebi que a mamãe levantou os olhos do prato e ficou me observando.

Aí a mamãe se virou para a Mimi e disse:

– Eu estava pensando em convidar alguns dos sobreviventes. Eu... Essa é a única maneira de isso fazer sentido para mim este ano... Se eu for fazer alguma coisa...

– Ah... sim. Pode ser uma boa ideia – disse a Mimi.

– Convidar quem para o quê? – perguntou o papai, e a Mimi e a mamãe olharam para ele como se ele estivesse interrompendo uma conversa particular.

– Para o Dia de Ação de Graças – respondeu a Mimi.

O papai estava quase colocando o garfo cheio de comida na boca, mas a mão dele parou no ar.

– Você quer convidar... estranhos? Para o Dia de Ação de Graças? – perguntou o papai e colocou o garfo de volta no prato.

– Eles não são estranhos – disse a mamãe, e lá estavam elas, as nuvens de tempestade, começando a se formar no teto de novo. – Essas pessoas estão passando... pelo que nós estamos passando. Estamos no mesmo barco. Todos nós vamos precisar de apoio para passar pelo feriado – completou.

– E a família? – perguntou o papai. – A minha mãe, Mary... Você não acha que o apoio da nossa família é tudo de que precisamos...?

O rosto da mamãe congelou e tinha um sorriso nele que não parecia sorriso. Era como se ela estivesse com os dentes juntos e levantando os lados da boca.

– Não acho que serei uma boa anfitriã este ano – disse ela.

– Eu acho que pode ser bom, sim, estar com pessoas na mesma situação – disse a Mimi.

– Ah, muito obrigado, Roberta – disse o papai ainda olhando para a mamãe. – Mas acho que vou resolver isso com a minha mulher, se você não se incomodar.

A mamãe respirou bem fundo e olhou para a Mimi.

– Inacreditável – disse ela, e se levantou e a Mimi se levantou também, então as duas saíram da cozinha.

Elas deixaram os pratos na bancada e eu não entendi por que tinham se levantado e saído daquela maneira, bem no meio do jantar. Tudo ficou em silêncio por um tempo, e o papai e eu começamos a comer de novo. Aí o alarme disse “Porta da frente!” mais uma vez.

A mamãe voltou para cozinha. O rosto dela estava muito zangado, e isso me fez sentir uma sensação estranha e quente na minha barriga.

– Se você falar desse jeito com a minha mãe outra vez, eu juro, Jim... – disse a mamãe baixinho.

O papai fechou os olhos por um minuto e eu pude ver que ele estava respirando bem devagar. A tempestade estava quase desabando, e o meu coração começou a bater muito rápido. Eu não queria ficar no meio da tempestade, mas parecia que era muito tarde para conseguir fugir dela.

– Não é assim que eu quero celebrar o Dia de Ação de Graças – disse o papai bem baixinho.

Ele abriu os olhos e olhou para a mamãe, aí, CABRUM!, começaram os raios e trovões.

– Celebrar? Eu não vou celebrar nada! – gritou a mamãe.

Abaixei a cabeça e cobri as minhas orelhas com as mãos.

– Eu não vou celebrar nada. Nem vou ser anfitriã de nada – disse ela. – Vou convidar pessoas que vão me ajudar a passar por esse dia. Porque é tudo o que vai ser! Mas você pode celebrar à vontade. Pode ficar com a sua família, e vocês podem celebrar juntos.

O papai gritou para a mamãe e sua voz agora parecia um trovão.

– Mas isso não é só sobre você e sobre como você vai passar por esse dia... E nós? Que tal pensar em como nos ajudar a passar por esse dia? – disse ele, apontando para mim e para si mesmo.

A mamãe olhou para o papai e depois se virou e saiu da cozinha novamente.

– Me desculpe, filho – disse o papai, e ele se abaixou e tirou as minhas mãos das minhas orelhas. – Me desculpe... Vamos terminar de jantar, tá bom?

Mas nós dois ficamos sentados lá na sala de jantar e não comemos mais nada.

No ano passado, eu queria ter dito o nome do Andy também. Porque foi o último Dia de Ação de Graças dele. Porque agora eu não ia poder dizer mais.

38
Fazendo menos coisas

O Dia de Ação de Graças veio e não tinha decoração nem mesa, nem cadeiras.

– Este ano vamos fazer menos coisas, tá bom, Zach? – disse a mamãe, e ela só colocou o peru no forno depois que a parada acabou, porque ele era bem pequeno e não ia precisar de tanto tempo para cozinhar.

A Mimi veio e a vovó e a tia Mary também, e ninguém mais. O papai ficou assistindo ao futebol na sala da tevê, e assisti com ele durante um tempo, embora eu ache que futebol é muito chato, mas só queria ficar ali com ele.

O telefone tocou na cozinha e ouvi a mamãe dizer "Alô?", aí, depois de um tempo, ela disse um "Aaaah, meu Deus!" bem alto.

O papai e eu olhamos um para o outro, e o papai levantou as sobrancelhas. Eu me levantei e fui até a cozinha para ver por que a mamãe tinha feito aquilo. Ela estava debruçada sobre a bancada. Uma das suas mãos estava sobre a boca, e a outra ainda segurava o telefone na orelha.

– Muito obrigada, eu lhe agradeço muito – disse a mamãe, e então ela abaixou a mão que segurava o telefone bem devagar, mas deixou a outra mão na boca.

A Mimi, a vovó e a tia Mary pareciam congeladas com coisas diferentes nas mãos: um pano de prato, uma batata e uma escovinha de lavar legumes, e todas elas olhavam para a mamãe.

– Nancy Brooks morreu – disse a mamãe por entre os dedos.

Lágrimas começaram a escorrer dos seus olhos e ela continuou com a mão cobrindo a boca, como se quisesse manter o choro dentro dela.

O papai entrou na cozinha e olhou para a mamãe.

– O que aconteceu? O que está havendo? – perguntou ele.

– A Nancy morreu – disse a mamãe de novo.

O papai olhou para a mamãe como se não tivesse entendido o que ela tinha dito.

– Ela cometeu suicídio noite passada – disse a mamãe.

O papai deu alguns passos para trás e parecia que ia cair no chão, mas aí ele se agarrou na lateral da bancada e segurou bem firme.

– A mãe do Ricky morreu? – perguntei.

Ninguém me respondeu.

– Como é que você...? – disse o papai, e as palavras que ele disse pareciam gemidos.

– A sra. Gray acabou de me ligar. Ela foi caminhar hoje de manhã. Quando passou pela casa da Nancy, sentiu... um cheiro... vindo da garagem e aí chamou a polícia. Era do escapamento do carro. Ela deixou o carro ligado... e ficou... dentro dele, lá na garagem.

– Meu Deus do céu! – disse a Mimi, e ela se aproximou da mamãe e deu um abraço nela.

O papai ficou olhando para a mamãe e para a Mimi sem dizer nada. Percebi que os seus dedos estavam brancos por casa da força que ele fazia para se segurar na bancada da cozinha. Ele engoliu várias vezes, como se estivesse com a boca cheia de saliva. E aí se virou bem devagar e soltou a mão da bancada com cuidado, e ainda parecia que ia cair. Ele deu uns passinhos bem devagar em direção ao corredor.

Quando ele chegou à porta da cozinha, a mamãe disse:

– É porque ela ia ficar sozinha o dia inteiro hoje – e mais lágrimas e soluços saíram. – Ela não tinha ninguém. Depois que o Ricky morreu. Era... só ela. Nós devíamos ter convidado a Nancy para vir aqui hoje...

– Ah, querida, não é culpa sua – disse a Mimi, e esfregou as costas da mamãe.

– Eu sei – disse a mamãe, e ela parou de abraçar a Mimi, deu um passo para o lado e olhou para o papai. Ele estava parado na porta da cozinha, sem se virar. A mamãe apontou para as costas do papai e falou: – É dele!

A vovó e a tia Mary olharam uma para a outra, e a vovó levantou as sobrancelhas igual ao papai tinha feito quando ouviu a mamãe dizer "Aaaah, meu Deus!". O papai começou a se virar. O rosto dele estava todo branco e os seus lábios tremiam.

– Eu devia ter convidado a Nancy. Não devia ter escutado você – disse a mamãe, e ela continuou falando, parecia que nem tinha visto o rosto do papai todo branco ou que não ligava. – Ela deve ter ficado pensando que ia ter que enfrentar esse dia sozinha, e isso foi demais para ela – disse a mamãe, chorando, mas a voz dela parecia zangada. – E tudo porque você não queria convidar... estranhos...

O papai ficou olhando para a mamãe por um tempão com o rosto todo branco e os lábios tremendo. A mamãe ficou encarando o papai, e achei que eles iam ter uma briga daquelas, mas aí a mamãe baixou os olhos e desistiu da briga. O papai se virou, foi andando até o corredor, abriu a porta da frente e saiu da nossa casa. Ele não disse nada esse tempo todo. Todo mundo na cozinha ficou olhando para o lugar onde o papai estava um minuto antes. Parecia que o ar estava pesado, como se alguém estivesse sentado em cima de mim, dos meus ombros, da minha cabeça e do meu corpo inteiro.

– Me desculpem – disse a mamãe baixinho, sem olhar para ninguém, e aí também saiu da cozinha e subiu a escada.

Ninguém disse nada por um tempo, mas de repente a tia Mary começou a falar.

– Ei, macaquinho, você não quer me ajudar a fazer as couves-de--bruxelas?

E ela me ajudou a colocar uma cadeira perto da pia e pediu para eu tirar todas as folhas que ficavam nos talos das couves. Tinha um monte de folhas, e fiquei feliz de ter um trabalho para fazer.

Eu, a Mimi, a vovó e a tia Mary preparamos o jantar e colocamos a mesa na sala de jantar. A Mimi e a vovó não disseram nada, e aí a tia Mary falou, e ela falou um bocado, provavelmente porque, quando ela não estava falando, ficava o maior silêncio e o ar ficava pesado de novo.

– Zach, precisamos de um, dois, três, quatro, cinco garfos grandes e um garfo pequeno para você. E cinco facas. Qual o guardanapo que você acha que devemos usar? Certo... Eu gosto desses também. Vamos dobrá-los assim...

A tia Mary falava comigo sobre tudo o que a gente tinha que fazer com uma voz feliz. Achei que ela estava tentando me animar porque o papai e a mamãe tiveram outra briga e o papai tinha saído de casa, embora fosse Dia de Ação de Graças, e agora que não ia ser nada legal mesmo.

– Vou ligar para ele – disse a vovó mais tarde e pegou telefone que ficava na cozinha e ligou para o papai. A vovó ficou um tempo segurando o telefone na orelha, mas depois apertou o botão de desligar e disse: – Não atende.

– Bem, o peru já está pronto há um tempão. Acho que deve estar meio seco agora – disse a Mimi. – Vou lá em cima chamar a Melissa. Temos que comer.

Depois de um tempo, a Mimi veio com a mamãe e a gente se sentou.

Ninguém disse pelo que estava dando graças antes de comer. Tudo o que a gente ouvia era o som dos garfos e facas no prato. Era só "ssrri, ssrri, ssrri".

– Achei que o peru ia estar muito seco, mas não está, não é mesmo?

Ssrri, ssrri.

– A couve-de-bruxelas está ótima, Mary.

– É por causa do bacon. Minha arma secreta.

Ssrri, ssrri.

Olhei para o lugar do papai que estava vazio e senti um monte de lágrimas nos meus olhos. A campainha da porta da frente soou e, por um segundo, achei que era o papai de volta, mas não era, ele tem a chave, então por que tocaria a campainha? A mamãe se levantou para abrir a porta e eu fui junto com ela.

Um policial estava do lado de fora.

– Sra. Taylor? – perguntou ele.

– Sim? – disse a mamãe.

– Será que eu poderia entrar por um minuto?

A mamãe abriu a porta e o policial entrou.

– Ei, campeão – disse o policial, estendendo a mão para fazer um high-five, e eu bati na mão dele.

A Mimi, a vovó e a tia Mary vieram da sala de jantar. A vovó fez um barulho com a boca, como se ela quisesse respirar todo o ar da sala.

– É sobre o meu filho? Jim Taylor? Aconteceu alguma coisa com ele? – perguntou a vovó, e a minha barriga começou a doer muito.

– Bem, eu estava esperando poder falar com o sr. Taylor. Ele não está em casa? – perguntou o policial.

– Não... não, ele não está em casa – respondeu a mamãe.

– Por que a senhora acha que aconteceu alguma coisa com ele? – perguntou o policial.

– Porque... ele saiu... um tempo atrás, e quando o senhor entrou, foi a primeira coisa que pensei – disse a vovó.

– Até onde eu sei, nada aconteceu com ele – disse o policial. – Mas eu tenho algumas perguntas sobre... – o policial olhou para mim e parou de falar. – Há algum lugar onde possamos conversar em particular? – perguntou ele para a mamãe, e ela disse "Claro, na sala de estar", então eles foram para lá juntos, e a vovó e a tia Mary foram também.

Eu não podia ir para escutar a conversa. A Mimi me levou de volta para a sala de jantar.

O policial não ficou muito tempo na nossa casa. No corredor, eu pude ouvir ele dizer para a mamãe:

– Por favor, peça ao seu marido para ligar para nós quando ele voltar. Sinto muito ter interrompido o jantar de vocês. Feliz Dia de Ação de Graças.

– Feliz Dia de Ação de Graças para o senhor também – disse a mamãe baixinho, e aí ela voltou para a sala de jantar.

Ela estava andando bem devagar quando se sentou na cadeira. O rosto dela estava todo branco, como o do papai antes de sair.

– O papai está bem, mamãe? – perguntei, e a dor na minha barriga estava pior.

A mamãe não respondeu, mas ela olhou para a Mimi e disse:

– Ela deixou um bilhete para ele. Era ela, mãe. Era a Nancy, a mulher com quem... – disse a mamãe, parando a frase no meio.

Depois ela começou a rir, e isso foi uma surpresa para mim. Ela começou a rir baixinho e aí o riso foi ficando mais alto e mais alto, e eu não sabia o que era tão engraçado. No meio das risadas, a mamãe disse:

– Eu sou muito idiota mesmo!

39
Uma surpresa especial

Na noite do Dia de Ação de Graças fui dormir na casa da tia Mary. O papai ainda não tinha voltado quando a gente saiu. A tia Mary tinha se mudado da casa dela em Nova Jersey para um apartamento depois que o tio Chip morreu. Era perto da nossa casa, e eu já tinha ido lá algumas vezes. O apartamento era pequeno com uma cozinha bem pequenininha que ficava logo na entrada, com uma bancada com três bancos como os nossos e nenhuma outra mesa. O apartamento tinha apenas uma sala de estar, o quarto da tia Mary e um outro quarto que estava cheio de caixas, sem cama. E tudo cheirava meio esquisito.

– Ah, que nojo, que fedor! – disse o Andy quando fomos lá uma vez visitar a tia Mary.

A tia Mary disse com uma voz engraçada:

– Isso significa que você não é um apreciador de curry, Andy. É que o pessoal no andar de baixo adora curry. É curry no café da manhã, curry no almoço e curry no jantar. De todo modo, acho que a gente se acostuma.

Eu pude sentir o cheiro do curry assim que entramos dessa vez, mas ele não me incomodou tanto.

– Que tal se a gente fizer pipoca e assistir a um filme?... Ah, espere aí, acho que não tenho milho para pipoca – disse a tia Mary, e começou a procurar nos armários da cozinhazinha. – É, querido, me desculpe, não tem milho para pipoca. Mas eu tenho pretzels. Você gosta de pretzels, não gosta?

Eu não disse nada porque tinha uma coisa bem grande na minha garganta e achei que, se eu falasse, ia começar a chorar. Eu estava com saudade da mamãe e do papai.

Andei pelo apartamento e dei uma olhada em tudo.

A tia Mary tinha um monte de coisas que ela e o tio Chip trouxeram das viagens que fizeram pelo mundo inteiro – máscaras engraçadas, pinturas, xícaras, vasos e coisas parecidas. Na casa antiga deles, o tio Chip sempre me mostrava as coisas e contava a história de onde elas eram e por que elas eram especiais.

Na mesinha do lado do sofá tinha um monte de fotos em porta-retratos da tia Mary e do tio Chip juntos e também da nossa família e da família da tia Mary. Num dos porta-retratos, com um monte de óculos de sol pintados nos lados, tinha a mesma foto que a tia Mary me mostrou no nosso álbum quando ela e a vovó estavam escolhendo fotos para o velório do Andy, aquela em que todos nós estávamos num navio com *sombreros*. No fundo, atrás de um outro porta-retratos, vi uma foto do papai e da mamãe. Estendi o braço e peguei essa foto, e tive que tomar bastante cuidado para não esbarrar nas outras na frente.

Eu já tinha visto essa foto um monte de vezes antes. A gente também tinha uma num porta-retratos lá em casa, no quarto da mamãe e do papai. Era do dia do casamento deles. Eles estavam numa piscina, vestidos com as roupas de casamento e tudo. A mamãe estava linda. O vestido todo branco boiava na água em volta dela, e o papai estava aproximando a cabeça dele do rosto da mamãe. Ele ia dar um beijo nela.

De repente, a tia Mary colocou a mão no meu ombro e eu dei um pulo, porque não ouvi ela se aproximando de mim.

– Eu amo essa foto deles – disse a tia Mary, e tirou o porta-retratos da minha mão para olhar a foto mais de perto. – Eu ainda não consigo acreditar que eles pularam mesmo. Com aquele vestido lindo...

– Eles pularam por causa do vovô, não foi? – perguntei.

– Bem, aquele foi um dia longo para eles e para todos nós, porque... o vovô ficou doente mais cedo, naquele mesmo dia – disse a tia Mary.

– É, ele teve um ataque cardíaco – falei.

– É, foi... Todo mundo estava muito emocionado, e estava muito quente, e passamos a maior parte do dia no hospital... Quando soubemos que o vovô ia ficar bem e o seu pai e a sua mãe decidiram se casar... Caramba, nós tivemos que correr para deixar tudo pronto – disse a tia Mary. – Eu estava parecendo meio doida, você nem imagina o quanto, mas a sua mãe conseguiu ficar de tirar o fôlego. Não me pergunte como foi que ela tirou o vestido depois.

– Você pulou na piscina também?

– Pulei! Quase todo mundo pulou. Foi um final espetacular para um casamento espetacular. Foi o casamento mais bonito a que eu já fui na vida. Talvez por causa de toda a confusão antes. Mas eles eram um casal muito lindo, os seus pais, tão apaixonados – disse a tia Mary, e sorriu para mim e colocou o porta-retratos no lugar.

– E você viu esta aqui? – perguntou a tia Mary.

Ela pegou um outro porta-retratos lá atrás, e era uma foto do papai e da mamãe de novo, eles estavam deitados juntos na cama do hospital e tinha um bebê entre eles. Os dois estavam beijando a cabeça do bebê ao mesmo tempo.

– Sou eu ou o Andy? – perguntei.

– É você. Não dá pra notar, não? Com todo esse cabelo... – disse a tia Mary, rindo. – É por isso que eu sempre chamei você de macaquinho, porque você nasceu bem cabeludinho, como um macaquinho.

– Onde é que o Andy estava? – perguntei.

– Ele estava conosco, comigo e com o seu tio. Nós tomamos conta dele por alguns dias para que o seu pai e a sua mãe pudessem ficar só com você – disse a tia Mary.

– Eles ficaram felizes quando eu nasci?

– Você tá brincando?! Eles ficaram nas nuvens. Você foi uma surpresa especial – disse a tia Mary.

– Porque eles achavam que só teriam o Andy – falei.

A mamãe tinha me contado aquela história um monte de vezes, que eles tiveram o Andy, o primeiro bebê deles, e que aí o médico disse que o Andy seria o único bebê que eles poderiam ter porque tinha acontecido alguma coisa no corpo da mamãe. Mas aí eu nasci, e foi uma grande surpresa.

– Você fez a família ficar completa – disse a tia Mary, e me deu um beijo bem no alto da minha cabeça.

A gente assistiu a *Uma noite no museu 3*, que era um dos meus filmes favoritos. A tia Mary ainda não tinha visto esse filme, e ela riu bastante e bem alto.

Era engraçado ficar olhando para ela. Isso ajudou a coisa na minha garganta a melhorar. A tia Mary pegou um punhado de pretzels e colocou na boca, e quando alguma coisa era engraçada, como quando o nariz do cara mau começa a derreter e cai da cara dele e ele nem nota, ela começava a rir e pedacinhos do pretzel saíam voando pela sua boca e os brincos longos dela pulavam para cima e para baixo.

Depois do filme, a tia Mary começou a pegar travesseiros para fazer uma caminha para mim no sofá.

– Tia Mary? – perguntei.

– Sim, querido.

– Acho que vou ficar com medo de ficar aqui sozinho no sofá.

A tia Mary parou de pegar travesseiros e olhou para mim.

– Ah, certo, claro.

– Acho que eu quero ir para casa agora – falei.

A tia Mary chegou perto de mim, ficou de joelhos na minha frente e me deu um abraço. Ela cheirava bem, igual a um cookie ou coisa parecida.

– Eu sei, macaquinho. Mas... hoje não, tá bom? Hoje é melhor você ficar comigo, tá bom? Temos de pensar numa maneira de você não ficar com medo durante a noite.

– Posso dormir com você?

– Bem, por que não? – disse a tia Mary, e pegou um travesseiro e um cobertor e colocou do lado dos dela na cama. A cama da tia Mary não era grande como a da mamãe e do papai, era pequena, mas parecia confortável.

– Tia Mary?

– Sim?

– Eu... eu... às vezes... no meio da noite... eu tenho pesadelos. Com o homem com uma arma e coisas parecidas. E... às vezes... acontece um acidente.

Senti que o meu rosto estava começando a ficar quente.

– Ah – disse a tia Mary. – Bem, acidentes acontecem nas melhores famílias, não é mesmo? Eu tenho uma ideia. Não se preocupe.

Ela pegou uma tolha bem grande no armário e colocou debaixo do lençol na cama.

– Veja só. Sem problemas agora.

Coloquei o meu pijama e, quando tirei a calça, a medalhinha da srta. Russell caiu do meu bolso. Quando eu estava me preparando para ir para a casa da tia Mary, mais cedo, depois que o policial foi embora e que a mamãe não parou de rir por um tempão, fui até o meu esconderijo bem rápido e peguei o Clancy e a medalhinha, porque eu queria levar os dois comigo. Agora apanhei a medalhinha do chão e coloquei em cima da mesinha de cabeceira ao lado da cama da tia Mary.

– O que é isso? – perguntou a tia Mary.

– É uma medalhinha que a srta. Russell, a minha professora, me deu – falei.

– Posso ver? – perguntou a tia Mary e dei a medalhinha para ela olhar. – É muito bonita.

– Significa amor e proteção – expliquei. – A srta. Russell ganhou essa medalhinha da avó dela e a medalhinha ajuda a srta. Russell quando ela fica triste, porque assim ela lembra que a avó dela ainda está olhando por ela, mesmo que já tenha morrido.

– E a srta. Russell deu essa medalhinha para você depois que o Andy morreu? – perguntou a tia Mary, e eu balancei a cabeça que sim. – Bem, foi muito carinhoso da parte da sua professora. Eu gosto muito dela – disse a tia Mary e me deu a medalhinha de volta.

A tia Mary foi deitar junto comigo e, no começo, foi meio estranho ficar ali deitado perto dela, naquela cama bem pequena, mas depois eu gostei. As luzes da rua entravam no quarto, aí não ficava tão escuro, e a tia Mary me contou histórias engraçadas sobre o tio Chip, e nós dois rimos muito juntos.

– Seu tio Chip era doidinho – disse a tia Mary.

– Você sente saudade dele? – perguntei.

– Ah, Zach, sinto muita, todo dia, o tempo todo, não sei nem dizer quanta saudade eu sinto daquele homem maluco. Mas eu sei que ele está contando um monte de piadas lá em cima e bagunçando tudo – disse ela, e a sua voz parecia triste, mas ela estava sorrindo também.

– E tomando conta do Andy – falei.

– E tomando conta do Andy, claro.

– Você sabe a nossa canção de boa-noite? – perguntei.

– Aquela que a Mimi inventou? – perguntou a tia Mary.

– É – respondi.

– É claro, eu amo essa canção. Como é que a sua mãe canta?

Contei para ela, e aí nós cantamos juntos algumas vezes, colocando o meu nome e o dela também.

40

INDO EMBORA

Dormi duas noites seguidas na casa da tia Mary, e aí o papai apareceu lá. Ele se sentou no sofá e parecia uma pessoa diferente. Parecia muito cansado. As roupas dele estavam amassadas, o cabelo, todo despenteado, e ele também não tinha feito barba, de novo.

O papai parecia tão diferente que fiquei meio tímido perto dele. Fiquei em pé ao lado da mesinha de centro da sala da tia Mary, olhando para o chão, porque eu não queria olhar para a cara nova do papai.

– Sente-se aqui do meu lado – disse o papai, e a sua voz estava meio rouca.

Ele bateu com a mão na almofada do sofá ao lado. Aí eu fui me sentar lá e percebi que o papai não estava cheirando muito bem. Deixei um espaço entre nós. O papai olhou para o espaço e depois para mim.

– Você está gostando de ficar aqui com a tia Mary? – perguntou o papai.

Olhei para a tia Mary. Ela estava na cozinhazinha e sorriu para mim.

– Estou – falei.

– Vou deixar vocês dois a sós – disse a tia Mary e foi para o quarto dela.

Eu não queria que ela fizesse isso. Eu queria que ela ficasse ali na sala.

– Filho, eu... eu tenho que falar com você sobre uma coisa – disse o papai, e vi que o joelho direito dele subia e descia muito rápido milhões de vezes.

Achei que o que o papai ia me dizer não era uma coisa boa. Era uma coisa ruim. E a minha barriga começou a doer.

– É que... quando você voltar para casa, quando terminar a sua temporada aqui na tia Mary, acho que amanhã, quando você for para casa amanhã, talvez, eu não vou estar lá – disse o papai bem rápido, as palavras saíam atropelando umas às outras.

– Onde você vai estar? No trabalho? – perguntei, sem entender por que ele tinha vindo me dizer isso, já que ele sempre ia para o trabalho.

– Não, quero dizer, sim, durante o dia, vou estar no trabalho, mas não irei para casa depois do trabalho. Não vou mais para casa... por um tempo.

O joelho direito do papai subia e descia rápido. Comecei a ficar enjoado tentando prestar atenção nele. Aquilo estava me incomodando e fiquei com vontade de pedir ao papai para parar de ficar mexendo a perna daquele jeito.

– Por que não? – perguntei.

– Sua mãe... A mamãe e eu decidimos que é melhor eu... não morar mais com vocês por um tempo – disse o papai.

O tempo inteiro ele não olhou para mim, só para a perna dele que se mexia sem parar. Fiquei pensando se o papai queria fazer a perna parar, mas não sabia como.

– Você não vai mais morar com a gente? – perguntei.

A dor na minha barriga estava tão forte que eu comecei a chorar.

– Não. Pelo menos por um tempo – respondeu o papai.

Segurei a minha barriga e apertei forte tentando fazer a dor passar.

– Eu sinto muito, filho. Sei que isso deve ser muito confuso para você – disse o papai.

Ele olhou para mim e viu que eu estava apertando a minha barriga. O papai chegou mais perto no sofá e colocou o braço em volta de mim.

– Não! – gritei. Senti a raiva tomando conta de mim, e ela me fez dar um pulo do sofá. – Por que você não vai mais morar comigo e com a mamãe? Por que é melhor? Não é melhor nada!

O papai tentou segurar a minha mão, mas eu tirei a mão da mão dele com força. Eu estava tremendo por causa da raiva e estava muito quente.

– Eu sei que você está chateado... – começou a dizer o papai.

– Eu sei que é por causa das tempestades, não é?! – gritei, interrompendo.

– Tempestades?... Do que é que você está falando? – perguntou o papai.

– Você e a mamãe brigando o tempo todo, a tempestade que acontece o tempo todo...

O papai olhou para mim, e aí disse baixinho.

– É, é por isso, sim.

– Por que é que vocês têm que brigar o tempo todo? Por que vocês não param de brigar? – gritei, e lágrimas muito quentes escorriam pelo meu rosto.

– Não é... assim tão simples – disse o papai.

– É porque a mamãe foi cutucada com um pedaço de pau, como uma cobra – falei. – E ela está dando aquelas entrevistas idiotas, e ela não é mais legal. Eu odeio ela! Eu odeio ela e odeio você! – E aí eu disse que odiava a mamãe e o papai um monte de vezes. Eu gritei muito alto, e isso fez eu me sentir melhor. O rosto do papai estava ainda mais triste, e isso também fez eu me sentir melhor.

Eu nunca tinha dito "eu odeio você" para ninguém antes. O Andy dizia isso o tempo todo para a mamãe, e para o papai às vezes, e eu via como isso deixava os dois muito tristes, principalmente a mamãe. Eu ficava muito zangado com o Andy por fazer isso, e agora eu fiz também e soube por que o Andy fazia isso: porque a gente se sente bem.

O papai tentou segurar a minha mão de novo e tentou me puxar para perto dele. Ele ainda estava sentado no sofá e eu estava em pé, e assim a gente ficava mais ou menos do mesmo tamanho. O papai usou as duas mãos para enxugar as lágrimas do meu rosto. Outras lágrimas escorriam e ele enxugava de novo. Ele fez isso por um tempo.

– Não é por causa das entrevistas e das brigas – disse o papai. – É que... a mamãe e eu temos que pensar em como as coisas vão ficar agora e não podemos fazer isso vivendo juntos. Eu não vou ficar longe de você. Você vai me ver o tempo todo, eu prometo.

A raiva começou a diminuir um pouco, mas depois, como sempre, veio a tristeza.

– Eu quero ficar com você. Não quero ficar lá em casa sozinho com a mamãe. Eu quero ficar com você.

O papai soltou uma respiração profunda bem no meu rosto e senti um cheiro ruim. Achei que ele não tinha escovado os dentes. Eu me afastei um pouco para respirar ar puro.

– Não vai dar, filho – disse o papai.

– Por quê?

– Eu tenho que trabalhar, e a mamãe, nós decidimos que você ficaria com ela, que isso é o melhor para todos nós neste momento.

As palavras do papai voltaram a parecer que tropeçavam umas nas outras.

– Você não quer que eu fique com você! Eu dividi o meu esconderijo com você. Deixei você entrar, e agora você vai embora. Você não quer ficar comigo! – gritei bem alto.

– Isso não é verdade – disse o papai. – Eu amo você, filho. Eu... eu... sinto muito.

O papai veio me abraçar e a barba dele machucou o meu rosto. Tentei me livrar do abraço do papai, mas ele me segurou bem apertado e isso machucava as minhas costas também.

– Me solta!

– Por favor... Eu disse que sinto muito – gritou o papai, e aí ele me empurrou.

Caí sentado na mesa no centro da sala. O papai se levantou e agora eu estava sentado e ele estava em pé, e a gente não tinha mais o mesmo tamanho.

A tia Mary saiu do quarto e o olhou para o papai de um jeito zangado.

– Está bem, acho que já é o bastante – disse ela, e eu nunca tinha ouvido a tia Mary falar de um jeito zangado antes.

Ela e o papai ficaram se olhando por um tempo, então o papai se sentou no sofá de novo.

– Eu tenho que ir, Zach – disse ele, sem gritar. Ele falou com uma voz baixa e cansada. – Olhe para mim – pediu o papai, mas eu não olhei. – Eu sinto muito que você esteja tão... chateado. A gente vai ser ver outra vez logo, tá bom?

Eu não respondi nada e ficamos em silêncio por um tempo.

– Bem, eu estou indo embora – disse o papai, se levantando e andando até a porta. Os meus olhos queriam seguir o papai, mas eu não deixei. Ouvi a porta abrir. – Tchau, Zach – falou ele, e de novo não respondi nada, continuei sem olhar, e isso foi muito difícil de fazer.

Ouvi a porta se fechando. Fiquei sentado por um tempo um pouco maior do que deveria, e aí de repente eu não queria mais que o papai fosse embora. Pulei da mesa e corri para a porta e gritei:

– Papai, espera, espera, papai!

Mas não tinha mais ninguém no corredor do prédio. O papai tinha ido embora.

41
Sopa idiota

A tia Mary me levou para casa de carro, e, quando ela estacionou na frente da nossa casa, senti que eu não queria mais voltar para lá. Eu não queria ficar sozinho com a mamãe, sem o papai voltar depois do trabalho.

– Quero ficar na sua casa e dormir lá com você – falei para a tia Mary, quando ela estava saindo do carro.

A tia Mary deixou a porta do carro aberta, mas se virou e olhou para mim.

– Eu sei, macaquinho. Você pode vir dormir comigo quando quiser, mas hoje, não, tá bom?

Eu ainda não queria entrar, mas a tia Mary deu a volta no carro e abriu a porta do meu lado. Ela estendeu a mão para mim e eu segurei a mão dela com força. A tia Mary não largou a minha mão até a gente chegar na porta de casa.

Antes mesmo que a gente tocasse a campainha, a mamãe abriu a porta e saiu. Ela parecia cansada também, igual ao papai quando ele foi me ver no apartamento da tia Mary. Ela deu um sorriso triste quando olhou para mim e abriu os braços para me dar um abraço, aí eu dei um passo para ela e ela me abraçou, mas continuei segurando a mão da tia Mary. Eu não queria soltar a mão dela.

– Muito obrigada, Mary – disse a mamãe, e aí a tia Mary soltou a minha mão.

– Está tudo bem. Não tem de quê – disse a tia Mary, e ela começou a andar de volta para o carro, mas aí ela se virou. – Ei, Zach, você pode me ligar, tá bom? Ligue para mim se... se você tiver vontade, tá bem?

E aí ela entrou no carro e foi embora.

A minha garganta começou a doer e os meus olhos ficaram cheios de lágrimas.

– Está tudo bem, meu filho, estou contente de que você esteja em casa. Estava me sentindo solitária sem você aqui – disse a mamãe. – Fiz um jantar para você. Sopa de macarrão com peru, aproveitei o resto do peru do Dia de Ação de Graças. Você lembra que também fiz essa sopa no ano passado e que você gostou?

Eu não disse nada por causa da minha garganta.

– Vamos entrar – continuou a mamãe. – Estou congelando aqui fora.

A gente foi para a cozinha e se sentou na bancada com a tigela de sopa na frente. A sopa estava cheirando muito bem, mas eu não comi. A mamãe esfregou as minhas costas com a mão.

– Vamos, Zach, tome a sua sopa. Está muito gostosa.

Eu ergui a colher e comecei a mexer os pedaços de peru dentro da sopa, mas não tomei.

– Eu sei que tudo isso é muito confuso para você, filho. Está complicado, não é? – perguntou a mamãe, sem parar de esfregar as minhas costas. Eu estava gostando daquilo e os meus olhos ficaram cheios de lágrimas de novo. – Ei, olhe, quero falar com você sobre uma coisa. Lembra que a gente falou sobre o dr. Byrne e que podia ser uma boa ideia você conversar com ele um pouco? – disse a mamãe.

Endireitei as costas imediatamente quando ela disse aquilo.

– Mas você disse que a gente não precisava decidir isso agora. E eu pedi desculpa – falei, e a minha voz parecia um gemido, acho que era porque a minha garganta estava doendo muito, muito mesmo.

– Filho, por favor, tente não ficar tão nervoso com isso. Você teve que lidar... Você passou por muitas coisas nos últimos tempos. Eu acho... que o dr. Byrne pode realmente ajudar você... Você pode falar com ele sobre os seus sentimentos... E isso é bom – disse a mamãe.

– Não é, não! – falei, desta vez bem mais alto e a minha voz não parecia mais um gemido. – Eu não quero ir. Eu quero... Quando é que o papai vai voltar para casa?

– Ele não... vai voltar por agora. Ele explicou isso para você, não foi? – disse a mamãe, e sorriu para mim, mas não era um sorriso de verdade. A voz dela também não parecia a mesma, parecia a voz de uma pessoa que estava fingindo que era minha amiga.

– Explicou... – respondi.

– Ótimo. Tá bom, então. Você vai continuar a ver o seu pai. Ele vai... pegar você na sexta, e vocês vão poder fazer alguma coisa divert... Alguma coisa juntos, tá bom?

Mas não estava bom, e eu não queria esperar até sexta para ver o papai, isso ia ser daqui a uns cinco dias. Eu não queria ficar cinco dias em casa sozinho com a mamãe.

– Eu quero ficar com o papai – falei, e aí o sorriso de mentira dela foi embora. – Quero ficar com o papai, e aí você me pega na sexta.

A mamãe olhou para mim, apertando os olhos.

– Zach, eu sei que você está chateado agora. Estou chateada também, essa não foi... Eu não queria que as coisas acabassem desse jeito. Mas estou tentando ajudar você. Estou tentando... Vou levar você para ver o dr. Byrne, e isso é apenas para ajudar você, tá bom? Agora você pode, por favor, tomar a sua sopa? Ela está boa, e a mamãe teve um trabalhão para fazer essa sopa para você. Pode tomar a sua sopa, por favor?

– EU NÃO QUERO TOMAR ESSA SOPA IDIOTA! – gritei.

A mamãe se levantou rápido, pegou a minha tigela e a dela e jogou tudo na pia.

Fez um barulhão, acho que as tigelas quebraram. Aí a mamãe se virou e encostou na pia e fechou os olhos. Fiquei olhando para ela.

Eu não sabia por que ela estava daquele jeito com os olhos fechados. Mas aí ela abriu os olhos e olhou para mim.

– Tá bom. Tá bom. Nada de sopa, então – disse a mamãe em voz baixa. – Ouça, Zach, eu sinto muito que você esteja tão chateado. Sinto mesmo. Mas a gente tem que fazer as coisas darem certo aqui, você e eu. Você não pode ficar zangado comigo o tempo todo, você está me entendendo? Marquei uma consulta com o dr. Byrne para você amanhã. Ele é muito legal, você vai ver. Você vai gostar dele.

– Posso ir lá para cima? –perguntei.

A mamãe não respondeu nada. Ela só sacudiu os ombros para baixo e para cima e o seu rosto parecia muito cansado. Fui lá para cima, entrei direto no meu esconderijo e liguei a lanterna do Buzz. Aí lembrei que tinha deixado o Clancy e a medalhinha da srta. Russell lá embaixo na sacola que eu tinha levado para a casa da tia Mary, mas eu não quis descer para buscar e correr o risco de ver a mamãe de novo. Comecei a mastigar a pontinha do saco de dormir do Andy em vez da orelha do Clancy. Mordi bem forte, e os meus dentes fizeram uns barulhinhos. Mordi bem forte porque eu queria começar a chorar de novo.

42
Enfim, sós

"Dez na cama" é uma musiquinha que aprendi na pré-escola, e ela apareceu na minha cabeça quando eu estava na cozinha no outro dia de manhã: "*Eram dez na cama/ e o pequeno disse:/ 'É pra rolar, é pra rolar!'/ Então todos rolaram/ e um caiu:/ 'Au!'*" E a gente vai repetindo isso até só ter um na cama. Eu estava olhando para o quadro de atividades de novo, e aí a música começou a tocar na minha cabeça um monte de vezes, e aquilo era bem chato. O quadro de atividades ainda estava lá na parede e pensei que a gente era quatro pessoas na nossa família, quatro pessoas no quadro de atividades. O quadro ainda era o mesmo com quatro linhas, ninguém tinha trocado.

E aí saiu uma pessoa, porque o Andy morreu, e agora saiu outra, porque o papai me deixou aqui só com a mamãe. Peguei o marcador na gaveta e risquei as linhas do Andy e do papai. Agora só restavam duas linhas, a minha e a da mamãe. Eu ia colocar o marcador na gaveta, mas aí voltei e risquei a linha da mamãe também. Porque a mamãe não era mais uma pessoa de verdade. Ela não era mais uma pessoa de verdade, porque agora ela era malvada, e era como se ela tivesse desaparecido.

O meu amigo Nicholas tem um cachorro. O nome dele é Exterminador, mas a gente chama pelo diminutivo Ex. O nome dele é engraçado porque a gente pensa que ele é um cachorro enorme, bem perigoso, mas ele é bem pequenininho e tem um latidinho fraquinho, e não é nada assustador, só é engraçado. Mesmo assim, a família do Nicholas colocou uma cerca invisível no quintal. O Ex usa uma coleira e, quando ele chega muito perto de um lugar lá no quintal dele, recebe um choque elétrico que é para ele voltar para casa e não sair correndo. O Nicholas me disse que a maioria dos cachorros só recebe um ou dois choques, porque depois eles aprendem e não chegam mais perto do tal lugar marcado, mas eu acho que o Ex não é lá muito esperto, porque ele continua levando choque o tempo todo. Às vezes, eu sei que é feio, mas a gente fica vendo o Ex se aproximar da cerca e tomar choque. E... é meio engraçado ver ele voltando correndo e latindo aquele latidinho dele.

Fiquei pensando no Ex e na cerca invisível e também na mamãe, porque eu estava achando que agora existia uma cerca dessas entre nós dois. Quando eu chegava perto da mamãe era como se eu tomasse um choque, porque ela era muito malvada agora, e eu continuei tentando algumas vezes, mas aí fiquei mais esperto do que o Ex e não cheguei mais perto dela. Eu não queria mais ficar do mesmo lado da cerca que a mamãe.

É por isso que a mamãe não era mais uma pessoa de verdade, eu era o único que tinha restado de nós quatro. A minha linha era a única no quadro de atividades que não tinha sido riscada, mas eu nem precisava dela porque não tinha que me lembrar de fazer nada. Eu não estava fazendo nada, só ficava em casa o tempo todo, e agora nas segundas-feiras eu ia conversar com o dr. Byrne. Essa manhã, a mamãe me levou lá pela primeira vez. Ela não entrou comigo no consultório dele, ficou sentada numa poltrona na sala de espera. Foi esquisito. Tinha uma máquina na sala de espera que fazia um barulho como se estivesse chovendo.

Eu não queria entrar no consultório do dr. Byrne sozinho no começo, mas ele era mesmo legal, e o consultório dele não parecia um consultório. Parecia uma sala de brinquedos. Tinha um monte de brinquedos lá e um monte de almofadas coloridas bem grandes para a gente se sentar. Ele se sentou numa das almofadas também e perguntou se eu queria montar um Lego. O Lego que tinha lá era para bebê, não o que eu fazia. Mas eu montei junto com ele mesmo assim, e tudo o que a gente fez foi construir torres bem altas e ver qual delas ia cair primeiro. Aí o dr. Byrne – ele disse que eu não precisava chamar ele de dr. Byrne, que podia chamar ele de Paul –, o dr. Byrne disse que era hora de ir embora e me perguntou se eu queria voltar na semana que vem.

– Tá legal – respondi.

Acho que vai ser uma coisa boa ir ver o Paul toda segunda-feira se a gente ficar só montando Lego, mas não sei como isso vai me ajudar com os meus sentimentos. E também acho que eu não preciso do quadro de atividades para me lembrar de ir ver o Paul, aí peguei o marcador na gaveta e rabisquei o quadro todo.

Acho que sou eu na música, o pequeno, porque eu era o mais novo da família, e agora também sou o único que ficou na cama. Só que, na música, o pequeno quer que isso aconteça, ficar sozinho. É por isso que, no fim da música, ele diz "Enfim, sós". Eu não queria que isso acontecesse comigo, mas aconteceu. E aí agora era como se eu estivesse numa cama enorme, muito grande e vazia, e tivesse um monte de espaço em volta de mim e nada mais.

A outra coisa ruim que aconteceu foi que o meu esconderijo não estava funcionando mais. Depois que eu rabisquei o quadro de atividades todo, fui para o meu esconderijo. Achei que ia gostar de ficar lá dentro com as minhas pinturas dos sentimentos, e a foto minha e do Andy, e os meus livros, e a medalhinha da srta. Russell, e o Clancy e a lanterna do Buzz. E o Andy. Porque era para o Andy estar lá dentro comigo, e lá dentro era como se ainda tivessem dois na cama.

Fui para o esconderijo e fechei a porta, como sempre fazia. Acendi a lanterna do Buzz e sentei no saco de dormir, como sempre fazia. Fiz tudo que sempre fiz e tudo parecia igualzinho lá dentro. Mas não comecei a me sentir melhor como sempre acontecia. O sentimento assustador e o sentimento de solidão do lado de fora do esconderijo me seguiram e não foram embora. Fechei os olhos e tentei pensar no cofre na minha cabeça e em como eu podia empurrar os sentimentos ruins lá para dentro. Não funcionou. Abri os olhos de novo e de repente percebi o que tinha mudado.

O Andy não estava mais ali. Ele tinha ido embora. Eu não podia mais sentir a presença dele ali.

– Andy? – falei, mas eu sabia que ele não estava mais ali. Comecei a chorar alto. – Por favor, volta, Andy, por favor, por favor, por favor.

Peguei a medalhinha da asa de anjo e fiquei esfregando com força. Esperei um pouco e pedi para o Andy voltar umas mil vezes, mas nada aconteceu.

Então coloquei a medalhinha no bolso da minha calça, tirei a foto minha e do Andy da parede, segurei a foto bem junto do meu peito, me levantei, saí do esconderijo e fechei a porta do armário.

43
Balões para a gente não esquecer

Hoje é dia 6 de dezembro, e isso significa que faltam apenas três semanas, nem isso, para o Natal, e também que faz exatamente dois meses que o homem com uma arma veio e matou o Andy. Fizeram uma cerimônia especial na minha antiga escola hoje. Eu, a mamãe e o papai fomos juntos, e foi a primeira vez que ficamos juntos desde que o papai foi embora.

O papai veio de manhã para nos pegar e, quando ele entrou em casa, foi como se estivesse nos visitando. A mamãe falou que ele estava atrasado e, no carro, indo para a minha antiga escola, a gente nem conversou, nem nada. O papai teve que estacionar bem longe porque tinham muitos carros por toda parte.

– Tínhamos que ter chegado há meia hora – disse a mamãe, e começou a andar em direção à escola com passos grandes e muito rápidos.

Ela segurava o chapéu que estava usando com uma das mãos, e o ar perto do rosto dela ficava todo branco. Isso acontece quando a nossa respiração quente encontra o ar frio. Eu e o papai andávamos atrás dela, e eu tinha meio que correr porque a mamãe ia muito rápido. Nós viramos a esquina onde tinha uma caixa d'água enorme e a quadra de basquete e, logo à nossa frente, estava a minha antiga escola. Tudo parecia normal, mas não achei nada normal. Parecia um lugar onde eu nunca tinha estado antes.

Quando eu vi o prédio da escola, parei de andar rápido e comecei a andar bem devagar. A mamãe nem reparou. Continuou andando muito rápido e o espaço entre nós dois foi ficando cada vez maior e maior, mas o papai se virou.

– Venha, Zach! – disse ele.

Parei e fiquei olhando para a minha escola, e de repente as janelas do prédio pareciam olhos ou coisa parecida. Parecia que todos aqueles olhos estavam olhando para mim ao mesmo tempo. Era de dar arrepios.

– Eu não quero entrar lá – falei.

– Ei! Vocês dois aí! Será que vocês podem acelerar o passo? Estamos muito atrasados – falou a mamãe, nos chamando.

O papai levantou a mão na direção da mamãe do jeito que a gente faz quando quer dizer "para com isso". A mamãe fez uma cara zangada, se virou e continuou andando.

O papai andou até onde eu estava e colocou o braço em volta de mim.

– A gente não vai precisar entrar – disse ele. – A cerimônia vai ser do lado de fora, e não vai ser muita longa, tá bom?

Nós seguimos atrás da mamãe, e tentei não olhar de novo para aqueles olhos-janelas de dar arrepios.

Tinha gente por toda parte na frente da escola. Algumas pessoas estavam em cima da grama e no caminho que fazia um círculo na frente do prédio. E um monte de pessoas estava na quadra ao lado do playground do jardim de infância. Vi que algumas pessoas estavam segurando sacolas de plástico imensas com balões brancos dentro. As sacolas pareciam nuvens bem grandes. Do outro lado da rua tinha um monte de vans e, na frente delas, o pessoal da tevê com microfones na mão. Alguns deles estavam entrevistando as pessoas. Eu vi a moça da tevê que esteve lá em casa. Ela estava encostada numa van onde estava escrito “Canal 4”, e não fazia nenhuma entrevista, ela estava lendo alguma coisa. Eu fiquei feliz de ela não ter me visto depois do que aconteceu lá em casa. Fiquei procurando, mas não encontrei o Dexter em lugar nenhum.

A mamãe estava na quadra agora, abraçando algumas pessoas e falando com outras. Vi a vovó e a tia Mary paradas ao lado da quadra de cimento. A tia Mary sorriu e acenou. Eu e o papai fomos até elas, e a tia Mary me deu um abraço.

– Oi, macaquinho! – sussurrou ela no meu ouvido.

E nós ficamos ali, olhando para a mamãe, e ninguém falou nada. Olhei em volta para ver se a srta. Russell estava lá, mas não vi a minha professora em lugar nenhum.

– Oi, Zach, querido – disse uma voz perto de mim.

Eu me virei e vi que era a sra. Stella, que trabalhava na secretaria, e ela sorriu para mim, um sorriso triste.

– Como você está? Este aqui deve ser o seu pai, né? – perguntou a sra. Stella.

O papai respondeu “Sim” e a sra. Stella disse “Meus pêsames, sr. Taylor”, e os dois apertaram as mãos.

Eu não sabia por que as pessoas ainda ficavam dizendo aquilo para nós. Já fazia dois meses que tinha acontecido – a morte do Andy –, mas as pessoas ainda diziam “Sinto muito” ou “Meus pêsames”. Era como no Ano-Novo. Às vezes, quando a gente só vê uma pessoa um tempo depois do Ano-Novo, e até mesmo um bom tempo depois, a gente ainda diz “Feliz Ano-Novo!”, mesmo que o ano novo já tenha começado.

– Muito obrigada – disse o papai. – Esta aqui é a minha mãe. E a minha cunhada.

A vovó e a tia Mary também apertaram as mãos da sra. Stella.

– Vocês já pegaram um broche da campanha? – perguntou a sra. Stella, e ela deu para gente broches brancos que eram brilhantes e pareciam de borracha, mas eram de metal.

O papai me ajudou a colocar um no meu casaco. Eu toquei nele com a ponta dos dedos – era macio e frio.

– Não se esqueça de pegar um balão para o final da cerimônia. Nós vamos soltá-los todos juntos para não nos esquecermos nunca do seu irmão e de todos os outros. Não vai ser legal? – me disse a sra. Stella.

A tia Mary me olhou de um jeito que queria dizer "Uau, nossa!" e fiquei com vontade de rir, então olhei para baixo rapidamente.

Olhei em volta procurando a mamãe. Ela estava do outro lado da quadra, falando com a mãe da Juliette do grupo de pais. Atrás delas estava a cerca do playground, e tinham fotos enormes presas na cerca. Eram fotos das pessoas que o homem com uma arma matou. Na frente das fotos tinham flores brancas e, no meio delas, um microfone. Tentei encontrar a foto do Andy, mas provavelmente alguém estava na frente dela, aí eu não conseguia ver. Mas vi a foto do Ricky. Estava bem perto do microfone. E do lado da do Ricky estava uma foto menor da mãe dele, porque agora ela tinha morrido também.

O sr. Stanley caminhou até o microfone.

– Bom dia a todos – disse ele, e o microfone fez um barulho alto que doeu nos meus ouvidos.

O sr. Stanley girou um botão num aparelho ao lado do microfone.

– Está melhor agora? – perguntou ele.

Estava.

– Vamos começar já, já. Eu gostaria de pedir as pessoas lá longe para se aproximarem e se juntarem a nós.

Ele acenou para as pessoas que estavam lá na grama e no caminho da entrada. As pessoas se aproximaram e o pessoal da tevê também. Todo mundo foi andando para a frente e, de repente, o lugar ficou bem cheio, e eu não conseguia mais ver a mamãe nem o sr. Stanley porque os adultos na minha frente eram muito altos.

– Como vocês sabem, hoje faz dois meses que aconteceu aquela tragédia terrível na nossa escola, que tirou a vida de 19 pessoas, a vida de nossos parentes, nossos amigos e nossos colegas.

Eu ouvia a voz do sr. Stanley pelo microfone.

– Eu gostaria de começar o nosso memorial com um minuto de silêncio por cada uma delas.

E então ficou tudo muito quieto e vi que as pessoas baixaram a cabeça e fecharam os olhos. Eu não sabia o que elas estavam fazendo. Olhei para o papai e ele piscou para mim.

Aí o sr. Stanley fez um discurso e falou das pessoas que o homem com uma arma matou, dizendo o nome de todas elas. Quando ele falou o nome do Andy, o papai apertou a minha mão dentro da luva. Os meus pés estavam congelando. Depois do nome de todas as pessoas mortas, o sr. Stanley falou que ia passar o microfone para o prefeito, Rudy Murray, que também gostaria de dizer umas poucas palavras. E então uma voz diferente e muito baixa começou a falar. O prefeito é o chefe da cidade, e eu queria ver como ele era.

– Você pode me levantar, papai?

O papai me pegou por debaixo dos braços e me levantou. O prefeito estava de terno preto e gravata vermelha, e não tinha muito cabelo na cabeça, só em volta, por trás. Ele era muito alto, mais alto do que o sr. Stanley, e por isso ele se dobrava para a frente para falar no microfone. Desse modo, a gente podia ver que a parte de cima da cabeça dele brilhava e que ele parecia uma pessoa normal, não parecia ser o chefe da cidade inteira.

Fiquei olhando para onde a mamãe estava e vi a Mimi ao lado dela agora. A mamãe não olhava para o prefeito enquanto ele fazia o discurso. Ela estava olhando noutra direção, para um ponto atrás da gente. Quando virei a cabeça para ver o que ela estava olhando, vi a mulher do Charlie parada na grama, um pouquinho mais afastada das pessoas. Mas, naquela hora, o papai me colocou de volta no chão.

Puxei a manga do papai, para fazer com que ele olhasse para mim e baixasse a cabeça para eu poder sussurrar na sua orelha.

– A mulher do Charlie veio também.

O papai se endireitou. Ele olhou para trás e depois para onde a mamãe estava. Depois fechou os olhos e disse:

– Ah, droga!

O prefeito continuava falando no microfone, mas aí eu notei que um monte de pessoas começou a virar a cabeça e a sussurrar, e algumas foram chegando para o lado, o que fez com que eu e o papai, a gente ficasse mais próximos ainda.

E foi aí que eu ouvi a voz da mamãe.

– Mary! – gritou ela bem alto.

Tinham muitas pessoas se movimentando, e, quando ouvi a voz da mamãe de novo, ela não vinha mais da frente, de onde a mamãe estava antes, mas de trás, de onde a mulher do Charlie estava.

– Mary! – gritou a mamãe de novo. – Como você se atreve a aparecer aqui?!

– Pelo amor de Deus... – ouvi a vovó dizer atrás de mim.

O prefeito ainda estava falando, mas a voz dele foi ficando mais baixa, até que parou completamente. Todo mundo tinha se voltado para olhar. Eu não conseguia enxergar nada, aí tentei me espremer entre as pessoas para chegar ao lugar de onde a voz da mamãe parecia vir.

Aí eu vi a mamãe e a mulher do Charlie em pé, lá na grama, com um espaço entre elas. Elas estavam se encarando e parecia que iam brigar bem ali no meio da grama, e todo mundo foi se aproximando para assistir.

Algumas das pessoas da tevê se voltaram nessa hora, e foi aí que eu vi o Dexter. Ele estava ali perto e segurava uma câmera, apontando para a mamãe e a mulher do Charlie. Comecei a ficar com raiva por ele estar fazendo aquilo. A moça da tevê estava ao lado dele com uma cara animada. Muito animada.

– Como você se atreve a vir aqui hoje?! – berrou a mamãe para a mulher do Charlie, e parecia que ia pular em cima dela.

– Pare com isso – disse a mulher do Charlie. Ela não gritou como a mamãe, mas falou bem alto para todo mundo ouvir. – Você tem que parar com isso – continuou ela, dando um passo na direção da mamãe segurando as mãos. – Por que você está fazendo isso conosco?

– Por que EU estou fazendo isso com VOCÊS? – perguntou a mamãe, dando uma risada bem alta. Eu não gostei nada daquela risada. Parecia uma risada de bruxa. A mamãe olhou para trás, para todo mundo que estava na quadra de cimento. E ela gritou para todos nós: – Ela quer que EU pare de fazer o que estou fazendo com ELES!

– Meu Deus... – disse o papai baixinho atrás de mim.

Eu me virei e vi a Mimi ao lado do papai. Ela estava cobrindo a boca com uma das mãos e lágrimas escorriam dos seus olhos. Alguém ao meu lado disse:

– Isso é horrível!

Eu não queria que a mamãe falasse daquele jeito e risse como uma bruxa. As câmeras estavam apontadas para ela, aí as pessoas também iam ver na tevê o que ela estava fazendo.

– Estou pedindo a você para nos deixar em paz. Nós somos... A nossa família está sofrendo também. Você tem que nos deixar em paz – disse a mulher do Charlie. Ela estava com as mãos na frente do peito com se estivesse rezando.

– Ah, maravilhoso! Maravilhoso! – gritou a mamãe. – Eles estão sofrendo também... Vocês estão ouvindo isso?! Eles estão sofrendo também. E isso é por causa do que EU estou fazendo com ELES – e aí a mamãe deu aquela risada de bruxa de novo, e a voz dela também não parecia a mesma. – Você está vendo tudo isso? – falou a mamãe para a mulher do Charlie, movimentando a mão para mostrar tudo o que tinha em volta delas. – Tudo isso é por causa de VOCÊS, por causa do que VOCÊS fizeram CONOSCO! Por causa do monstro que VOCÊS criaram e porque VOCÊS não fizeram nada para detê-lo.

Um monte de pessoas à nossa volta falou "Ah!" ou "Meu Deus" quando a mulher do Charlie caiu de joelhos no chão, com o rosto entre as mãos.

– Vá embora daqui! – gritou a mamãe.

O papai apertou o meu ombro com a mão e depois foi andando na direção da mamãe. Ele estava com a cabeça baixa como se esperasse que ninguém o visse assim. Ele se aproximou da mamãe e falou com ela em voz baixa, tentando segurar os braços dela.

– NÃO! – gritou a mamãe muito alto, dando um empurrão no papai. – Não me diga para ficar calma!

O papai tentou segurar o braço da mamãe, mas ela olhou para ele com muita raiva e se soltou. Os olhos dela estavam enormes e seu corpo todo tremia.

Uma mulher foi ajudar a mulher do Charlie a se levantar, e elas foram andando juntas até onde os carros estavam. O papai chegou perto da mamãe e falou com ela de novo, e aí a mamãe se virou e começou a se afastar dele. O papai acenou para que eu fosse junto, e eu fui, e o meu rosto, o meu pescoço e o meu corpo inteiro ficaram pegando fogo por causa do banho de suco vermelho que aconteceu enquanto eu caminhava pela grama. Eu pude sentir que todas as pessoas estavam olhando para mim.

Olhei para o Dexter e ele ainda estava apontando a câmera para mim e para o papai, andando atrás da mamãe.

Nós ficamos sentados dentro do carro por um longo tempo e ninguém disse nada, e eu não entendia por que nós ficamos ali parados, dentro do carro, sem ligar o motor e sair andando. Olhei pela minha janela e de repente vi uma grande nuvem branca vindo pelo céu, por trás da caixa d'água. Eram os balões para a gente não esquecer o que aconteceu. Fiquei assistindo a eles voarem bem alto pelo céu. Parecia que estavam voando para Deus.

44
Um minuto de fama

No dia seguinte daquela cerimônia, algumas vans da tevê chegaram pela manhã e pararam na porta da nossa casa, igualzinho a quando a van do canal 4 veio e estacionou na nossa porta para fazer aquela entrevista. Eu fiquei observando pela janela do meu quarto por um tempo, mas nada aconteceu: ninguém saiu das vans. Elas ficaram apenas estacionadas ali na nossa porta. Fiquei contente porque não ia ter que participar de uma entrevista de novo. Depois fiquei pensando o que o pessoal da tevê estaria fazendo lá dentro, mas aí achei bem chato ficar olhando para aquelas vans estacionadas.

Desci para procurar a mamãe e perguntar a ela por que as vans da tevê estavam na frente da nossa casa. Ela estava sentada no sofá assistindo à tevê. Eu me sentei ao lado dela. Era como se a mamãe tivesse ficado famosa ou coisa parecida, porque ela estava assistindo a ela mesma na tevê. Era a hora do jornal, e estavam falando da cerimônia de ontem e da briga entre a mamãe e a mulher do Charlie. Eu não gostei de ficar vendo aquilo de novo – o jeito como a mamãe gritou "Vocês estão ouvindo isso?! Eles estão sofrendo também" e depois deu aquela risada de bruxa. E depois disso ela falou aquele negócio de a mulher do Charlie e o Charlie terem criado um monstro, e foi aí que a mulher do Charlie caiu de joelhos na grama.

Eu aparecia nas imagens também – estava bem ali na tela da tevê –, andando atrás do papai. A imagem deu um zoom e mostrou o meu rosto todo vermelho. Foi o Dexter que filmou, quando ele estava apontando a câmera para mim, e ele fez aquilo e deixou todo mundo ver o meu rosto bem de perto. O meu rosto ficou todo quente e vermelho quando vi o meu rosto vermelho na tevê. Os meus olhos se encheram de lágrimas. Eu odiava o Dexter por ter feito aquilo comigo.

A tevê mudou do meu rosto para o rosto da moça do jornal. Ela segurava um microfone e estava falando com uma mulher, e percebi que era a mesma que ontem tinha ajudado a mulher do Charlie a se levantar do chão.

– *Eu só acho que ela está levando as coisas longe demais, é só isso* – disse a mulher para a moça do jornal. Nesse momento, depois que ela disse isso, os balões para a gente não esquecer o que aconteceu começaram a subir para o céu atrás dela, então aquilo tinha sido quando a gente estava no carro depois de irmos embora da cerimônia. Na tevê, a mulher e a moça do jornal se viraram para olhar para os balões. As duas sorriram de um jeito triste, e então a mulher continuou a falar: – *Quer dizer, eu não posso nem imaginar a dor pela qual ela está passando, e a família dela, perder um garotinho daquele jeito. Mas eu não vejo como isso possa ajudar alguém, é só isso. Isso não vai trazer o filho dela de volta. E a gente tem que pensar neles também, sabe? Eu consigo ver os dois lados, isso é tudo o que estou dizendo.*

A moça do jornal balançou a cabeça fazendo que sim, com uma cara bem séria.

A Mimi entrou na sala da tevê. Eu nem sabia que ela estava aqui em casa.

– Minha filha, você ainda está vendo isso? Eles vão repetir a mesma coisa de novo e de novo.

A mamãe continuou olhando para a tela e disse:

– Dá para acreditar nisso, mãe? A filha da puta da Michelle quis ter o seu minuto de fama, não é?

A Mimi olhou para mim, provavelmente porque a mamãe tinha xingado a mulher daquele jeito.

A Mimi soltou uma respiração longa.

– Será que não seria bom dar um passo atrás, dar um tempo? Você está exausta, filha.

A mamãe ficou olhando para baixo, para o próprio colo, por um tempo e eu pude ver as lágrimas escorrendo pelo seu rosto.

– Como é que eu posso dar um tempo?! – perguntou a mamãe, enxugando as lágrimas que continuavam a cair. – Eu estou exausta, sim, muito. Mas o que é que eu devo fazer? Seguir em frente? Aceitar o que o filho deles fez conosco? – falou a mamãe, soluçando e tentando controlar o choro.

O rosto dela ficou cheio de manchas vermelhas.

– Eu não sei, minha filha – disse a Mimi, e a voz dela estrava tremendo um pouco. – Mas odeio ver você desse jeito. Tudo já é tão... difícil.

– É... é como se agora todo mundo estivesse vendo aqueles dois como vítimas – falou a mamãe apontando para a tela. – Olhe só isso, eles estão fazendo o maior sensacionalismo com o que aconteceu. Como se a Mary fosse a vítima da história. O filho deles fez isso!! Eu sei que o que estou fazendo... não vai trazer o Andy de volta. Eu sei disso! Não sei o que fazer... – disse a mamãe, e se levantou e andou até a cozinha bem rápido.

A Mimi olhou para mim com um rosto triste e passou a mão no meu cabelo. Depois ela foi para a cozinha atrás da mamãe.

Eu fiquei ali no sofá, olhando para a tevê. Estava nos comerciais agora, mas aí o jornal voltou. Não estavam mais falando da mamãe e da mulher do Charlie. Estavam mostrando um cemitério à noite – estava escuro e bem difícil de ver, mas parecia o cemitério aonde a gente tinha ido para o enterro do Andy. Eu reconheci a estradinha dentro do cemitério onde as pessoas estacionaram os carros e onde o papai e a Mimi tiveram que segurar a mamãe porque ela não aguentava mais ficar em pé por causa de tanta tristeza.

Agora só tinha um carro parado ali na estrada, e um homem estava andando na direção dele. A imagem deu um zoom e eu pude ver que aquele homem era o Charlie. Ele pegou a chave no bolso da calça e tentou abrir a porta do carro bem rápido, mas deixou cair a chave no chão.

– *Charlie, podemos falar com você um segundo? Charlie?* – ouvi uma voz perguntar na tevê, ou talvez fossem duas vozes, porque o segundo "Charlie" pareceu uma voz diferente.

Um homem segurando um microfone, ou seja, um homem do jornal, foi até onde Charlie estava ajoelhado para apanhar a chave no chão. Uma luz brilhou em cima dele e deixou tudo em volta dele mais iluminado também. Quando o Charlie se levantou, o homem do jornal apontou o microfone para ele. O Charlie começou a piscar os olhos porque a luz estava apontada direto no rosto dele. Ele parecia muito mais velho do que quando esteve aqui na nossa casa e a mamãe falou com ele daquele jeito horrível. Dava para ver todos os ossos do rosto do Charlie, e os seus olhos tinham manchas escuras em volta.

– *Charlie, você gostaria de comentar as alegações que estão sendo feitas contra você e a sua mulher? Por algumas das famílias das vítimas?* – perguntou o homem do jornal.

O Charlie não disse nada, apenas virou a cabeça bem devagar, colocando a mão em cima dos olhos para tapar aquela luz toda, e olhou para o homem como se quisesse descobrir quem era. Depois ele se virou, abriu a porta do carro sem deixar a chave cair dessa vez. O Charlie se sentou ao volante, fechou a porta, ligou o motor, e o carro começou a andar bem devagar. O homem do jornal falava com o microfone na mão:

– *Todas as noites, Charlie Ranalez, o pai de Charles Ranalez Jr., o atirador da Escola McKinley, pode ser visto aqui no cemitério, visitando o túmulo de seu filho. Não houve um dia sequer que ele não tenha...*

– Zach? – chamou a Mimi da cozinha, mas eu não respondi. Eu queria ouvir o que o homem do jornal estava dizendo sobre o Charlie. Mas, quando a Mimi entrou na sala, ela pegou o controle remoto onde a mamãe tinha deixado, em cima do sofá, e desligou a tevê, bem no meio do que eu queria escutar. – Seu pai vem pegar você para tomar café da manhã. Vá se arrumar, está bem? – disse a Mimi.

Eu tinha esquecido que hoje era dia de café da manhã com o papai. Agora, todo domingo, ele me pegava e a gente ia tomar café da manhã juntos. Essa era uma nova velha tradição, porque antes ia todo mundo junto, eu, o Andy, a mamãe e o papai, mas agora só eu e o papai.

– *Porta da frente!* – ouvi a voz da mulher-robô falar na cozinha, e então a porta da frente bateu com força, bem alto.

– Deus do céu! – disse a Mimi, e nós dois fomos para a cozinha.

O papai estava entrando pelo corredor. Ele tinha um olhar furioso.

– Eles perseguiram você também? – perguntou a Mimi.

– Isso é ridículo. Esse circo todo... – disse o papai. – Totalmente fora de propósito.

Então o papai se acalmou e perguntou em voz baixa para a Mimi:

– Ele já foi lá fora?

– Ainda não – respondeu a Mimi.

– Nossa! Tá bom – disse o papai.

Aí ele se aproximou de mim e disse:

– Quer saber de uma coisa, Zach? Eu acho que é melhor a gente pular o café da manhã hoje, pode ser?

Eu não sabia por que de repente o papai não queria mais ir tomar café da manhã comigo. Não vi o papai a semana inteira, só no dia da cerimônia. Por que ele veio se não queria sair comigo? Comecei a sentir a raiva crescendo dentro da minha barriga e as lágrimas escorrendo dos meus olhos.

– Venha aqui, me deixe lhe mostrar uma coisa – disse o papai, e ele foi para a janela da frente e abriu a cortina só um pouquinho.

Eu vi as vans da tevê que estavam estacionadas na frente da nossa casa, e agora tinha um monte de gente do lado de fora com câmeras e microfones na mão. As pessoas estavam ao lado de uma das vans e olhavam para a nossa porta. Eu reconheci o homem com o microfone na mão. Era o homem que eu vi no jornal, o que falou com o Charlie no cemitério.

O papai soltou a cortina e se virou para mim:

– Você está vendo esses caras ali fora? – perguntou ele. – Eles estão tentando fazer a gente falar com eles e estão sendo muito insistentes. É por isso que eu acho que a gente deveria ficar em casa hoje. Você está me entendendo?

– Tá bom – respondi, e pensei no Charlie piscando os olhos por causa da luz apontada para ele lá no cemitério e em como estava o rosto dele: velho, triste e assustado.

45
Faça alguma coisa

Depois que o papai foi embora, eu fui lá para cima e, quando estava no corredor, ouvi um barulho vindo do quarto do Andy, um barulho de alguém chorando, mas parecia que estava vindo de um lugar muito longe ou de debaixo d'água. Parei de andar e fiquei escutando, e não sabia direito o que era aquilo. Parecia o barulho de um fantasma, tipo "uuuu, uuuu", e isso me deu arrepios.

Então tudo ficou em silêncio por um tempo. Cheguei perto da porta do quarto do Andy e olhei lá para dentro. Não tinha ninguém, e fiquei pensando que aquilo devia ter sido a minha imaginação, mas, bem nesse exato momento, o barulho começou de novo. Olhei para o lugar de onde ele vinha. Era da cama do Andy, na parte de cima do beliche.

Vi a parte de trás da cabeça da mamãe, o cabelo dela estava todo espalhado pelo travesseiro do Andy. Entrei no quarto na ponta dos pés e cheguei perto da cama para ver o que a mamãe estava fazendo ali, mas não consegui ver nada porque ela estava na parte de cima, então subi os primeiros degraus da escadinha da cama bem devagar.

A mamãe estava debaixo do cobertor do Andy, e ela se sacudia toda por causa do choro. Ela segurava o travesseiro do Andy sobre o rosto e chorava com o rosto tampado pelo travesseiro – era por isso que o barulho parecia vir de tão longe. Fiquei olhando para a mamãe, vendo como ela estava chorando, e isso me fez ficar com uma coisa presa na minha garganta.

Subi a escadinha toda, entrei na cama do Andy e me deitei ao lado da mamãe. Ela soltou o travesseiro e olhou para mim. O rosto dela estava todo vermelho e molhado, e os olhos estavam vermelhos também. Estendi o braço e toquei o rosto da mamãe com a minha mão. O rosto dela estava quente e suado, e o cabelo, molhado também e todo grudado no rosto, acho que por causa do suor e das lágrimas, eu não sabia ao certo.

– Você está triste, mamãe? – perguntei, e as palavras saíram da minha boca bem baixinho, como se eu estivesse sussurrando.

A mamãe começou a franzir o rosto todo e um monte de rugas apareceu. Ela colocou o braço em volta de mim e me puxou para perto, e ficamos ali abraçados, nossas testas coladas uma à outra.

Estava muito quente debaixo do cobertor porque eu podia sentir todo o calor que vinha do corpo da mamãe. Ela estava com os olhos bem fechados e respirava rápido. A respiração vinha direto no meu rosto, mas eu não me mexi. As lágrimas continuavam escorrendo pelo rosto da mamãe, e ela deixava as lágrimas caírem pela ponta do nariz e pingarem no travesseiro do Andy.

– Mamãe? – chamei baixinho.

– O que foi? – respondeu ela, ainda de olhos fechados.

– Você está chorando por causa do jornal da tevê? – perguntei. – Por causa de como a moça do jornal e as outras pessoas estão falando de você?

A mamãe abriu os olhos e me deu um sorriso triste.

– Não, meu filho, isso não importa. Eu... eu estou com saudade do seu irmão, sabe? Eu sinto muita, muita falta dele – e ela me abraçou muito apertado e a gente não falou mais nada.

Fiquei ouvindo o barulho da mamãe chorando baixinho e pensei no Charlie no jornal da tevê de novo.

– Você ainda está muito zangada com o Charlie? – perguntei.

A mamãe soltou uma respiração bem longa e demorada pelo nariz.

– Ah, Zach... – disse ela, e dessa vez ela não parecia com raiva, apenas cansada. – Eu não quero ser... mas é culpa dele o fato de o Andy não estar mais aqui conosco.

– Mas eu acho que ele está muito mal por causa disso – falei.

– Pode ser – disse a mamãe.

– Ele está. Eu sei. E está muito triste também, como a gente.

– Está? – perguntou a mamãe. Ela mexeu a cabeça no travesseiro e as nossas testas se descolaram. – Como?

– Ele é meu amigo. Eu sou o melhor amigo dele. E você é amiga dele também, não é? Ele fez a corrida de saco com você – falei.

– Isso foi há muito, muito tempo – disse a mamãe.

– Nós somos os favoritos dele – falei.

– Ah, Zach, ele diz isso para todo mundo – disse a mamãe e fechou os olhos novamente. Eu fiquei pensando que aquilo não era verdade. Ele não dizia aquilo para todo mundo, não, só para a gente.

A respiração dela ficou mais devagar, e achei que a mamãe ia pegar no sono. Continuei deitado ali do lado dela bem quieto. Eu gostava de ficar deitado do lado da mamãe, e a gente não fazia isso tinha muito tempo, desde quando a mamãe foi cutucada com um pedaço de pau.

Depois de um tempo ficou muito quente debaixo do cobertor, aí me levantei bem devagar para não acordar a mamãe. Desci a escadinha da cama, saí do quarto e fui lá para baixo. Entrei na cozinha e a Mimi estava preparando o jantar. Ia ser espaguete com molho de tomate e a Mimi me deixou preparar a salada – secar a alface no secador de alface e cortar o pepino. Quando a gente estava quase terminando, a mamãe apareceu com o cabelo todo bagunçado e os olhos vermelhos e inchados. Ela se sentou na bancada, apoiou o rosto nas mãos e ficou observando a Mimi e a mim, com um sorriso triste.

A gente se sentou na sala de jantar e começou a comer, mas ninguém falou nada. A mamãe também não comia nada, tudo o que ela fazia era ficar girando o garfo no meio do espaguete. O telefone tocou na cozinha e a mamãe se levantou para atender. Depois de alguns minutos, ela voltou para a sala de jantar.

– Os Eaton ainda vão vir amanhã com o advogado deles – disse a mamãe se sentando novamente.

A Mimi apertou os lábios e depois disse:

– Minha filha, eu estava pensando... Será que você pensou um pouco naquilo que conversamos?... Em talvez começar a pensar nisso tudo de um modo diferente? Em vez de só focar no Charlie e na Mary? Esse grupo de que lhe falei, Mães que Exigem Providências, elas estão fazendo coisas muito importantes. Use a sua voz, se envolva para tentar evitar...

– Eu sei... Quer dizer, eu quero... – disse a mamãe. – Mas não agora. Eu não quero pensar nisso agora.

– Quem vai vir aqui em casa? – perguntei.

– Ah.. – respondeu a mamãe. – Os Eaton, lembra deles? Os pais da Juliette.

– Lembro – respondi.

A mamãe olhou para a Mimi e a Mimi levantou as sobrancelhas.

– Por que eles vão trazer o advogado? – perguntei.

– Bem, meu filho, é que... nós queremos falar com ele sobre os próximos passos com... os Ranalez, o Charlie e a mulher dele, para marcar uma audiência num tribunal – disse a mamãe.

– Você vai levar o Charlie para o tribunal? – perguntei, e comecei a sentir dor na minha barriga.

Eu sabia o que era aquilo porque o papai trabalhava com isso. Queria dizer que um juiz ia falar quem estava certo e quem estava errado, e a pessoa errada ia ser punida e ia parar na cadeia. A mamãe estava tentando fazer isso: colocar o Charlie na cadeia. Quando o papai e eu fomos almoçar milk-shake no primeiro dia de neve, ele disse que o Charlie não ia para a cadeia, mas então ele não tinha dito a verdade.

Comecei a sentir todo o meu corpo muito quente e me levantei rápido da cadeira. Os meus joelhos tremiam.

– Mas você disse que não quer ficar mais zangada com o Charlie! – falei e minha voz saiu bem alto, mas meio tremida também. – Mais cedo você disse isso, quando deitamos juntos na cama do Andy. Foi isso que você disse!

– Zach, meu filho, se acalme. Eu não vou... – começou a falar a mamãe.

– Você vai, SIM! – gritei para a mamãe e ficamos nos encarando. Eu estava com muita raiva dela. Quando nós ficamos deitados na cama do Andy juntos foi bom, mas eu estava errado, as coisas não iam melhorar. Elas iam piorar.

A mamãe estava querendo colocar o Charlie na cadeia, e isso ia fazer tudo ficar muito pior.

– Zach, venha aqui, por favor! Nós vamos apenas... É apenas para falar sobre o que vamos fazer – disse a mamãe, e ela tentou pegar a minha mão, mas puxei a mão com força.

– Me deixe em paz! – gritei, e saí correndo da sala de jantar e fui lá para cima.

Queria muito poder entrar no meu esconderijo e falar com o Andy sobre tudo isso, mas eu não ia mais para lá.

Não sabia por que tinha parado de sentir que o Andy estava lá no esconderijo. Pouco tempo depois de ter percebido que essa sensação tinha parado, fui até o quarto do Andy, olhei para a cama dele vazia e pensei em dar uma olhada lá no esconderijo de novo, mas não fiz isso porque sabia que tudo tinha mudado, e eu não queria ver de novo que o Andy não estava mais lá, porque era como se alguém me desse um soco na barriga.

Então fui para o meu quarto e fechei a porta. Eu me sentei na cadeira e a minha respiração estava muito rápida e a minha barriga doía muito. Tudo estava ficando pior e pior o tempo todo, e eu estava muito assustado. Achei que estava com vontade de vomitar, aí fui para o banheiro bem rápido e me sentei na frente do vaso sanitário. O chão estava frio e a minha barriga continuava doendo, mas nada saía, só lágrimas, lágrimas e mais lágrimas.

Ouvi uma batida na porta do meu quarto e me levantei bem rápido para fechar a porta do banheiro que dava para o quarto do Andy.

– Zach? – ouvi a mamãe me chamando na porta do meu quarto. E logo depois ela bateu na porta do banheiro. – Zach, você está aí dentro? Posso entrar? – perguntou a mamãe.

Eu não queria falar com a mamãe, aí respondi:

– Estou no banheiro.

– Tá bom, meu filho. Eu só queria... ter certeza de que você estava bem – disse a mamãe.

– Hã-hã... – foi tudo o que respondi, e depois ouvi a mamãe se afastando, saindo do meu quarto e fechando a porta.

Depois de um tempo me levantei, lavei o rosto com água fria e me olhei no espelho. Os meus olhos estavam vermelhos. Fiquei olhando para mim mesmo, e quando a gente está com vontade chorar e se olha no espelho, a gente chora muito mais.

– Para de chorar – falei para mim mesmo. – Para de chorar, já disse! – falei de novo, e era como se uma parte de mim falasse com uma outra parte. – Para, para, PARA!

Lavei o rosto de novo e voltei para o meu quarto, e fiquei parado no meio do quarto pensando no que eu devia fazer.

– Você tem que fazer alguma coisa – falei, de novo uma parte falando com a outra. – Tudo está muito pior agora.

“Mas o que eu posso fazer?”, respondi para mim mesmo, só que não em voz alta; a resposta aconteceu apenas dentro da minha cabeça.

Fiquei pensando um tempão sobre isso, sem me mexer, sem me sentar. Fiquei ali parado, em pé, no meio do meu quarto, pensando.

46
Uma missão urgente

"– É hora de sair numa outra missão – disse Annie.

– Isso mesmo – respondeu Kathleen.

– E é muito urgente agora – falou Teddy.

– Merlin está cada dia mais fraco – disse Kathleen, e piscou para segurar as lágrimas.

– Ah, não! – disse Annie.

– Morgan quer que vocês encontrem o último segredo da felicidade – falou Teddy."

Hoje era o dia em que o Jack e a Annie vão procurar o quarto segredo da felicidade. Dois amigos deles, a Kathleen e o Teddy, que são bruxos, aparecem na casa da árvore mágica e falam sobre a missão que a Morgan tinha dado a eles. A Morgan é tipo a professora deles, e a casa da árvore mágica pertence a ela.

E hoje era o dia em que eu também ia sair numa missão.

Durante toda a manhã parecia que tinha uma montanha-russa na minha barriga e eu não conseguia parar quieto nem por um minuto. Tentei ficar sentado na minha cama com o Clancy no meu colo, tentei ler o livro 40 da coleção "A Casa da Árvore Mágica" para poder pensar na missão do Jack e da Annie, e não na minha.

Toda vez que pensava na minha missão, eu ficava apavorado, e aí tinha que fazer aquilo de novo: falar comigo mesmo. "Para com isso. Você tem uma missão a cumprir agora, tem que ser corajoso, lembra?"

Ainda não era a hora de sair para a missão. Quase. Tentei ler, mas ficava pensando em outra coisa, aí o tempo todo eu tinha que voltar para o começo da página e ler tudo outra vez, mas mesmo assim não conseguia me lembrar do que tinha acabado de ler.

O meu plano estava todo pronto, o meu equipamento estava todo guardado, mas ainda não era hora. A hora certa seria depois do almoço, quando a mamãe ia se encontrar com o advogado dos Eaton, porque aí ela estaria ocupada e não notaria nada, e eu teria uma vantagem.

A minha missão era ir ao cemitério onde ficava o túmulo do Andy e também o túmulo do filho do Charlie. O homem do jornal da tevê disse que todos os dias, à noitinha, o Charlie ia até lá para visitar o túmulo do filho. Então eu iria ao cemitério também. Ia ficar lá e esperar que o Charlie aparecesse. Eu tinha que ir ao cemitério porque não sabia onde era a casa dele nem qual era o número do telefone dele.

Eu queria pedir desculpa pela maneira que a mamãe estava falando dele no jornal. Eu queria pedir a ele para vir comigo até a nossa casa para a gente falar com a mamãe, para tentar acabar com essa briga e, quem sabe assim, o papai poderia voltar para casa.

Fazer os preparativos para sair numa missão dá o maior trabalho – eu fiquei fazendo um monte de coisas a manhã inteira, pensando num monte de coisas que eu tinha que levar. Para o Jack e a Annie é fácil. Tudo o que eles precisam fazer é apontar para um livro e dizer: "Eu quero ir para lá agora!", e aí, BUM!, eles vão parar exatamente onde queriam estar. Eles também não precisam se preocupar em levar tudo de que vão precisar porque já estão usando, de uma maneira mágica, tudo isso. Em *A noite do imperador pinguim*, eles vão parar na Antártica e estão vestindo roupa de neve com luvas e óculos de proteção. E a mochila do Jack se transforma na mochila de um escalador.

Eu queria encontrar um livro sobre o cemitério e dizer "Eu quero ir para lá agora!" também, e aí, de repente, eu ia aparecer lá no cemitério com todo o equipamento necessário. Mas eu sabia que isso não ia acontecer. Eu tinha que bolar um plano, colocar minhas coisas na mochila e ir para lá sozinho.

Era por isso que estava a maior reviravolta na minha barriga e que as minhas pernas tremiam quando eu pensava em ter que sair de casa sem fazer barulho para que a mamãe não notasse que eu estava saindo para ir para o cemitério. Eu sabia o caminho porque era bem perto da minha pré-escola e já tinha ido naquela direção um monte de vezes. Mas eu nunca fui andando, embora fosse bem perto de casa. Dava só uns cinco minutos de carro, e a mamãe sempre dizia que a gente deveria ir andando, mas a gente nunca fez isso porque sempre estava com pressa de manhã.

Decidi colocar o livro 40 da coleção "A Casa da Árvore Mágica", *A noite do imperador pinguim*, na minha mochila, porque ficar sentado lendo não estava funcionando agora e eu só tinha conseguido ler uns três capítulos esse tempo todo, mas eu queria levar o livro comigo. Tirei a mochila de debaixo da cama. Ela estava pesada porque mais cedo eu tinha amarrado o saco de dormir do Andy na parte de baixo dela. O livro era a última coisa que eu ia colocar dentro da mochila porque ela já estava muito cheia.

Pensei no meu plano de novo, e foi aí que lembrei que precisava dar um jeito no alarme antes de sair. Noite passada, quando eu estava organizando tudo, pensei no alarme e que, quando eu saísse de casa, durante a reunião da mamãe com o advogado dos Eaton, a voz da mulher-robô ia dizer "Porta da frente!", e aí a mamãe ia saber que eu tinha aberto a porta da frente. Além disso, eu não podia sair pela porta da frente de todo modo, porque o pessoal da tevê ia me ver.

Então eu bolei um plano bem legal, mas quase me esqueci de fazer a parte mais importante.

A mamãe estava no quarto dela com a porta fechada. Aí peguei um lápis da minha escrivaninha bem rápido e desci a escada. Abri a porta da garagem e ouvi, vindo lá da cozinha:

– *Porta da garagem!*

Coloquei o lápis no chão para manter a porta aberta só um pouquinho para ninguém perceber. E aí subi de novo a escada correndo.

Logo depois, a campainha tocou algumas vezes, e ouvi a mamãe descendo a escada. Em seguida, ouvi vozes vindo lá de baixo também, e fiquei bem quietinho, dentro do meu quarto, com o coração batendo, batendo, batendo. Esperei até as vozes se afastarem pelo corredor e todo mundo ir para a sala de estar.

Fui ao banheiro mais uma vez. Coloquei o tênis e o casaco que estavam debaixo da cama, ao lado da minha mochila. Eu ia colocar a mochila nas costas quando os meus olhos viram os meus caminhões. Eles ainda estavam todos espalhados porque eu tinha ficado com raiva e chutado todos eles. Não queria deixar os meus caminhões assim, então fui até lá e coloquei todos eles em fila. Agora, sim, era hora de ir embora.

Fiquei esperando no alto da escada e ouvindo as vozes. Essa era a parte mais difícil: descer e sair de casa. Desci a escada na ponta dos pés, tentando não fazer a madeira ranger – para isso a gente tem que pisar na ponta dos degraus, e não no meio deles. O problema é que dava para ver o final da escada lá da sala de estar, então isso ia ser meio complicado. Parei no meio do caminho e o meu coração batia tão alto que provavelmente todo mundo na sala de estar já tinha ouvido. Desci os últimos degraus bem rápido, passei pelo corrimão e fui na direção da porta da garagem. Achei que ia ouvir a mamãe dizer "Zach, aonde é que você vai?", mas isso não aconteceu. E as pessoas na sala de estar continuaram falando, e ninguém nem notou que eu tinha descido a escada.

O lápis ainda estava na porta da garagem, que continuava um pouquinho aberta. Abri a porta mais um pouco, passei por ela e depois fechei. Andei pela garagem e destranquei a porta lateral com uma chave que uma vez ficou presa dentro da fechadura e ficava sempre lá, mas que ainda funcionava para abrir a porta. Passei pelo nosso jardim dos fundos e fiquei ali por alguns minutos. O frio do lado de fora fez o meu nariz começar a escorrer. Coloquei as mãos dentro do bolso da minha calça e senti a medalhinha de asa de anjo na minha mão. E então chequei a hora no relógio da Lego do Andy, que eu tinha pegado na escrivaninha dele. Eram 2:13 da tarde.

47

Scooby-Doo numa van branca

No bolso da frente da minha mochila, tinha um mapa que eu fiz na noite passada do caminho entre a minha casa e a minha pré-escola e o cemitério que ficava perto dela. Isso me lembrou do que a Dora, a aventureira, sempre diz no começo de todos os desenhos, antes de ela e o Botas irem para algum lugar: "A quem nós perguntamos quando não sabemos por onde ir?! Ao mapa!" E aí o mapa pula da mochila da Dora e canta aquela musiquinha, com uma voz bem chatinha, junto com o gafanhoto, o sapo e caracol: "Quem eu sou? O mapa! Quem eu sou? O mapa! Quem eu sou? O mapa!" O mapa diz à Dora e ao Botas por onde ir, e eles têm que atravessar uns três obstáculos de cada vez – uma floresta que dá arrepios, um deserto onde venta muito, um lago cheio de crocodilos, e coisas parecidas. Eu não assisto mais à Dora porque é um desenho para bebê, mas eu assistia muito quando ia à pré-escola, então é engraçado eu estar pensando nele justo agora, quando estou pronto para ver a minha pré-escola de novo.

Na minha cabeça, eu finjo ter feito esse caminho um monte de vezes na noite passada, mas eu fiz um mapa de qualquer modo, porque vai que eu preciso dele. O caminho para a minha pré-escola é assim: cortar pelo jardim dos fundos da nossa casa e ir até a esquina onde o ônibus pega as crianças grandes, as do sexto ao nono ano. Não é um ônibus amarelo que vem, não, é um ônibus normal que está sendo usado como ônibus escolar porque não têm ônibus amarelos suficientes. Depois do quinto ano, que era o ano em que o Andy estava, as crianças pegam aquele ônibus para ir à escola. O Andy estava bem animado com isso.

Então... a gente tem que passar pela esquina onde o ônibus das crianças grandes para e depois subir a rua até onde fica um campo grande e bem verde com a universidade atrás, e depois a gente pega a rua com o corpo de bombeiros na esquina. Dá a volta no quartel e sobe outra rua. A pré-escola fica à direita, no subsolo do prédio da igreja. E o cemitério onde o túmulo do Andy está fica do outro lado da rua.

Essa vai ser a minha missão, encontrar o caminho, e ninguém pode me ver andando pelas ruas sozinho porque senão as pessoas vão pensar "O que esse garoto está fazendo sozinho?", e aí elas vão me perguntar o que eu estou fazendo e a minha missão inteira vai pelo ralo.

Depois que o mapa diz à Dora e ao Botas por que caminho eles devem ir, os dois falam as três paradas – a floresta que dá arrepios, o deserto onde venta muito e o lago dos crocodilos – um monte de vezes antes de irem, e eles fazem marcas quando passam pelas paradas. Quando cruzei a rua entre o jardim dos fundos da nossa casa e a casa da Liza, eu parei e fiquei olhando para o lugar onde o Andy estava deitado no meu sonho, com a flecha enfiada no peito dele e sangue por todo lado.

Depois que passei pelo ponto do ônibus das crianças grandes, parei e peguei o mapa. E peguei um lápis no bolso da frente da mochila e fiz uma marquinha do lado de "Ponto de ônibus". Depois coloquei o mapa no bolso do meu casaco e comecei a subir a rua em direção ao campo, que era a próxima parada. Subir aquela ladeira era bem difícil. As minhas pernas estavam cansadas, também porque a mochila pesava muito com todo o meu equipamento e estava machucando o meu pescoço, e o saco de dormir do Andy batia nas minhas pernas. Decidi parar um pouco e tirar o saco de dormir do Andy dali. Então percebi que estava bem na frente da casa do Ricky. Tinha um monte de jornais dentro de sacos azuis na porta da frente. Ninguém mais vivia ali, porque o homem com uma arma matou o Ricky e agora a mãe dele tinha morrido também. Olhei para a porta da garagem. A mamãe disse que a mãe do Ricky se matou ali dentro, e fiquei me perguntando se ela ainda estaria ali, e isso me deu medo, aí coloquei a mochila nas costas e saí andando bem rápido.

"Tem que ser corajoso!", falei para mim mesmo dentro da minha cabeça.

Talvez o Ricky e a mãe dele estejam em túmulos no cemitério também, como o Andy e o filho do Charlie. Eu ia procurar quando chegasse lá.

No topo da ladeira estava o campo. Atrás dele dava para ver a universidade, e não tinha nenhum estudante da universidade ali fora, o que era bom. Fiz uma marquinha do lado de "Universidade" no mapa.

Tudo estava bem até eu chegar à estrada. Estava tudo tranquilo e eu não tinha visto ninguém, mas, quando dei a volta no quartel dos bombeiros, carros estavam vindo da esquerda e da direita, e as pessoas dentro dos carros iam me ver. Vi uma casa bem ao lado do quartel e fingi que estava tentando abrir a porta. Os carros passaram por mim e não pararam. Afastei a cabeça da porta para olhar se mais carros estavam vindo, mas não tinha mais nenhum.

Dei a volta no quartel bem rápido e na esquina, antes de começar a subir uma outra ladeira, tinha um estacionamento cheio de bancos, então decidi me sentar por alguns minutos. Fiz uma marquinha no mapa do lado de "Quartel dos bombeiros" e olhei no relógio do Andy: 2:34. Decidi comer um dos lanchinhos que eu tinha trazido. Os lanches e a minha garrafa de água estavam na bolsa do meio da minha mochila. Tirei uma barrinha de cereal e estava tentando abrir o pacote quando de repente vi uma van branca descendo a ladeira bem devagar.

O meu coração começou a bater numa supervelocidade. Deixei cair a barrinha e o mapa no chão, peguei a minha mochila e olhei para os lados rapidamente. Vi as caixas de doação de roupa aonde a mamãe e eu fomos algumas vezes para deixar roupas velhas, que a gente não usava mais, para serem doadas às pessoas pobres, e corri e me escondi atrás dela.

Era muito apertado ali, porque tinha uma cerca bem atrás da caixa de roupa, e também cheirava muito mal, como se alguém tivesse vomitado ou coisa parecida. Eu estava respirando muito rápido e o meu coração ainda batia muito rápido também. "Por favor, não deixa o cara mau me pegar. Por favor, não deixa o cara mau me pegar", falei dentro da minha cabeça e abracei a minha mochila bem apertado.

No nosso bairro, tinha uma van branca com um cara mau, e no verão ele colocava um Scooby-Doo enorme em cima da van e ficava andando por aí. Ele tentava fazer as crianças chegarem perto da van para verem o Scooby-Doo, porque ele queria roubar as crianças. O Andy me contou isso e eu fiquei muito assustado, nem queria mais ir brincar do lado de fora. A mamãe disse que era verdade, que tinha realmente um cara mau numa van branca. Ela leu sobre isso no Facebook. Ela me disse que era melhor eu ficar perto da nossa casa, e que não era nunca para entrar em carros de estranhos. "Isso é o suficiente para estarmos seguros aqui no nosso bairro", disse a mamãe.

Só que eu não estava perto da nossa casa. Eu estava sozinho, e agora o cara mau ia me roubar e me colocar dentro da van branca. Tentei não me mexer e não fazer nenhum barulho. Talvez o cara mau não tivesse me visto quando eu estava sentado no banco do estacionamento. Mas aí pareceu que ele tinha visto, sim, porque a van entrou no estacionamento. O meu corpo inteiro tremia e comecei a chorar. Enfiei a cabeça na mochila para que o choro não fizesse barulho. Eu queria não ter saído de casa nessa missão. Se eu ainda estivesse no meu quarto, o cara mau não estaria vindo na minha direção agora.

Ouvi uma porta de carro bater e depois outra porta de carro, e não deixei sair nenhuma respiração da minha boca. Aí ouvi vozes, mas eram vozes de mulher, e elas falavam sobre a fila imensa para ver o Papai Noel na Macy's. Eu sabia do que elas estavam falando porque nós sempre fomos até a cidade ver o Papai Noel na Macy's antes do Natal, e a fila sempre era muito longa, demorava quase uma hora, mas este ano a gente não foi.

As vozes das mulheres pareciam estar se afastando de mim. O meu coração começou a bater mais devagar, e fui parando de chorar aos poucos, mas tentei não me mexer porque a van branca ainda podia estar por ali em algum lugar. Olhei o relógio do Andy: 2:39. Fiquei olhando para o relógio e nada aconteceu, então às 2:45 decidi olhar pelo lado da caixa de roupas. Não tinha mais nenhuma van branca.

Eu queria muito ir para a casa, porque estava com uma sensação estranha e não me sentia mais corajoso. Mas aí pensei na minha missão e em como eu não queria que o Charlie fosse para a cadeia, então decidi fazer "minha mãe mandou eu escolher esse daqui" para decidir se voltava para casa ou continuava indo para o cemitério. Deu cemitério.

Saí de trás da caixa de roupa e olhei para o alto da ladeira onde a minha pré-escola e o cemitério ficavam. Uns adolescentes estavam descendo a rua e um deles me perguntou:

– Ei aí, garoto, tá indo acampar, é?! A mochila é maior que você.

Os outros adolescentes riram e assoviaram. Tentei não olhar para eles. Mantive meus olhos na direção da calçada e das pedras quadradas e retangulares. Tentei chegar até o alto da ladeira sem tocar nas pedras retangulares.

48
Ventos que sussurram

Subi a rua até onde ficava a minha pré-escola, à direita, mas eu estava indo pelo outro lado da calçada, onde o cemitério ficava. A caminhada até lá levou um bom tempo. Quando cheguei, o relógio marcava 3:10. Então fazia quase uma hora desde que tinha saído de casa. Eu vi o prédio da pré-escola do lado direito, e um monte de carros passava de um lado para outro, o que fazia sentido, porque às três da tarde era o horário de saída.

Andei o restante do caminho bem rápido, virei à esquerda e fui na direção do portão grande e preto do cemitério, porque eu não queria que alguém da escola me visse. O portão grande tinha duas torres de pedra, uma de cada lado, e as grades que iam de uma torre à outra faziam um círculo pela metade, e tinha também um letreiro onde a gente podia ler "Cemitério Sagrado Sepulcro". Nas duas pontas do círculo pela metade tinham lâmpadas que pareciam com velas grandes. Eu não vi esse portão quando viemos para o enterro do Andy, porque a gente veio de carro da igreja e estacionou do outro lado do cemitério, na pequena estradinha que tem lá dentro. Através do portão, eu podia ver o cemitério, e essa parte parecia diferente daquela em que o túmulo do Andy ficava. Talvez seja uma parte antiga ou coisa parecida.

Eu entrei no cemitério e, de repente, tudo ficou em silêncio depois que atravessei o portão. Atrás de mim estavam os carros que paravam na porta da pré-escola e todo o barulho do tráfego. Na minha frente não tinha nada a não ser o silêncio. Parecia que o portão bloqueava todos os sons que vinham de fora.

Aqui nessa parte do cemitério não tinha estradinha como na parte onde o túmulo do Andy estava, só grama crescendo por toda parte e muitas lápides, aquelas pedras onde fica o nome de quem morreu. As lápides dessa parte estavam caindo aos pedaços e davam arrepios, algumas estavam todas tortas e ao redor delas tinha grama, arbustos e árvores por todo lugar. Tentei ler alguns dos nomes nas lápides, mas não dava para ver o nome completo porque a inscrição já tinha desaparecido. As lápides eram de várias formas e com tipos diferentes de cruzes.

Tentei caminhar com bastante cuidado porque eu não queria cair dentro de um túmulo com gente morta. Era assustador caminhar por ali e pensar que tinha gente morta de verdade lá embaixo. Mas esses túmulos eram muito velhos, então provavelmente só tinha ossos e nenhuma outra parte do corpo das pessoas mortas, porque tudo, menos os ossos, volta para a terra.

O vento fazia os arbustos e as árvores se mexerem, e eles faziam um barulho assustador, como quando alguém está sussurrando. Fiquei pensando nas pessoas mortas velhas embaixo de mim e isso fez eu começar a sentir a minha barriga doer. Aí fui andando mais rápido, procurando pelo caminho para a outra parte do cemitério, onde eles colocavam as pessoas mortas novas. Quando a gente esteve aqui para o enterro do Andy, foi até bonito, embora estivesse chovendo o tempo todo. Tinha um monte de flores por toda parte nos outros túmulos, e as folhas molhadas que caíam das árvores faziam o chão ficar colorido e brilhante, e tudo cheirava bem por causa da chuva.

Subi uma ladeirinha e, do outro lado dela, começava a parte mais nova e mais bonita do cemitério. Parecia bem maior agora do que eu me lembrava do dia do enterro. Eu nunca tinha olhado para essa parte deste lado, então não tinha muita certeza de onde ficava o túmulo do Andy. O vento soprava forte e fazia a minha testa doer, e lágrimas saíam dos meus olhos por causa do frio. Tirei o chapéu e as luvas do bolso da frente da minha mochila e coloquei os dois, e puxei o chapéu até quase os olhos para esquentar a minha testa. Aí comecei a andar procurando pelo túmulo do Andy.

Não tinha ninguém no cemitério inteiro, e isso era bom, porque, se tivesse alguém ali, provavelmente ia achar que não estava certo um menino estar no cemitério sem ninguém por perto e ia me perguntar alguma coisa e descobrir que eu tinha vindo sozinho para cá.

Parei um monte de vezes para olhar as lápides, mas eu não sabia como era a lápide do Andy, porque no dia do enterro ainda estava sem ela. Leva um tempão para fazer as lápides, e era por isso que ela não ficou pronta para o enterro e tinha sido colocada depois.

Eu vi a estradinha no fim do cemitério onde a gente estacionou o carro. Fui até lá, depois me virei e aí reconheci o lugar melhor. Agora eu sabia que o túmulo do Andy estaria no caminho à direita e não muito longe dali.

Tinha um monte de estradinhas em volta dos túmulos, e as lápides eram novas e brilhantes nessa parte. Eu podia ler todos os nomes e números nelas. O primeiro número era a data de nascimento da pessoa e o segundo era a data de falecimento, e assim dava para dizer quantos anos a pessoa tinha quando morreu. A mamãe me disse isso quando nós fomos ao cemitério de Nova Jersey para o enterro do tio Chip e compramos flores para pôr no túmulo dele. Foi exatamente um ano atrás que ele tinha morrido, e faz algumas semanas que o Andy morreu por causa do homem com uma arma. Olhei para as lápides para achar o nome do Andy.

Herman Meyer
1937–2010

Robert David Luldon
1946–2006

Sheila Goodwin
1991–2003

Fiz as contas e vi que de 1991 para 2003 eram apenas doze anos, então a Sheila tinha apenas doze anos quando morreu. Ela era apenas dois anos mais velha que o Andy, e fiquei me perguntando por que a Sheila tinha morrido com apenas doze anos. Andei e andei e li muitos nomes, e às vezes eu parava para ver quantos anos a pessoa tinha quando morreu. Comecei a ficar cansado, e a mochila estava cada vez mais pesada nas minhas costas. Talvez o túmulo do Andy não ficasse do lado direito, mas do esquerdo. Agora eu já não tinha mais certeza.

Aí me lembrei de uma árvore grande ao lado do túmulo do Andy que a gente viu quando veio para o enterro, aquela que parecia que estava pegando fogo por causa das folhas laranja e amarelas. Agora não tinha mais nenhuma folha nas árvores, porque o primeiro dia de inverno seria na semana que vem, mas olhei em volta procurando árvores bem altas e encontrei uma bem perto de mim. Andei até ela. E aí eu vi, bem perto da árvore: o túmulo do Andy. A lápide dele era preta e cinza e muito brilhante, com um coração no alto. As letras e os números eram brancos, e a minha garganta começou a doer quando eu li. Sussurrei as palavras mesmo que não tivesse ninguém ali para me escutar.

Andrew James Taylor
2006–2016

O vento soprava em volta de mim como se estivesse pegando as minhas palavras e sussurrando todas elas de volta para mim, carregando tudo para baixo e para cima. Eu gostei desse som agora. Já não me dava mais uma sensação ruim. Meio que parecia que o nome do Andy estava dando voltas ao meu redor. Agora eu achava que tinha sido bom ter vindo, e talvez agora eu fosse sentir a presença do Andy de novo e conseguisse falar com ele como no esconderijo, quando ele ainda estava lá dentro.

Olhei para o relógio: 3:35. O homem do jornal disse que o Charlie sempre vem à noitinha, e ainda não estava de noite, então eu ainda tinha que esperar que ele viesse. A minha barriga começou a roncar e lembrei que não tinha comido a barrinha de cereal porque me assustei com o cara mau da van branca e deixei a barrinha cair no chão lá no estacionamento. Então decidi tirar tudo o que eu trouxe de dentro da mochila e comer alguma coisa. Ainda não era hora do jantar, isso seria por voltas das seis ou sete da noite, então por enquanto seria apenas um lanchinho.

Eu desamarrei e desenrolei o saco de dormir do Andy ao lado do túmulo dele e me sentei de pernas cruzadas, como eu fazia lá no esconderijo. Tirei tudo de dentro da mochila e espalhei as coisas à minha volta: a lanterna do Buzz para quando ficasse escuro, o meu livro, a minha garrafa de água que enchi antes de sair, quatro barrinhas de cereal, três saquinhos de salgadinho, dois pacotes de queijo fatiado, um sanduíche de queijo com presunto que fiz para o almoço hoje e que ia ficar para o jantar mais tarde e uma maçã. Assim, com tudo espalhado, até parecia um piquenique.

A última coisa que tirei da mochila foi a foto minha e do Andy, que coloquei entre as páginas do meu livro. Abri um saquinho de salgadinho, e para fazer isso tive que tirar as luvas. Imediatamente, os meus dedos ficaram congelados por causa do vento.

Depois que terminei de comer o salgadinho, peguei o livro de novo, pus a foto no meu colo e achei a página onde tinha parado de ler em casa.

– Oi, Andy – falei. – Você quer que eu leia mais um pouco?

Olhei para a imagem e depois para a lápide com o nome do Andy, aí esperei um pouco para ver se eu sentia que ele estava me escutando.

– Vou contar para você o que eu já li até agora para você saber o que perdeu e depois continuo a ler. Tá bom, Andy?

49

Um fantasma camarada

– Então, neste livro o Jack e a Annie vão para a Antártica tentar descobrir o quarto segredo da felicidade para o Merlin. Eles acham uma estação de pesquisa onde trabalham pesquisadores de diferentes países. O Jack e a Annie se disfarçam com os seus óculos de proteção e máscaras e entram num helicóptero que vai para um vulcão com alguns dos pesquisadores. Acho que alguém vai descobrir que eles são crianças e eles vão se meter na maior encrenca, você não acha?

Esperei alguma coisa acontecer. Alguma coisa mudar e eu sentir de novo que o Andy estava me escutando. Mas nada aconteceu.

Li em voz alta mais dois capítulos, mas estava ficando difícil virar as páginas porque os meus dedos estavam muito frios. Quando levantei a cabeça, levei um susto, porque eu só estava pensando no livro e esqueci onde estava, e não percebi que começava a ficar escuro à minha volta.

Olhei o relógio do Andy: 4:58. Depois olhei em volta, mas não vi o Charlie em lugar nenhum, então talvez ainda fosse muito cedo. Coloquei as luvas e soprei dentro delas para esquentar as minhas mãos, como a mamãe fazia para me ajudar. Fiquei um pouco triste ao pensar na mamãe, e aí voltei a ler para parar de pensar nela, mas é impossível virar as páginas quando a gente está usando luvas.

Eu estava com muito frio no corpo inteiro, aí abri o saco de dormir do Andy e enfiei as minhas pernas lá dentro, e isso ajudou a esquentar as pernas, mas o resto de mim continuava com frio.

Quando planejei essa missão, não pensei muito no escuro. Eu trouxe comigo a lanterna do Buzz, mas não pensei de verdade em como ia ser quando ficasse totalmente escuro e eu estivesse sozinho no cemitério. Só pensei em como ia ser encontrar o Charlie e voltar com ele para a minha casa.

Mas não era assim que as coisas estavam acontecendo. Ainda não estava escuro de todo, eu ainda podia ver as lápides à minha volta, mas por entre as árvores estava muito escuro e assustador. E aí, de repente, eu pensei pela primeira vez uma coisa: e se o Charlie não viesse ao cemitério hoje? Comecei a sentir o meu coração batendo muito forte e cheguei mais perto da lápide do túmulo do Andy e me encostei nela. Puxei a minha mochila para perto de mim e procurei o Clancy.

O Clancy não estava na parte grande. Chequei na parte do meio e na pequena, mas nada. Olhei em volta, porque podia ser que ele tivesse caído da mochila mais cedo quando tirei os outros equipamentos, mas ele não estava em lugar nenhum. Ou eu tinha esquecido o Clancy em casa, ou tinha perdido o Clancy, não sabia ao certo. Sem o Clancy, sem o Charlie, sem a mamãe, sem o papai. Somente eu.

Senti vontade de chorar, e pensei que queria voltar para casa, mas eu estava muito assustado para me levantar e ir a qualquer lugar. Comecei a pensar nas pessoas mortas nos túmulos e não conseguia parar mais. Pensei nos ossos delas no caixão e também que talvez as pessoas mortas virassem fantasma depois de escurecer. Pensei no cara mau na van branca e fui ficando cada vez mais e mais assustado.

Tirei a foto minha e do Andy do livro. Ainda dava para ver a foto um pouquinho na escuridão.

– Andy… – sussurrei.

O meu queixo tremia muito e fazia os meus dentes baterem uns contra os outros.

– Andy, você está aí? Será que pode vir aqui? Eu preciso muito de você.

Mas nada aconteceu de novo. Aí eu me lembrei da medalhinha com a asa de anjo no bolso da minha calça. Tirei uma das luvas e tentei enfiar a mão no bolso, mas foi difícil porque eu não conseguia mexer a minha mão direito, ela estava um pouco dura por causa do frio. Finalmente consegui enfiar a mão no bolso e fiquei esfregando a medalhinha da asa de anjo. "O seu irmão não foi embora. Ele está olhando por você", foi isso que a srta. Russell me disse, e tentei ficar repetindo isso para mim mesmo dentro da minha cabeça: "O Andy não foi embora. Ele está olhando por mim. O Andy não foi embora. Ele está olhando por mim."

Eu estava segurando a foto minha e do Andy com a outra mão, e de repente um vento soprou forte, e eu não estava segurando a foto com bastante força, aí o vento tirou a foto da minha mão e ela saiu rolando pelo chão, e depois voou e ficou presa numa das lápides.

– Não! – gritei.

Pulei do saco de dormir e corri até a lápide para pegar a foto, mas o vento soprou de novo e ela voou para mais longe ainda. Tentei manter os meus olhos grudados na foto para que ela não se perdesse na escuridão. Corri atrás dela, mas aí esbarrei em alguém.

Foi uma surpresa enorme, porque eu não tinha visto ninguém por ali antes, então talvez fosse um fantasma. O fantasma segurou os meus braços, e eu comecei a chutar e a gritar.

– NÃO! Me deixa em paz!

– Zach?! Zach?!

Olhei para cima, porque fiquei ainda mais surpreso: o fantasma sabia o meu nome. Mas não era um fantasma. Era o Charlie. E o rosto dele estava engraçado, porque ele não esperava me ver ali.

– Zach – disse o Charlie –, o que você está fazendo aqui?

Ele olhou para os lados.

– Por que você estava correndo? O que houve?

Foi muito difícil falar porque eu estava respirando muito rápido por ter corrido, chutado e gritado muito. Tentei contar ao Charlie sobre a foto.

– Ela voou para longe... O vento... Minha foto...

– A foto voou para longe? Onde?

Apontei para onde ela tinha voado, no meio das árvores, onde agora estava muito escuro e assustador.

– Tá bom, vamos lá ver – disse o Charlie.

O Charlie me segurou pelo ombro e comecei a me sentir menos assustado com ele ali. Nós procuramos por toda parte e de repente estava lá ela, presa no meio de um arbusto.

– Você está conseguindo ver? – perguntou o Charlie, e eu apontei onde a foto estava.

O Charlie ficou procurando por um tempo, depois pegou a foto e trouxe de volta para mim com um sorriso triste no rosto.

– Zach – disse o Charlie –, o que você está fazendo aqui? Você veio visitar o seu irmão?

– Vim – respondi –, mas eu queria mesmo era falar com você.

– Comigo? Como você sabia que eu estaria aqui? – perguntou o Charlie.

– Eu vi na tevê – falei. – No jornal disseram que você vem aqui todos os dias de noitinha.

– Sei... – disse o Charlie, e aí apontou para uma lápide e nós dois fomos até ela.

Mesmo naquela escuridão quase total eu consegui ler:

Charles Ranalez Jr.
1997–2016

– Eu venho dar boa-noite a ele – disse o Charlie. – É o meu filho.

A voz do Charlie foi a voz mais triste que eu já tinha ouvido em toda a minha vida.

50
Indo para casa

Nós ficamos ali na frente da lápide do filho do Charlie, e depois de um tempo olhei para o rosto dele.

– Charlie? – chamei.

– O que foi?

– Por que ele fez aquilo? Por que ele entrou na nossa escola e matou o Andy e as outras pessoas?

O Charlie colocou uma das mãos na boca e com a outra enxugou a testa. Ele respirou fundo e olhou para o céu. Eu olhei também e vi que a lua estava bem em cima de nós. Era uma lua quase cheia, mas ainda faltava um pedacinho do lado esquerdo. Aí o Charlie soltou o ar bem devagar.

– Eu não sei... – disse ele, e foi até difícil de ouvir, porque ele falou bem baixinho. Ele ainda estava olhando para o céu, e eu percebi que os ombros dele subiam e desciam. E aí ele começou a falar de novo, e a voz dele parecia meio presa na garganta. – Eu não sei, Zach. Eu juro que não sei. Eu me pergunto isso todo santo dia.

– O papai disse que foi porque ele não sabia que isso era errado. Porque ele tinha uma doença – falei.

O Charlie balançou a cabeça que sim e passou a mão nos olhos algumas vezes.

Ficamos em silêncio por um tempo, aí o Charlie perguntou:

– Por que você veio até aqui para me ver, Zach?

Agora era a parte em que eu contava ao Charlie sobre a minha missão.

– Eu queria falar com você – respondi. – Eu não sabia onde ficava a sua casa, então vim aqui.

– Está quase de noite. Os seus pais sabem que você está aqui? – perguntou o Charlie.

– Eu não contei para ninguém.

– Sobre o que você quer falar comigo?

– Eu quero que você venha comigo para a minha casa. Eu quero que a gente fale com a mamãe juntos, para acabar com essa briga toda – falei bem rápido, porque o Charlie estava com o mesmo sorriso triste no rosto e parecia um sorriso que queria dizer "não", e não "sim".

– Você vem comigo? Por favor... – falei.

– Ah, Zach. Eu queria muito. Eu queria... mas não posso. É... Eu não posso fazer isso – disse o Charlie, e colocou o braço em volta dos meus ombros, mas eu me afastei dele.

De repente parei de sentir frio. O meu corpo inteiro estava ficando quente de novo.

– Por quê? – perguntei, e aí meus olhos ficaram cheios de lágrimas. – Por que você não pode? Tudo... tudo está muito ruim. Nós temos que falar com a mamãe ou ela vai levar você para o tribunal e colocar você na cadeia – falei, e nesse momento eu já estava chorando.

O Charlie não respondeu nada. Ele colocou os braços em volta dos meus ombros de novo e me puxou para ele, e dessa vez eu não resisti. O abraço apertado do Charlie era muito bom. Nós dois ficamos assim por muito tempo. Eu encostei a cabeça na barriga do Charlie e chorei e chorei e chorei, e o Charlie ficou fazendo carinho na minha cabeça. Depois de um tempo, eu parei de chorar, mas a minha cabeça estava doendo muito e eu estava me sentindo bem cansado.

O Charlie parou de me abraçar e na mesma hora comecei a sentir frio de novo. Ele ajoelhou na minha frente e tirou um lenço do bolso do casaco, não era um lenço de papel, mas daquele tipo que parece um guardanapo, igual ao que o tio Chip usava e que tinha as iniciais do nome dele, C.T. O Charlie enxugou as minhas lágrimas e depois colocou o lenço no bolso novamente.

– Zach, meu melhor amigo – disse bem baixinho. – É hora de ir para casa. Os seus pais devem estar preocupados.

Ele me ajudou a pegar todas as minhas coisas. Coloquei a foto dentro do meu livro e o livro dentro da mochila. E fomos até o carro dele, que estava parado na estradinha do cemitério. Ele ligou o aquecimento do carro, e os meus dentes pararam de bater. O Charlie dirigiu bem devagar pela mesma estradinha que eu tinha caminhado, e levou um pouco mais de cinco minutos para a gente entrar na minha rua. Olhei para o relógio do Andy. Eu levei uma hora para ir a pé mais cedo. Dentro do carro a gente não falou nada. Aí o Charlie parou na esquina onde o ônibus pegava as crianças grandes e se virou para mim.

– Acho melhor você descer aqui.

– Não, vem comigo até a minha casa, por favor... – falei. – Por favor... Essa é a minha missão: levar você comigo para falar com a mamãe. Aí, quem sabe, ela vai deixar de ficar tão zangada com você.

– Me desculpe, Zach. Eu não posso fazer isso. Isso não seria... Isso não é apropriado, aparecer na sua casa junto com você – disse o Charlie.

Senti os meus olhos se enchendo de lágrimas, mas eu não queria chorar novamente, então cruzei os braços e fiquei olhando para a janela. Tentei não piscar os olhos para as lágrimas não escorrerem.

– Zach? – me chamou o Charlie, mas eu não respondi porque tinha uma coisa na minha garganta. – Por favor, Zach. Não fiquei zangado comigo. Eu sei que você está tentando ajudar e isso é... Você é um menino muito bom, sabe? Você está me escutando, Zach? Por favor, olhe para mim.

Parei de olhar para fora da janela do carro e olhei para o Charlie, e vi que ele estava com lágrimas nos olhos também, e aí ele deixou as lágrimas escorrerem pelo rosto.

– Por favor, não se preocupe comigo. Não... Você não tem que se preocupar comigo. Vai ficar tudo bem, tá bom? – disse o Charlie.

Olhei de novo para a janela.

– Por favor... Você não é o meu melhor amigo? – disse o Charlie, e ele parecia uma criança me perguntando aquilo.

– Tá bom – falei, e olhei para ele novamente, então nós dois deixamos as lágrimas escorrerem. – Charlie?

– Sim?

– Eu queria pedir desculpa... pelo jeito como a mamãe está falando de você por aí.

– A sua mãe... Ela está sofrendo muito – disse o Charlie.

O carro estava quente e eu queria ficar ali dentro.

– Charlie?

– Sim?

– Você ainda consegue sentir o seu filho? Você... Parece que ele ainda está aqui com você ou coisa parecida? – perguntei.

– Às vezes. Às vezes acho que ele está bem aqui, do meu lado. E às vezes... parece que ele já se foi há muito, muito tempo.

Aí ele me disse:

– Vá agora, é hora de ir para casa. Eu vou ficar observando você daqui, tá bom? Eu vou ficar vendo você andar para a sua casa até você entrar, tá certo?

Peguei a minha mochila e abri a porta de trás, e antes de sair eu disse:

– Tchau, Charlie.

– Tchau, Zach. Você é o meu melhor amigo.

Enquanto eu ia subindo a rua, vi que tinham dois carros de polícia parados na nossa porta e as vans da tevê ainda estavam lá também. Pensei que provavelmente eu ia me meter na maior encrenca da minha vida. Enquanto estava andando para casa, comecei a sentir frio de novo, e fui andando bem devagarinho. Eu me virei e vi a luz dos faróis do carro do Charlie atrás de mim. Apertei o botão do relógio do Andy. A luzinha se acendeu e vi que eram 6:10.

Quando cheguei perto de casa, vi um homem encostado numa das vans da tevê. Percebi que era o Dexter, e aí ele me viu também e começou a vir rápido na minha direção.

– Ah, cara! Zach, aí está você, cara! Todo mundo está procurando por você – disse ele, mas eu não respondi nada.

Olhei para ele com um olhar gelado e passei caminhando em direção à porta da frente da nossa casa. O meu coração batia numa supervelocidade quando apertei a campainha.

51

Essa coisa de chorar

Depois que a porta se abriu, nada aconteceu da maneira que eu achei que aconteceria. Eu não me meti na maior encrenca da minha vida nem numa encrenca pequenininha. A mamãe abriu a porta. Ela estava abraçada com o Clancy. Então ali estava ele – eu tinha esquecido o Clancy em casa. Quando a mamãe me viu, ela gritou:

– Ah, meu Deus, é ele!

E, em seguida, ela se ajoelhou e me abraçou, me balançando de um lado para outro, de um lado para outro, um monte de vezes.

– Meu bebê, meu bebê, meu bebê – disse ela, um monte de vezes também.

Atrás da mamãe, vi a Mimi, a vovó, a tia Mary e dois policiais saindo da sala de estar. Mas não vi o papai.

A mamãe parou de me abraçar, me afastou um pouco dela e ficou me olhando inteiro.

– Você está bem, Zach? – perguntou.

– O papai não está aqui – falei baixinho.

– Ah, meu Deus – disse a tia Mary. Ela pegou o celular, apertou uma tecla e depois falou: – Jim, ele está aqui. Ele voltou!

– Ele está procurando você na rua, meu filho – disse a mamãe. – Ele vai chegar já, já, tá bom?

Comecei a tremer e a bater os dentes.

– Ah, Zach, você está gelado – disse a mamãe, e aí foi a maior confusão, todo mundo andando de um lado para outro.

– Me deixe tirar os seus sapatos!

– Eu pego a mochila dele.

– Me deixe ver as suas mãos. Meu Deus, estão um gelo!

– Você deve estar morrendo de fome.

– Vou preparar alguma coisa para você comer.

Os policiais disseram que tinham que fazer algumas perguntas para mim, mas a Mimi respondeu:

– Vamos deixar ele se recuperar primeiro. Venham, vamos tomar mais um café – e aí todo mundo se sentou na cozinha, inclusive os policiais.

– *Porta da frente!* – falou a mulher-robô do alarme, e logo depois o papai veio até a cozinha também.

Ele ficou parado na porta, me olhando, sem dizer nada. Aí veio na minha direção andando bem rápido, me tirou do banco em que eu estava sentado, me levantou e me abraçou tão forte que foi difícil respirar. E então eu ouvi um som. E dava para sentir o som.

O som vinha da barriga do papai e saía pela boca dele ali bem perto do meu ouvido. Era um gemido baixinho. O peito do papai estava subindo e descendo muito rápido. Foi aí que eu percebi que ele estava chorando. Era assim que o papai chorava.

Era um choro baixinho, e o papai ficou me abraçando bem apertado por um tempão. Eu me afastei do papai porque queria ver como o rosto dele ficava chorando. Ele parecia um garoto, e não um homem, com aquele rosto todo molhado e com o queixo tremendo.

– Zach – disse ele, e o meu nome saiu junto com a respiração do papai. – Eu pensei que tinha perdido você também.

– Está tudo bem, papai – falei. Queria que o queixo do papai parasse de tremer, e eu estava me sentindo muito mal por ter feito o papai ficar tão triste. Coloquei as mãos no rosto molhado do papai e fiquei esfregando a barba dele. – Desculpa...

O papai deu uma risadinha.

– Ah, meu filho, meu filho querido – disse ele, e me abraçou bem apertado novamente. – Você não tem que pedir desculpa.

Ele me colocou de novo no banco e vi que todo mundo na cozinha estava chorando. A mamãe estava chorando, e a Mimi, e a vovó, e a tia Mary também, eu acho que aquela era a primeira vez que eu via o papai chorando, não sei ao certo, mas acho que sim.

Depois de um tempo em que todo mundo chorou à vontade, um dos policiais se levantou e disse:

– Não queremos atrapalhar vocês, mas temos que fazer algumas perguntas a esse rapazinho. Mas podemos voltar amanhã para apurar os detalhes.

E aí ele me perguntou onde eu tinha estado durante aquele tempo todo, e eu disse que tinha ido ao cemitério e contei como eu cheguei lá e tudo o mais.

O policial tomou notas num caderninho e escreveu mais algumas coisas.

– Tem algo mais que você queira me contar? – me perguntou ele, e eu balancei a cabeça que não.

Pude sentir o banho de suco vermelho acontecendo, porque eu não tinha falado que fui ao cemitério por causa do Charlie.

O outro policial se levantou.

– Está certo então, voltaremos amanhã e traremos a papelada para vocês assinarem. Tudo parece estar em ordem agora.

Os policiais saíram da nossa casa, e aí a Mimi disse que eu, a mamãe e o papai deveríamos ficar sozinhos, então ela, a vovó e a tia Mary também foram embora.

Quando todo mundo foi embora, foi meio esquisito ficar junto com o papai e a mamãe, era como se eu não soubesse mais ficar com os dois juntos, ao mesmo tempo. Acho que fiquei meio tímido.

– Você ainda não comeu nada, meu filho. O que você quer? – perguntou a mamãe.

– Cereal – respondi, e nós três comemos cereal juntos dessa vez, e ficamos sentados ali na bancada da cozinha, eu no meio, entre o papai e a mamãe. E, durante um tempo, a gente só escutava o barulhinho croc, croc, croc que a gente fazia mastigando.

Aí a mamãe perguntou baixinho:

– Quer dizer que você foi ao cemitério?

– Fui.

– Por quê?

Pensei na minha missão e que o Charlie não quis vir comigo até minha casa, e que isso significava que a missão não tinha dado certo. Abaixei a cabeça porque eu não queria que o papai e a mamãe vissem que os meus olhos estavam cheios de lágrimas de novo.

– Por que você foi ao cemitério, Zach? – perguntou a mamãe de novo, levantando o meu queixo e me fazendo olhar para ela. – Por causa do Andy?

– É – respondi, e isso não era mentira, porque quando cheguei lá eu quis ir até o túmulo do Andy. Mas também não era verdade, porque eu não contei que fui ao cemitério para encontrar o Charlie. – Eu quis ir até o túmulo do Andy para... ficar do lado dele de novo. Como a gente ficava antes... aqui em casa.

– No armário dele? – perguntou a mamãe, e eu olhei para o papai, porque ele tinha contado o meu segredo.

– Eu tive que contar à mamãe, filho. Quando a gente não conseguia encontrar você, foi o primeiro lugar em que eu fui procurar. Tudo bem?

– Tudo bem – falei, porque já não importava mais, porque o esconderijo não era mais especial.

– Você queria estar junto com o Andy de novo? – perguntou a mamãe.

– É. No começo eu sentia o Andy lá no esconderijo, não sei explicar. Eu falava com ele e outras coisas, e aí não me sentia tão solitário. O papai sabia disso, não é, papai?

– Sim, sabia. Era legal... poder imaginar isso.

– Mas eu não imaginei! Era de verdade. Era assim que era. Mas aí parou de acontecer. Eu não conseguia mais sentir o Andy lá no esconderijo, e aí fiquei sozinho na cama...

– Sozinho na cama?? – perguntou o papai, e parecia que ele estava chorando de novo, porque ele enxugou os olhos com o guardanapo. – Nossa, essa coisa de chorar não para nunca, acho que eu vou me acostumar...

– Sozinho na cama como na canção, sabe? "Dez na cama"? – respondi, e o papai me olhou sem entender nada. – Ah, deixa para lá.

A mamãe empurrou a tigela de cereais dela e pegou a minha mão.

– Zach... Eu... sinto muito. Eu sinto... muito que você... tenha se sentido tão... solitário... assim – disse a mamãe fazendo longos intervalos entre as palavras. – Se alguma coisa ruim tivesse acontecido com você... – e aí parecia que ela não conseguia mais falar.

– Está tudo bem, mamãe.

– Não, não está bem, meu filho. Você está se sentindo tão solitário que fugiu para ficar com o seu irmão no cemitério. E eu nem percebi que você tinha fugido... Só um tempo depois. Isso não está certo.

– É porque você está sofrendo muito, o Charlie me explicou isso hoje.

– Peraí... – disse a mamãe.

– Como é que é? – perguntou o papai, e os dois ficaram me olhando, e eu me arrependi de ter falado aquilo, mas já era tarde, e fiquei com medo de ter complicado as coisas para o Charlie mais ainda.

A mamãe se endireitou.

– O que isso quer dizer, Zach? O Charlie explicou isso para você hoje? Como?

Dava para perceber que ela estava ficando zangada.

O papai segurou a mão da mamãe e falou:

– Zach, é muito importante que você nos diga o que isso significa, tá bom?

– Mas ele vai ficar ainda mais encrencado? Ele não fez nada de errado! Ele me ajudou – falei, e as palavras saíram muito rápido da minha boca.

– Como foi que o Charlie ajudou você? – perguntou a mamãe.

– Ele disse que já era hora de ir para casa, porque vocês deviam estar preocupados comigo. E ele me trouxe de carro até aqui.

A mamãe olhou para o papai e soltou o ar bem devagar.

– Você entrou no carro do Charlie? – perguntou ela.

– Hã-hã.

– Agora conte tudo o que aconteceu de verdade, filho – pediu o papai.

– Tá bom. Eu fui até o cemitério porque eu queria encontrar o Charlie, queria ver o Andy também, mas fui mesmo por causa do Charlie. Eu chamei o Charlie para vir aqui em casa para falar com a mamãe, para acabar com essa briga toda. Para o Charlie não ter que ir para a prisão. E para o papai poder voltar para casa também – falei.

– Você foi ao cemitério para encontrar o Charlie? – perguntou a mamãe.

– Fui. Ele vai lá todos os dias – expliquei. – Para dizer boa-noite para o filho dele.

O papai apertou os lábios e balançou a cabeça que sim.

– Como você sabia disso? – perguntou ele.

– Falaram no jornal da tevê – respondi. – Mas ele não quis vir comigo.

Então eu comecei a chorar, porque tinha feito aquilo tudo, tentei ser corajoso e não ficar assustado para fazer as coisas melhorarem, mas não tinha conseguido.

– A minha missão não saiu do jeito que eu tinha planejado. Eu queria que vocês dois conversassem, e aí você ia ver que ele está muito triste com o que o filho dele fez – falei para a mamãe. – E aí você poderia parar de ficar zangada com ele.

A mamãe ficou olhando para mim por um tempo.

– Ele trouxe você para casa de carro? – perguntou ela.

– Foi. Ele disse que eu devia voltar para casa, e eu disse que não queria mais voltar para casa, mas a gente veio mesmo assim. Ele me deixou na esquina onde o ônibus das crianças grandes para, e eu vim andando o resto do caminho. Eu acho que ele... que ele não quis vir até aqui, porque... porque você está muito zangada com ele.

– Você não queria voltar para casa? – perguntou a mamãe, e as palavras que ela disse saíram bem baixinho, e parecia que ela estava com o nariz entupido de tanto chorar.

Por um tempo ninguém disse nada, e aí a mamãe me perguntou:

– Será que você pode me mostrar o seu esconderijo? Eu gostaria de conhecê-lo.

52
O ÚLTIMO SEGREDO

– Ainda dá para sentir o seu cheirinho aqui dentro – disse a mamãe, engatinhando para dentro do meu esconderijo. – Nossa! Eu sempre esqueço como esse armário é grande.

– Posso entrar também? – perguntou o papai do lado de fora.

E a mamãe respondeu:

– Pode, sim.

Nós três ficamos sentados no fundo do armário. Estava bem apertado lá dentro com nós três, mas eu não me importei. Eu me sentei na frente da mamãe e apoiei as minhas costas nela, e ela colocou os braços em volta de mim. O papai se sentou na nossa frente e apoiou as costas e a cabeça na parede.

– O que é aquilo? – perguntou a mamãe apontando para as folhas de papel penduradas.

– Pinturas dos meus sentimentos – falei, e expliquei por que tinha feito aquilo, como eu tinha explicado para o papai antes.

– Me deixe ver se ainda me lembro do significado – disse o papai, e nós começamos a fazer um tipo de quiz.

– Preto? – perguntei.

– Medo – respondeu o papai.

– Vermelho?

– Vergonha.

E foi assim com todas as cores. O papai se lembrava de todas.

– Você estava sentindo muitas coisas, não é? – perguntou a mamãe.

– É – respondi.

– Então o branco é para a empatia? Por que você fez uma pintura para a empatia? Por quem você estava sentindo empatia? – quis saber a mamãe.

– Eu e o papai fizemos essa. A compaixão e a empatia são o terceiro segredo da felicidade.

– O terceiro segredo da felicidade...? – perguntou a mamãe.

– É, lembra?!... Dos livros da "Casa da Árvore Mágica"... A missão do Merlin – falei.

– Ah...

– Lembra?! Eu queria testar o primeiro segredo junto com você! Prestar atenção nas pequenas coisas na natureza. Mas aí você não tinha tempo porque estava no telefone.

– Eu... eu não me lembro disso – disse a mamãe.

– O Zach estava lendo sobre os segredos da felicidade e queria testá-los porque achava que iam funcionar com a gente também – disse o papai.

– A gente é como o Merlin – contei à mamãe. – Ele está doente por causa da tristeza toda, e é por isso que o Jack e a Annie tentam achar os quatros segredos da felicidade para ele se sentir melhor. A gente também está meio doente de tristeza, por causa do Andy, então é igual, mais ou menos...

– Hum... – disse a mamãe, e apoiou a cabeça dela na minha cabeça. – Então a compaixão e a empatia são um dos segredos? – perguntou ela.

– É. Eu acho que eu não usei esse segredo com o Andy quando ele ainda estava vivo e era malvado comigo. Eu não conseguia entender por que ele fazia aquilo. Mas depois... eu comecei a entender.

O papai levantou as sobrancelhas e ficou olhando para a mamãe e balançando a cabeça um pouquinho.

– Mamãe? – chamei

– O que é, meu filho?

– Eu acho que você tem que tentar entender como o Charlie está se sentindo também. Por favor, não manda ele para a cadeia. Eu acho que eu consegui sentir o que ele está sentindo hoje, lá no cemitério, e ele está muito triste, como a gente e como o Merlin.

A mamãe ficou em silêncio por um tempão depois que eu disse isso. Achei que ela podia ter ficado zangada comigo de novo, como da última vez que eu disse que ela devia tentar entender o que o Charlie estava sentindo, antes de ela me obrigar a ir para a escola nova.

Mas aí ela me perguntou:

– Quais são os outros segredos? – e não parecia nem um pouco zangada.

– O segundo é ser curioso sobre tudo. E o quarto eu ainda não sei. Eu tentei terminar de ler lá no cemitério, mas estava muito frio e muito escuro – falei.

– Vamos terminar agora? – perguntou a mamãe. – Ou você está muito cansado? Podemos terminar amanhã também, claro.

Eu não estava cansado e não queria que a gente saísse do esconderijo, então dei um pulo e falei:

– Vou pegar o livro! Está na minha mochila.

Desci a escada correndo, peguei o livro e a lanterna do Buzz para a gente poder ler direito e voltei correndo.

Quando eu estava chegando de volta perto do armário do Andy, ouvi a voz do papai e da mamãe e aí parei para escutar o que eles estavam dizendo.

– ...nós dois somos responsáveis por isso – ouvi a mamãe dizer. – Você não pode colocar a culpa toda só em mim.

– Eu sei, eu sei – respondeu o papai, e a voz dele estava bem baixinha. – Por favor, não vamos brigar agora. Não esta noite. Eu estou tão feliz porque ele voltou são e salvo para nós.

E aí eles não falaram mais nada por um tempo e eu entrei no armário de novo.

A mamãe estava com a cabeça baixa, apoiada nos joelhos, e o papai, com a cabeça apoiada na parede. Os dois levantaram a cabeça quando eu entrei.

Contei à mamãe e ao papai o que tinha acontecido na história antes, como o Jack e a Annie foram para a Antártica e como eles entraram num helicóptero com a equipe de pesquisadores. É claro que, depois de um tempo, os pesquisadores descobriram que eles eram crianças – eu sabia que eles iam descobrir –, mas o Jack e a Annie não se meteram em encrenca por isso. Eles tinham que esperar na casa até que alguém levasse os dois de volta. Mas eles saíram e acabaram caindo num desfiladeiro.

Eu tinha ido até esse ponto no cemitério. Mas quando eu estava contando a história para o papai e a mamãe, comecei a me sentir cansado e aí dei o livro para o papai ler o resto. O papai abriu o livro e a foto minha e do Andy caiu lá de dentro. Ele pegou a foto, olhou para ela um tempo e depois me deu a foto de volta. Eu encontrei a fita adesiva na parede do armário e prendi a foto de novo. Aí me encostei na mamãe outra vez e comecei a ouvir o papai lendo. A mamãe estava me deixando quentinho com o corpo dela e o papai estava lendo bem baixinho. Comecei a me sentir muito cansado, e era bem difícil manter os olhos abertos.

53
O Clube do Andy

Essa foi a última coisa de que me lembrava, e aí eu acordei e estava na cama do papai e da mamãe e estava claro lá fora. Eu não me lembrava de como saí do esconderijo e fui para a cama nem do que tinha acontecido no livro, se o Jack e a Annie tinham encontrado o quarto segredo da felicidade.

A mamãe estava dormindo do meu lado na cama, e eu sacudi o ombro dela um pouquinho.

– Mamãe? – chamei.

A mamãe se virou e abriu os olhos. Quando me viu, ela deu um sorriso e colocou a mão no meu rosto.

– O papai foi embora de novo? – perguntei.

– Não, meu anjo, ele está dormindo no sofá, lá embaixo.

A mamãe virou de lado de novo e olhou para o relógio na mesinha de cabeceira. Eram 8:27.

– Nossa, já é tarde. Se você quiser, pode ir lá embaixo acordar o seu pai.

Desci a escada, mas o papai não estava mais dormindo, ele estava na cozinha, lendo o jornal no iPad dele.

– Ei, dorminhoco – disse o papai quando me viu.

Ele me pegou no colo e me abraçou apertado, e eu senti o cheiro da respiração dele: tinha cheiro de café.

– Ei, eu quero lhe dizer uma coisa, Zach. Eu estou muito, muito, mas muito orgulhoso mesmo de você.

Senti um calor gostoso na minha barriga quando o papai me disse isso.

– Foi uma coisa muito corajosa o que você fez ontem, sabe?

– É, eu queria ser corajoso igual a você e ao Andy... pelo menos uma vez na minha vida. Mas não funcionou. A minha missão não deu certo – falei.

– Ah, eu não teria tanta certeza disso – disse o papai, rindo. Depois ele levantou o meu queixo e falou com um rosto bem sério: – Eu acho que você é sempre muito corajoso, tá?

– Não, eu não fui corajoso no velório do Andy. Nem quando a mamãe me levou para a escola.

– Ah, filho, isso não tem nada a ver com ser corajoso ou não. É só que... não era o momento certo para você voltar para a escola.

– Tá bom... Mas papai?

– Sim, filho.

– Depois do Natal, eu acho que eu já posso voltar. Para a escola.

– É mesmo?! Claro! – disse o papai. – A mamãe ainda está deitada? Você não quer levar uma xícara de café para ela?

– Quero!

E o papai me deixou colocar o açúcar e mexer. Depois eu tentei carregar a xícara também, mas estava muito cheia e muito quente, aí o papai pegou a xícara e a gente foi levar o café para a mamãe juntos. A mamãe sorriu quando pegou o café das mãos do papai.

– Você terminou o livro, papai? – perguntei.

– Não, você desmaiou assim que eu comecei a ler. Eu queria que nós terminássemos o livro juntos.

– Podemos terminar agora? – perguntei.

– Claro. Se a mamãe concordar – respondeu o papai.

A mamãe disse:

– Bem, nós temos mesmo que descobrir qual é o quarto segredo da felicidade, não temos? Vamos para o esconderijo?

Eu sacudi os ombros.

– Podemos ficar aqui mesmo. O esconderijo não está funcionando mais – falei.

– Ah, mas eu gostei tanto dele ontem – disse a mamãe. – Eu gostaria de terminar o livro lá dentro, se você não se importar.

Então nós engatinhamos novamente para dentro do esconderijo e nos sentamos do mesmo jeito que ontem, eu encostado na mamãe e o papai encostado na parede.

– Qual foi a última coisa que você escutou? – perguntou ele.

– Não lembro. Só lembro que eles caíram no desfiladeiro.

– Certo, deixe-me ver aqui... – disse o papai passando as páginas. – Acho que é o capítulo sete.

Ele começou a ler e foi até o fim. O Jack e a Annie encontraram uns pinguins dançarinos. Tinha um pinguinzinho órfão que o Jack chamou de Penny, e o Jack e a Annie levaram o Penny para Camelot, onde o Merlin mora. Eles contaram os três primeiros segredos da felicidade para o Merlin e deram o Penny para ele. O Merlin começou a tomar conta do Penny e ficou feliz outra vez.

O Jack e a Annie perceberam que o quarto segredo da felicidade é tomar conta de alguém que esteja precisando. E o Jack achou que devia funcionar também ao contrário.

"– *Eu acho que às vezes a gente pode fazer as pessoas felizes deixando que elas cuidem da gente.*"

Depois que o papai terminou de ler, ele fechou o livro e ficou olhando para mim e para a mamãe, e os olhos dele ficaram muito brilhantes. Mas ninguém falou nada.

Aí a mamãe disse baixinho:

– Esse segredo é muito bom, você não acha?

– É, sim – falei. – A gente podia tentar esse. Eu, você e o papai. Tomar conta um dos outros, não é?

– É – disse a mamãe.

– Isso vai fazer a gente ficar feliz de novo? – perguntei.

– Bem, acho que vai fazer a gente se sentir melhor – disse o papai, e percebi que ele estava olhando para a mamãe atrás de mim e depois sorriu para ela de um jeito meio triste.

– Acho que o jeito que a gente estava tentando lidar com... a morte do seu irmão, cada um no seu canto, em vez de todos juntos, não era o jeito certo – disse a mamãe.

Eu me inclinei para frente para olhar para a foto minha e do Andy na parede.

– Eu sinto falta do Andy. Às vezes o meu corpo inteiro dói muito, por dentro.

– Eu também, filho – disse o papai.

– Eu ainda queria sentir o Andy aqui dentro, mas não consigo. Estou com medo. Acho que ele foi embora para sempre – e quando falei isso senti uma coisa na minha garganta.

O papai me abraçou bem apertado por um tempão e depois disse bem baixinho:

– Saudade do Andy... É um sentimento, não é? Talvez algum dia ela não nos machuque mais, não sei. Acho que vamos sentir saudade dele e pensar nele a vida inteira. Isso vai fazer parte de... quem somos. E acho que assim ele nunca irá embora para sempre, ele vai estar sempre conosco e dentro de nós.

– Ele está no céu tomando conta da gente? – perguntei.

– Está, sim, meu anjo. Está, sim – disse a mamãe.

Encostei a ponta dos meus dedos no rosto do Andy na foto.

– E depois que a gente morrer, a gente vai encontrar com ele lá no céu? – perguntei.

– Espero que sim – disse o papai, deixando as lágrimas caírem pelo rosto.

– Acho que o papai está certo – disse a mamãe. – Você fez a coisa certa o tempo todo, falando com ele e sobre ele, mantendo o Andy pertinho de você.

O papai endireitou as costas e enxugou o rosto com a mão.

– Mas nós não temos que ficar aqui dentro do armário para sempre, não é? Minhas costas estão me matando. E já faz algum tempo que eu não sinto mais o lado esquerdo do meu bumbum... – disse, e ficou espetando lado esquerdo do próprio bumbum com o dedo.

– Aqui pode ser o nosso ponto de encontro... Como se fosse a sede de um clube ou coisa parecida.

– Gostei dessa ideia – disse a mamãe. – Que nome vai ter o nosso clube?

Pensei um pouco.

– Clube do Andy?

– Boa, Clube do Andy – disse o papai. – Agora vamos tomar café, por favor...

54
Continuando a viver

– Pronta, mamãe? – perguntei, e a mamãe ficou olhando para a maçaneta da porta da frente por um tempo como se estivesse esperando ela se abrir sozinha.

Olhei para o rosto da mamãe. Ela estava com os lábios muito apertados. Segurei a mão dela bem forte. A mamãe apertou a minha mão também, depois soltou e abriu a porta.

Um vento frio entrou na nossa casa, e a mamãe puxou os dois lados do casaco dela e o fechou na frente. Ela caminhou pelos degraus da entrada e o vento soprava forte no cabelo dela. Fui atrás dela e o papai foi atrás de mim.

A mamãe se virou para trás e olhou para nós dois. O peito dela subiu e desceu porque ela respirou bem fundo. Então ela virou para a frente novamente e foi direto até as vans da tevê que ainda estavam estacionadas na frente da nossa casa.

A mamãe olhou para o banco da frente da van, mas não tinha ninguém ali, então ela bateu na porta lateral. A porta se abriu, e o Dexter e um outro homem saíram de dentro da van. O Dexter estava segurando um tupperware com comida numa das mãos – parecia arroz e frango – e um garfo na outra.

– Oi, pessoal... – disse o Dexter olhando para o tupperware que tinha na mão, e aí ele colocou o tupperware dentro da van e limpou as mãos na calça. – E aí? O que houve? – perguntou ele.

O Dexter olhou para a mamãe, depois para mim e depois para o papai também. Olhei para o chão, porque eu não queria olhar para ele.

– Eu gostaria de fazer um breve comunicado – disse a mamãe.

– Agora? – perguntou o outro homem.

– É – respondeu a mamãe.

– Ah... Tá bom, legal. Isso é bem legal – disse o Dexter. – Você pode nos dar uns minutinhos? A gente não estava esperando... Me desculpe, estávamos almoçando.

– Está ótimo – disse a mamãe, e um novo vento soprou na gente e fez o cabelo dela esvoaçar novamente.

Eu senti o vento atravessando as minhas roupas e, logo em seguida, um arrepio também. O papai colocou os braços em volta dos meus ombros e me puxou para perto dele.

O Dexter e o outro homem voltaram para dentro da van, e o Dexter saiu de novo, dessa vez com uma câmera na mão. Parecia com aquelas que nós dois tínhamos instalado na sala de estar lá de casa, só que era menor. O Dexter apertou uns botões, depois colocou a câmera no ombro e olhou pela lente para a mamãe.

– Onde você quer filmar? – perguntou ele.

– Ah, em qualquer lugar, aqui está ótimo – respondeu ela.

– Tá bom, ótimo! – disse o Dexter, e aí o outro homem saiu de dentro da van com um microfone na mão.

– Se você estiver pronta, podemos começar – disse ele, e apontou o microfone para a mamãe.

A mamãe olhou para o papai, e o papai deu um sorrisinho para ela e fez que sim com a cabeça. Ela olhou para a câmera de novo.

– Estamos gravando, então não se preocupe. Podemos repetir se você quiser – disse o homem com o microfone.

– Tá bom – disse a mamãe. – Hã... Bem... O que eu queria dizer rapidamente é que decidi não processar mais os Ranalez por causa... por causa do que aconteceu, os tiros na escola. Falei com os pais das outras vítimas e nós... nós concordamos.

Os lábios da mamãe tremiam enquanto ela falava, como se ela estivesse com muito frio. Ela puxou as mangas do casaco para cobrir as mãos e cruzou os braços, colocando as mãos debaixo dos braços.

– Eu sei que tenho culpado os Ranalez pelo que o filho dele fez, eu os acusei pelos atos do filho deles e pela morte do meu filho, Andy.

A mamãe fez uma pausa e respirou fundo mais uma vez, e aí continuou falando.

– Eu me dei conta de que continuar perseguindo os dois, os Ranalez, isso não vai... isso não vai trazer o meu filho de volta. Isso não vai desfazer a coisa terrível que aconteceu a mim, à minha família e às famílias das outras vítimas.

As lágrimas começaram a escorrer pelo rosto da mamãe.

– O que a minha família está passando... eu não desejo isso para ninguém. E eu... eu agora estou vendo que os Ranalez também estão passando por uma perda. Que eles estão de luto, como nós. Eles estão atravessando uma situação muito difícil, como nós.

A mamãe olhou para mim e deu um sorrisinho. Eu sorri para ela também. Eu estava muito orgulhoso porque a mamãe estava dizendo aquelas coisas na tevê.

– Meu filho, Zach, que é um menino muito sabido, me fez enxergar isso. Nós, a nossa família..., queremos nos concentrar agora em cuidar de cada um de nós e tentar sobreviver a isso juntos e descobrir como continuar vivendo as nossas vidas sem o Andy. Encontrar alguma paz. Nós gostaríamos de, no futuro, tentar descobrir maneiras de contribuir para ajudar a prevenir que coisas desse tipo aconteçam de novo, a outras famílias. Ajudar a tentar evitar que armas caiam em mãos erradas e ajudar a proteger as nossas crianças e os nossos entes queridos. É isso... Isso é tudo o que eu queria dizer.

Mais lágrimas escorriam pelo rosto da mamãe e ela limpou o rosto com a mão coberta pela manga do casaco.

– Obrigada – disse o homem com o microfone. – Eu acho, quer dizer, eu acredito que está muito bom do que jeito que está, não é? Podemos manter assim, a não ser que você queira gravar de novo.

– Não – respondeu a mamãe, e a voz dela saiu bem baixinha.

O Dexter tirou a câmera do ombro e olhou para a mamãe.

– Uau! – disse ele. – Isso foi muito legal... da sua parte.

– Tá bom – disse a mamãe, se virando e vindo na minha direção e na do papai.

O papai segurou o braço da mamãe, esfregando para cima e para baixo.

– Você está bem? – perguntou ele.

– Estou – respondeu a mamãe. – Congelando. Eu só quero entrar junto com vocês e fechar a porta. O que vocês acham?

– Eu concordo – falei, e corri na frente e subi a escadinha da entrada pulando.

55
Ainda aqui com vocês

O papai estacionou o nosso carro, mas ele não desligou o motor logo em seguida. Ficamos sentados lá dentro, eu, o papai e a mamãe, e ninguém disse nada. O meu coração estava batendo muito forte no meu peito e nos meus ouvidos. Olhei para fora da janela e no quase escuro da tardinha vi as fileiras de lápides e, mais além, no fundo, do lado direito, vi alguém ali em pé.

– Vamos? – perguntou o papai, e aí desligou o motor.

– Vamos! – falei.

A mamãe não disse nada, mas abriu a porta do lado dela e começou a sair do carro. Peguei as flores que estavam no banco do meu lado, e o papai abriu a porta de trás. Quando saí, vi o carro do Charlie estacionado na frente do nosso.

Comecei a andar pela estradinha. O chão estava duro e congelado debaixo dos meus sapatos e a minha respiração fazia círculos brancos no ar. O papai e a mamãe caminhavam atrás de mim e iam bem devagar. Eu estava segurando as flores perto do meu peito e, quando chegamos ao túmulo do Andy, eu coloquei as flores ali no chão bem devagarzinho.

O papai e a mamãe pararam no túmulo do Andy também. A mamãe se ajoelhou e tocou nas flores que eu tinha colocado para o

Andy. Aí ela tirou uma das luvas e colocou a mão na lápide, contornando, com a ponta dos dedos, o nome do Andy escrito ali

– Oi, meu filho querido – sussurrou ela.

As lágrimas escorriam pelo seu rosto e caíam no chão.

Aí ela tocou o chão do túmulo do Andy.

– Está tão frio e duro – disse ela, e colocou os braços em volta do próprio corpo e chorou bem alto.

O papai ficou ali parado atrás da mamãe e colocou as mãos nos ombros dela. Eu encostei a cabeça no braço do papai também. Ficamos ali um tempão, a mamãe ajoelhada, chorando, o papai segurando os ombros dela e eu encostado no papai.

Depois de um tempo, olhei para onde ficava o túmulo do filho do Charlie e vi que o Charlie estava olhando para nós. Ele não se mexeu, apenas ficou lá parado, com os braços pendurados ao longo do corpo. De onde eu estava, ele parecia um homem muito velho e magro.

– Posso ir até lá agora? – perguntei.

– Pode – respondeu o papai.

Comecei a andar na direção do Charlie quando ouvi a voz da mamãe atrás de mim.

– Espere, Zach.

Eu me virei e a mamãe estava olhando para baixo, para as flores que eu tinha colocado no túmulo do Andy. Elas eram todas brancas – algumas com pétalas grandes e outras com pétalas pequenas, que pareciam flocos de neve. As pétalas estavam meio murchas e pareciam tristes. A mamãe apanhou algumas delas e segurou na frente do corpo por um tempo como se estivesse abraçando.

– Tome, leve estas aqui... com você – disse ela e me entregou as flores.

Eu me virei novamente e fui andando na direção do Charlie. Eu me virei algumas vezes, e a mamãe e o papai estavam em pé, um ao lado do outro, olhando para mim. Quando cheguei perto do Charlie, vi que os lábios deles tremiam muito.

– Oi, Charlie – falei.

– Oi, Zach.

– A gente veio dizer boa-noite para o Andy. Como você.

O Charlie balançou a cabeça bem devagar fazendo sim.

– Ontem a mamãe disse para o pessoal da tevê que ela não quer mais brigar – contei, e aí lembrei que ainda estava segurando as flores, então dei as flores para o Charlie.

O Charlie tossiu e vi que o queixo dele ainda estava tremendo muito.

– Eu vi – disse ele.

– Eu queria vir contar isso para você, e a mamãe e o papai disseram que tudo bem.

– Obrigado, Zach.

– A mamãe ainda não quer falar com você...

– Eu entendo – disse o Charlie, e olhou para onde a mamãe e o papai estavam. O rosto dele parecia muito triste. Ele apertou os lábios e segurou as flores um pouco mais alto, apontando para onde a mamãe e o papai estavam.

Tirei a luva e enfiei a mão no bolso da calça. Tirei de lá a medalhinha da asa de anjo, esfregando algumas vezes. Aí entreguei a medalhinha para o Charlie.

– Isso é para você – falei.

O Charlie pegou a medalhinha da minha mão.

– O que é isso? – perguntou ele.

– Significa amor e proteção – falei. – E quer dizer que o seu filho ainda está aqui com você.

O Charlie olhou para a medalhinha na palma da mão dele por um tempo e o queixo dele continuou tremendo e tremendo. Então ele sussurrou:

– Muito obrigado – e foi tão baixinho que eu quase não escutei.

Eu fiquei lá com o Charlie por um tempo e não sabia o que mais devia dizer, aí disse:

– Feliz Natal!

E o Charlie disse:

– Feliz Natal para você também!

E depois voltei para o papai e para a mamãe. Era hora de dizer boa-noite para o Andy.

– Podemos cantar a nossa música?

A mamãe deu um sorrisinho.

– Ah, Zach, acho que eu não consigo cantar agora. Vamos só dizer as palavras, pode ser?

Então fizemos isso, dissemos as palavras da música, nos revezando.

Andrew Taylor
Andrew Taylor
Amamos você
Amamos você
Nosso menino lindo
Nosso menino lindo
Amamos você
Amamos você

As nossas respirações formavam círculos brancos na frente dos nossos rostos.

Eu sentia o frio vindo do chão e dei uns pulinhos para aquecer meus pés. Os dedos das minhas mãos estavam congelando também, e então soprei ar dentro das minhas luvas.

– Me deixe fazer isso – disse a mamãe, e aí ela se ajoelhou na minha frente e ficou soprando dentro das minhas luvas.

Os meus dedos ficaram mais quentinhos.

Olhei para a mamãe e ela parecia estar com muito frio também. O nariz e as bochechas dela estavam todos vermelhos. O rosto dela estava muito triste e cansado. Coloquei os meus braços em volta dela e abracei a mamãe, e nós ficamos assim por um tempo, em cima do túmulo do Andy, nos abraçando, a mamãe de joelhos.

– Vamos dar boa-noite agora? – perguntou o papai baixinho.

Eu e a mamãe paramos de nos abraçar. A mamãe olhou para a lápide do túmulo do Andy e começou a chorar de novo.

– Boa noite, meu filho querido – sussurrou a mamãe.

– Boa noite, Andy – falei.

– Boa noite, filho – disse o papai.

A mamãe se levantou e olhou para o túmulo do Andy por mais algum tempo, e então nós nos viramos e começamos a andar pela estradinha, de volta para o nosso carro. Eu, o papai e a mamãe.

Agradecimentos

A todo mundo que esteve ao meu lado ao longo dessa jornada nova e louca, especialmente às famílias Carr e Navin, sou profundamente grata a todos vocês. Obrigada por acreditarem em mim e me apoiarem.

Agradeço sobretudo à minha mãe, Ursula Carr, por ter me transmitido o seu amor pelos livros e por ter me empurrado para, "enfim, usar um dos muitos talentos que você tem". A Brad, meu marido e melhor amigo, que sempre me encoraja a novos desafios. Aos meus filhos, Samuel, Garrett e Frankie, meus amores, por me manterem focada e por me dividirem com o Zach durante todos aqueles meses. Aos meus amigos e primeiros leitores, especialmente Swati Jagetia e Jackie Comp, pelas leituras do manuscrito, pelas sugestões e elogios. A Allison K. Williams, por tudo que me ensinou; tenho muita sorte de ter encontrado você e espero que um dia a gente se conheça pessoalmente. A toda a equipe da Folio Literary Management. À minha editora, paciente, generosa e inteligente, Carole Baron, foi uma honra trabalhar com você. Obrigada a Sonny Metha, por todo o apoio, a Genieve Nierman, Kirsten Bearse, Jenny Carrow, Ellen Feldman, Danielle Plafsky, Gabrielle Brooks e Nick Latimer.

Obrigada também a Mary Pope Osborne por ter escrito tantos livros para crianças maravilhosos. Graças a você foi muito fácil fazer os meus filhos se apaixonarem por livros também. Obrigada ainda a The Voracious Reader e Anderson's Book Shop, minhas livrarias favoritas.

Em www.leya.com.br você tem acesso a novidades e conteúdo exclusivo. Visite o site e faça seu cadastro!

A LeYa também está presente em:

 facebook.com/leyabrasil

 @leyabrasil

 instagram.com/editoraleya

1ª edição	*Abril de 2019*
papel de miolo	*Pólen Soft 70g/m²*
papel de capa	*Cartão Supremo 250g/m²*
tipografia	*Minion Pro*
gráfica	*lis*